古典文獻研究輯刊

十八編

曾永義 主編

第 **8** 冊

《夢影緣》與《精忠傳彈詞》研究（上）

邱靖宜 著

國家圖書館出版品預行編目資料

《夢影緣》與《精忠傳彈詞》研究（上）／邱靖宜 著—初版

— 新北市：花木蘭文化事業有限公司，2018〔民 107〕

目 2+154 面；19×26 公分

（古典文學研究輯刊 十八編；第 8 冊）

ISBN 978-986-485-509-4（精裝）

1. 彈詞 2. 文學評論

820.8 107011622

ISBN-978-986-485-509-4

9 789864 855094

古典文學研究輯刊

十八編　第八冊　　　　　ISBN：978-986-485-509-4

《夢影緣》與《精忠傳彈詞》研究（上）

作　　者　邱靖宜

主　　編　曾永義

總 編 輯　杜潔祥

副總編輯　楊嘉樂

編　　輯　許郁翎、王筑　美術編輯　陳逸婷

出　　版　花木蘭文化事業有限公司

發 行 人　高小娟

聯絡地址　235 新北市中和區中安街七二號十三樓

　　　　　電話：02-2923-1455／傳眞：02-2923-1452

網　　址　http://www.huamulan.tw 信箱 hml 810518@gmail.com

印　　刷　普羅文化出版廣告事業

初　　版　2018 年 9 月

全書字數　271362 字

定　　價　十八編 15 冊（精裝）新台幣 29,000 元

《夢影緣》與《精忠傳彈詞》研究（上）

邱靖宜 著

作者簡介

邱靖宜，1977 年生，臺灣高雄人。國立臺灣師範大學國文系學士，國立中山大學中國文學研究所碩士、博士。曾任教於高雄市立右昌國民中學，現任教於高雄市立中山高級中學。以明清女性彈詞小說為研究領域，著作有：碩士論文《邱心如及其《筆生花》研究》及博士論文《《夢影緣》與《精忠傳彈詞》研究》。

提　　要

　　由於清代女性文學在彈詞小說方面的研究，多以個人作家為研究對象，並未站在同一家族的視角研究作品之主題思想。因此，本論文擬以鄭澹若《夢影緣》與周穎芳《精忠傳彈詞》為題，在清代才女家族化、群體化、地域化的特點下，從母女二人之作品探討主題思想、寫作手法之承襲衍變。研究方法則採取文本細讀分析，配合作者本人或親友之詩文集、史書、地方志、軍中機密檔之資料，先釐清家族人事，再分別細究兩部彈詞小說，在家國觀、性別觀及宗教觀等方面進行比較，以呈現作品之異同，及其所反映之文化內涵、時代意義。此外，由於周穎芳《精忠傳彈詞》一書反對錢彩《說岳全傳》因果輪迴之說，故亦針對《精忠傳彈詞》對《說岳全傳》之接受與反應進行比較，以補岳飛研究之空白。希望能藉由本論文之作品異同比較，不僅抉發出《夢影緣》與《精忠傳彈詞》之主題為推崇忠孝，更能凸顯母女二人承傳鄭氏義門家族精神之用心。

目次

第一章　緒　論

「有清一代，女性文學空前繁榮，女性作家大量湧現。」﹝註1﹞才女的文學才情展現在詩、詞、曲、小說等文體的創作上，歷來學者將清代才女的研究重點擺在女詩人、女詞人，相較之下，卻忽略了彈詞這一閨閣屬性極強的文體。

而清代才女之相關研究，可概分為兩類：其一，針對個人生平、作品進行研究，以文本為依據，進行作家個人年譜之繪製，將作品中之詩詞作為回溯作家生平之重要依循，例如：以汪端、王貞儀、賀雙卿、柳如是、徐燦、席佩蘭等女性作家為研究對象之論文；﹝註2﹞其二，以作家群體作為研究對

﹝註1﹞ 見王力堅著，《清代才媛文學之文化考察》（台北：文津出版社，2006年6月，1版1刷），頁6。本論文之徵引書目，於每章首次出現時，詳列作者、書名、出版資料及頁數，再次引用時，則僅註明作者、書名及頁數，出版資料則予以省略。

﹝註2﹞ 例如：陳瑞芬著，《汪端研究》（台北：國立臺灣師範大學國文研究所碩士論文，1987年）。劉天祥著，《乾嘉才媛王貞儀研究》（新竹：國立清華大學歷史研究所碩士論文，1993年）。許玉薇著，《明清文人的才女觀──以「西青散記」與賀雙卿為例之研究》（南投：國立暨南國際大學中國文學研究所碩士論文，2000年）。高月娟著，《柳如是及其《戊寅草》研究》（台中：東海大學中國文學系碩士論文，2001年）。李栩鈺著，《河東君與《柳如是別傳》──「接受觀點」的考察》（桃園：國立中央大學中國文學研究所博士論文，2003年）。沈伊玲著，《柳如是及其詩詞研究》（台南：國立臺南大學教育經營與管理研究所碩士論文，2004年）。沈婉華著，《徐燦《拙政園詩餘》研究》（南投：國立暨南國際大學中文系碩士論文，2004年）。彭貴琳著，《席佩蘭《長真閣集》研究》（台中：東海大學中國文學系碩士論文，2004年）。郭香玲著，《柳如是

象，此作家群體，有的以結社而成，則以結社之成員作品，旁及家族中男性文人、交遊之眾人作品，予以並置討論，以再現當時結社吟唱之場景，並將眾人交遊網絡梳理清晰，例如：以隨園女弟子、吳中女詩人等群體作為研究對象之論文；〔註3〕有的是因為時代背景因素、地域性而形成一女性社群，那麼，研究者便探討此女性群體之作品共同趨向，以一窺此女性社群所呈現之時代或地域特色。〔註4〕以上兩類研究，均對清代女性文學發展情形有所闡

湖上草初探》（高雄：國立中山大學中國文學系研究所碩士論文，2006 年）。沈素香著，《吳藻詞研究》（台南：國立臺南大學國語文學系碩士論文，2007 年）。黃馨蓮著，《左錫嘉與《冷吟仙館詩稿》研究》（台中：東海大學中國文學系碩士論文，2007 年）。瞿惠遠著，《左錫嘉及其詩詞稿研究——以生平境遇為主》（台北：國立政治大學中國文學研究所碩士論文，2008 年）。蘇淑娟著，《身閱鼎革的女性——徐燦的生命歷程（1612～1694）》（嘉義：國立中正大學歷史所碩士論文，2008 年）。廖卉婷著，《汪端從名媛才女到宗教導師的生命轉向》（南投：國立暨南國際大學中國語文學系碩士論文，2009 年）。林好秦著，《駱綺蘭及其作品研究》（台中：東海大學中國文學系碩士論文，2010 年）。簡誌宏著，《孫雲鳳及其《湘筠館遺藁》研究》（台中：東海大學中國文學系碩士論文，2011 年）。曾少儀著，《王端淑《名媛詩緯》研究》（台北：臺北市立教育大學中國語文學系碩士論文，2012 年）。徐麗雯著，《隨園女弟子金逸及《瘦吟樓詩集》研究》（桃園：國立中央大學中國文學系碩士論文，2012 年）。林佳蓉著，《常州才女張紹英研究》（高雄：國立中山大學中國文學系研究所碩士論文，2013 年）。

〔註3〕例如：施幸汝著，《隨園女弟子研究——清代女詩人群體的初步探討》（台北：淡江大學中國文學系碩士論文，2004 年）。林小涵著，《吳中女詩人的詩情與詩學——清溪吟社研究》（南投：國立暨南國際大學中國語文系碩士論文，2008 年）。

〔註4〕例如：鍾慧玲著，《清代女詩人研究》（台北：國立政治大學中國文學研究所博士論文，1981 年）。黃儀冠著，《晚明至盛清女性題畫詩研究》（台北：國立政治大學中國文學系碩士論文，1997 年）。李財福著，《清代六家閨秀詞研究》（彰化：國立彰化師範大學國文學系碩士論文，2004 年）。王慧瑜著，《明末清初江南才女身世背景之研究》（桃園：國立中央大學歷史研究所碩士論文，2005 年）。陳建男著，《清初女性詞選集研究》（台北：國立政治大學中國文學研究所碩士論文，2006 年）。武思庭著，《女性的亂離書寫——以清代鴉片戰爭、太平天國戰役為考察範圍》（南投：國立暨南國際大學中國語文學系碩士論文，2008 年）。林津羽著，《無名／匿名與暴力書寫——明末清初女性題壁詩之研究》（台北：國立政治大學中國文學研究所碩士論文，2009 年）。溫珮琪著，《家族、地域與女性選集——梁章鉅《閩川閨秀詩話》研究》（南投：國立暨南國際大學中國語文學系碩士論文，2010 年）。高雅婷著，《明末清初女遺民詩人研究》（高雄：國立中山大學中國文學系研究所碩士論文，2011 年）。黃鳳儀著，《明末清初江南婦女社交活動之研究》（桃園：國立中央大學歷史研究所碩士論文，2011 年）。

明。兩相比較，彈詞小說顯得較爲不足，本論文欲彌補研究上的缺憾，遂將研究焦點擺在女性彈詞小說這一文體。以下分別從研究動機、文獻探討及研究方法三方面，以揭示本論文所欲探討的問題以及研究目的。

第一節　研究動機

　　歷來研究者對於清代女性文學的探討，多忽略彈詞小說此一文體，導致彈詞小說在研究數量上並不多。馬清福在《文壇佳秀：婦女作家群》一書之引言指出：

> 到了清代，婦女文學的發展呈現繁榮鼎盛景象。詩詞、戲曲、彈詞、小說等文學體裁都出現了自己的代表作家，有些作家還形成了母女、姊妹、女弟子、詩社等諸多組合形式的文學群體。就是這些代表作家和文學群體，構成了清代婦女文學之作家群。〔註5〕

且於書中〈清代彈詞女作家〉一章分別敘述程蕙英、鄭澹若、周穎芳、朱素仙、姜映清、侯芝之生平概略及作品旨要。本章文末還提出個人見解，他認爲「清代彈詞女作家，成就最高者是陶貞懷、陳端生、梁德繩和邱心如。」〔註6〕馬清福點出清代女性文學一個很重要的特點，也就是家族化和群體化的特色，但是目前對於女性文學家族化和群體化的研究並未擴及彈詞，可能的原因是彈詞小說在作者姓名、生平的考訂上，存在著取得資料的困難，以及可見的彈詞作品流傳太少，導致在彈詞的研究上，還是停留在個人作家的探究上，幾乎沒有以家族性和群體性的角度切入，此爲本論文研究動機之一。

　　而馬清福所點名的這幾位彈詞女作家，正是目前可見之彈詞研究最多人探討的作家。但是，除了這幾位作家之外，其他的作家及其作品也有值得研究之處。例如：本論文所欲討論的兩本彈詞小說——《夢影緣》〔註7〕和《精忠傳彈詞》。〔註8〕歷來對於這兩本彈詞小說的研究，不僅數量極少，而且評

〔註5〕見馬清福著，《文壇佳秀：婦女作家群》（瀋陽市：遼寧人民出版社，1997年8月，第1版第1次印刷），頁2。

〔註6〕見馬清福著，《文壇佳秀：婦女作家群》，頁170。

〔註7〕本論文之研究文本，爲清·櫻下生著，《夢影緣》，收錄在沈雲龍主編，《中國通俗章回小說叢刊3》（台北：文海出版社，1971年，初版），共有兩冊。

〔註8〕本論文之研究文本，爲清·嚴周穎芳著，《精忠傳彈詞》（上海：商務印書館，1935年4月，國難後第1版），書前之兩篇〈序〉、〈題前精忠傳奇〉則感謝北京大學圖書館學科諮詢人員協助取得，特此致謝。

論文字帶有深厚的個人主觀。首先，針對兩岸之研究論文數量來說，鄭澹若《夢影緣》一書僅有胡曉眞撰寫過一篇期刊論文〈凝滯中的分裂文本——由《夢影緣》再探晚清前期的女性敘事〉，〔註9〕專門以此書為主題進行論述；而周穎芳《精忠傳彈詞》只在探討岳飛故事的論文中稍微述及，僅有胡曉眞在一篇期刊論文〈晚清前期的女性彈詞小說——非政治文本的政治解讀〉中簡短探討。〔註10〕其次，針對評論文字方面，譚正璧對於鄭澹若《夢影緣》一書相當推崇，認為此書「酸冷似不食人間烟火」，〔註11〕為清代彈詞小說「雞中之鶴」，〔註12〕這樣的評語雖然帶有個人主觀抽象的領會，但也引發我們去進一步思考：什麼樣的內容會引發譚正璧如此之感呢？鮑震培說：

> 鄭澹若的《夢影緣》別開生面，是彈詞中最有宗教文學味道的一部，但不是簡單的佛道入小說，也不屬於神怪或神魔小說的家數，而是另闢蹊徑，追求文人成仙之夢幻畫影，吹來清新無塵的林下之風。

〔註13〕

從以上兩位彈詞研究學者的說法，都對鄭澹若《夢影緣》一書的特點進行了提點，但細節的部分則未見探討。而周穎芳《精忠傳彈詞》一書，由於台灣並沒有書面文本，導致文本的取得上有困難，歷來研究岳飛故事的研究者，若有提起此本彈詞作品，僅能以杜穎陶、俞芸所編撰《岳飛戲曲故事說唱集》中所節錄之第五十回和第五十一回，進行簡短的敘述，因此，對於此書之內容未能作全面性的閱讀，更遑論與錢彩《說岳全傳》進行比較。因此，這兩

〔註9〕〈凝滯中的分裂文本——由《夢影緣》再探晚清前期的女性敘事〉，見胡曉眞著，《才女徹夜未眠——近代中國女性敘事文學的興起》（台北：麥田出版社，2003年10月，初版1刷），頁315~371。

〔註10〕胡曉眞著，〈晚清前期女性彈詞小說試探——非政治文本的政治解讀〉，《中國文哲研究集刊》，第11期，1997年9月，頁89~135。

〔註11〕見譚正璧著，《文學概論講話》，收錄在張高評主編，《民國時期文學研究叢書》第一編（台中：文听閣圖書有限公司，2011年12月，初版），冊50，頁209。譚正璧嘗試將彈詞小說分成八類，鄭澹若《夢影緣》為神怪類，周穎芳《精忠傳彈詞》為講史類，見氏著，《文學概論講話》，頁201。

〔註12〕譚正璧說：「在一切女性所作的彈詞中，鄭澹若（？~1860）的《夢影緣》不能不算是雞中之鶴。」，他在《中國女性文學史》一書之第七章「通俗小說與彈詞」對於幾部彈詞小說作品進行了探究。收錄於譚正璧著，譚壎、譚篪編，《譚正璧學術著作集》（上海：上海古籍出版社，2012年5月，第1版第1刷），冊2，頁395。

〔註13〕見鮑震培著，《清代女作家彈詞研究》，頁205。

本彈詞小說僅停留在母女作品的分別簡短論述階段，未進一步針對因爲母女關係的身分，而有何種主題思想上的異同比較。

此外，學者在述及此兩本彈詞小說之主題時，均分別論述：一爲孝子求道故事，一爲岳飛故事。而王緋說：

> 近代以來，特別是清代中晚期，女子在文學書寫中表現出來的這種游離性，有時是極徹底的，乃至超離了純然性別的自我關注，表現出更爲廣闊的對世事或人性人情的民間感懷，以及趨向「大我」境界的歷史/社會/「他者」關懷。〔註14〕

她還認爲：

> 在這方面，該時女子書寫的小說/彈詞文本，比五、七言長詩更突出地顯示出游離自我──甚至超離性別的大歷史敘事的偏好。……鄭澹若在彈詞《夢影緣》中有「我亦久思遺世事」，「脫卻前人窠臼熱」，「且搖柔翰作新編」的自我表白，作品中不乏如宋太宗爲藏舍利建巨塔，御史莊淵諫阻不從而辭職的「史筆」，可以說，正是基於大歷史敘事的偏好，她才可能發出：「一編青史三回復，有淚何嘗肯妄彈。漫道酒能澆塊壘，遣愁還賴管城尖。替往古忠良盡把冤仇報，公案重翻再戮奸」；鄭澹若的女兒周穎芳承繼母親的思想，完成了36卷的彈詞《精忠傳》，李樞在該作的序中談到這位「巾幗鬚眉」的書寫動機──「生平愛慕古名臣，以宋岳忠武爲首推，因就世傳之《精忠傳》說部，辨其論而求其是，改爲彈詞若干卷。冀其精忠事蹟，家喻戶曉，不惑於無稽之談」，這樣的大歷史敘事立場，注定了她在寫到岳飛「屈死風波獄未伸」後，痛感「天才難覓回天筆」，其「語到吞聲續淚成」的敘事態度，顯然超離了拘囿性別的自我關注，出示的是一派「大我」的情懷與境界。〔註15〕

王緋的這一說法，將這兩部彈詞小說作了一個大涵括──歷史的敘事，這一個涵括對於探討這兩部作品有著重大的意義，引發筆者思考：爲何這一對母女同樣以歷史敘事作爲小說的背景安排呢？其原因除了時代因素之外，家族

〔註14〕見王緋著，《空前之跡──1851～1930：中國婦女思想與文學發展史論》（北京：商務印書館，2004年7月，北京第1版第1次印刷），頁122。

〔註15〕見王緋著，《空前之跡──1851～1930：中國婦女思想與文學發展史論》，頁123～124。

因素是否也影響了這兩部作品的主題思想呢？以上兩個問題即爲本論文研究動機之二。

第二節　版本概述

本論文之研究對象爲母女之彈詞作品：鄭澹若《夢影緣》及周穎芳《精忠傳彈詞》，關於此二書之版本介紹，將於本節分別敘述。

一、《夢影緣》之版本及內容

關於《夢影緣》一書之版本，胡文楷之記載如下：

> 光緒二十一年（1895）竹簡齋繪圖石印本。前有道光癸卯自序。凡
> 四十八回，十二冊。〔註16〕

此外，盛志梅〈彈詞知見綜錄〉一文記載如下：

> 《夢影緣》，48 回 16 卷，爨下生著，道光二十四年癸卯（1843）序，
> 石印本，16 冊。（福師）
>
> 《繡像夢影緣》，48 冊，〔清〕鄭澹若撰，道光二十四年癸卯（1843）
> 序，光緒二十一年乙未（1895）竹簡齋石印本，16 冊。（黑大、首
> 圖、天圖、南師、華師、京都、東北師大、揚大、鄭大、上圖、西
> 諦目、胡目）
>
> 《繡像夢影緣》，48 回，〔清〕苕溪爨下生撰，光緒二十一年乙未
> （1895）竹簡齋石印本，16 冊。（北大）
>
> 《夢影緣》，48 回，民國年間石印，16 冊。（南大）〔註17〕

從這兩筆資料可以看出：同爲光緒二十一年（1895）竹簡齋石印本，同爲 48回，冊數卻有所不同，分別是 12 冊和 16 冊。而盛志梅將所蒐集的版本資料臚列於此，卻有幾處誤謬。茲述如下：首先是紀年有誤，鄭澹若於書前序文之末，書其年爲「道光癸卯長夏」，道光癸卯經查證應爲「道光二十三年（1843）」，而不是道光二十四年，顯見此處在時間上標註有誤。其次，在版

〔註16〕見胡文楷編著，張宏生等增訂，《歷代婦女著作考（增訂本）》（上海：上海古籍出版社，2008 年 8 月，第 2 版第 1 次印刷），卷 18，頁 740。

〔註17〕以上參見盛志梅著，《清代彈詞研究》（濟南：齊魯書社，2008 年 3 月，第 1版第 1 次印刷），頁 354～355。

本流傳上，根據盛志梅所言，《繡像夢影緣》有光緒二十一年（1895）竹簡齋及民國年間之石印本，上海圖書館所藏之《繡像夢影緣》分別有 12 冊、16 冊、24 冊三部，均爲同一版本。但筆者於 CADAL（China Academic Digital Associative Library，大學數字圖書館國際合作計畫）網站上查詢《繡像夢影緣》時，發現網站上所掃描之文本亦爲四十八回，也可見每回開頭之繡像，上有兩句回目，卻僅有十五冊，〔註 18〕與盛志梅所言有異；而鮑震培撰寫《夢影緣》之版本時，僅言明其版本較少，並未提及十五冊之版本。若將此十五冊版本之回目與《中國通俗章回小說叢刊 3》相比對，則首尾故事皆同，僅缺少第 23～25 回之掃描檔，不明其故，茲附記於此。

鄭澹若《夢影緣》一書之回目爲上下兩句組成，但並不整齊，從八個字到十六個字都有，例如：第二回「誕麒麟燕寢久凝香，鼓琴瑟蘭房同畫策」、第四十八回「聯愛宮中論妙法三千證絜果一言解惑，至情天上領名花十二和蘭陔萬古承歡」。全書的故事情節，敍述莊淵父子三代慈孝，以及十二花神全貞故事，小說男主角是由上界羅浮仙君投胎轉世的莊夢玉，女主角則爲十二花神所轉世的女子，不僅藉由莊淵尋父呈現人倫至孝，還安排書中女子未婚、拒婚而死，洋溢著濃厚的求仙欲望。其中，由梅花神、蘭花神所轉世的林纖玉和宋紉芳兩人，與莊夢玉有夫妻之分，結爲童眞仙偶，最後全家升天歡聚，得享天倫至樂。全書在女性角色的安排上，強調忠、貞、孝、義，充滿道德與宗教勸善意味，企圖有別於以男女之情爲主的彈詞小說，是一部抨擊彈詞小說危害人心的彈詞之作，在彈詞小說史上，可說是極爲特殊，無怪乎譚正璧譽爲「雞中之鶴」。

作者在書前之自序末署名「爨下生」，或許亦可揣測作者創作用意，筆者認爲此名稱可以從以下兩點解釋：首先，若以作者鄭澹若之婦女身分著手，那麼此書便是她在操持家務之餘所作；若從《後漢書》卷六十下〈蔡邕傳〉之典故解讀：

> 吳人有燒桐以爨者，邕聞火烈之聲，知其良木，因請而裁爲琴，果有美音，而其尾猶焦，故時人名曰：「焦尾琴」焉。〔註 19〕

〔註 18〕 CADAL（China Academic Digital Associative Library，大學數字圖書館國際合作計畫）系統收錄清・爨下生著，《繡像夢影緣》，光緒二十一年，竹簡齋石印本。網址：http://www.cadal.zju.edu.cn/index（2015/01/29 瀏覽）

〔註 19〕 見南朝宋・范曄著，唐・李賢等注，《後漢書》（北京：中華書局，1987 年 10 月，北京第 4 刷），冊 7，頁 2004。

蔡邕聞火燒桐木之聲，便能辨知此必爲良木，堪稱桐木之知音，使其倖免於難。再結合作者於自序中所言：

> 嗟夫！補天有願，難求異術於靈媧。塡海無功，空慕癡情之精衛。命既同乎紙薄，心尤比乎天長。亦知鳳鷟如山，敢逃折罰？更謂浮生若夢，何計升沉？乃一朝骨化輕塵，豈有再新之路？趁此日尸居餘氣，須尋補過之方，解鈴還仗繫鈴人，諺原可據，入世應爲濟世事，力又何能？已將文字流殃，既咎殺人無迹，仍以語言解禍，猶虞覆轍難扶。姑盡我心，翻出言情之作，誰開別眼，識其主意之由。
>
> 〔註20〕

在這一段自序中，可以窺知作者面對殺人於無形之流殃文字，力求有所補過。企圖透過此翻新之作，尋求獨具隻眼的知音，識得她創作《夢影緣》一書之宗旨。如此看來，是否正如蔡邕「爨下餘音」之典，作者不僅期許自己所創作之彈詞作品，能夠不同於流俗，是有如桐木之良材，更希望有如蔡邕者流，能識其創作之用心。

由於《繡像夢影緣》在台灣並無館藏，CADAL 之數位化資料有所缺漏，日本所藏中國古籍數據庫中查得之書影又僅能見到一頁，對於全文閱讀造成困難。因此，本論文之《夢影緣》文本係採用沈雲龍主編，台北文海出版社於 1971 年所出版之《中國通俗章回小說叢刊 3》，共有兩冊，作者署名爲爨下生，分成 4 卷 48 回。

二、《精忠傳彈詞》之版本及內容

關於《精忠傳彈詞》一書之版本，胡文楷之說明如下：

> 一九三一年商務印書館排印本。有李榣、徐德升序。全書凡七十三回。〔註21〕

盛志梅於〈彈詞知見綜錄〉一文中記載如下：

> 《精忠傳彈詞》，上下卷 73 回，周穎芳著，李榣序，民國二十年辛未（1931）商務印書館鉛印，1 冊。
>
> 《精忠傳彈詞》，2 卷 73 回，泉唐女士嚴周蕙風穎芳氏著，民國二十四年乙亥（1935）上海商務印書館鉛印，1 冊。

〔註20〕見清・爨下生著，《夢影緣・自序》，頁 1。
〔註21〕見胡文楷編著，張宏生等增訂，《歷代婦女著作考（增訂本）》，卷 11，頁 385。

《新刻秘本彈詞大精忠全傳》，初集 10 卷，二集 10 卷，民國年間刻
本，2 冊。〔註22〕

由此兩段記載，可知周穎芳《精忠傳彈詞》分成上下兩卷，署名有周穎芳及
嚴周蕙風穎芳氏兩種，版本有民國二十年辛未（1931）和民國二十四乙亥
（1935）兩種。本論文所根據的即是後者，上卷爲第一至三十六回，下卷爲
第三十七至七十三回，本書前有光緒二十六年徐德升之序，以及民國元年李
樞之序。由於《精忠傳彈詞》一書以岳飛講述教忠教孝，書中絕少提及作者
個人相關資訊。因此，僅能從兩篇序文得知周穎芳之家世背景概略，以及本
書創作動機。徐德升之序，引錄如下：

德配周蕙風夫人爲世家名媛，有至性，且通書史，諳吟詠，著有《硯
香閣詩草》二卷待刊。……爰提筆補作《精忠傳彈詞》三十六卷。
〔註23〕

又李樞之序中，有如下之敘述：

乃奉君姑，並攜六月孤兒，伴櫬回浙，賃居於海寧桐木村舊戚馬氏
之見遠山樓。自此含冰茹蘗之中，惟曲盡其事長撫雛之責矣。太夫
人固巾幗鬚眉，生平愛慕古名臣，以宋岳忠武爲首推，因就世傳之
精忠傳說部，辨其訛而求其是，改爲彈詞若干卷，冀其精忠事蹟，
家喻戶曉，不惑於無稽之談。〔註24〕

由以上兩則序文，我們可以得知：嚴謹德配周蕙風具有詩才，著有《硯香閣
詩草》，她寫作《精忠傳彈詞》之緣起，是因爲痛於其夫嚴謹於同治乙丑（1865）
治苗亂陣亡於石阡府任內，以及對於岳飛說部故事冤冤相報之說不以爲然，
遂創作一部教忠教孝之作。面對丈夫驟逝，周穎芳捨生不遂，其後，她善盡
事上課子之責，於同治戊辰（1868）至光緒乙未（1895），花費二十八年時間
寫作《精忠傳彈詞》。對於爲何挑選岳飛爲主角，徐德升及李樞都認爲是因爲
周穎芳素慕岳飛之精忠事蹟，冀望世人能不惑於無稽之談，以免模糊是非道
德之分際。於是，我們要探問的是：岳飛說部冤冤相報之說被周穎芳如何改
動呢？因此，本論文在第五章將會比較錢彩《說岳全傳》與周穎芳《精忠傳
彈詞》兩書，以呈現周穎芳的果報觀。

〔註22〕　以上參見盛志梅著，《清代彈詞研究》，頁 333～334。
〔註23〕　徐德升之序，見清・嚴周穎芳著，《精忠傳彈詞》，頁 2。
〔註24〕　李樞之序，見清・嚴周穎芳著，《精忠傳彈詞》，頁 1。

　　《精忠傳彈詞》一書之內容，講述了岳飛忠義的故事，一開始便以他幼年遭洪水之災開頭，賦予他大難不死的奇遇。其後，更以拜師、結交、保國、遭害的一連串情節，將岳飛的忠貞孝義與奸人的詭計構陷，作了大篇幅的鋪陳。雖然周穎芳運用的是歷史人物的題材，但是畢竟彈詞小說的閱讀社群以女性為主，因此，這一本女性作家創作的岳飛故事文本，加入了豐富的女性人物形象描寫，為了吸引女性讀者，周穎芳在歷史敘事當中，加入了岳飛夫妻的閨閣絮語，這一點在錢彩的《說岳全傳》中付之闕如；此外，對於構陷岳飛的奸人，周穎芳與錢彩一樣均安排以報應，但令人好奇的是：周穎芳一書中出現了異於錢彩《說岳全傳》的奸人名稱，於是，我們要探問的便是：為何她加入了這幾個人物？這些人物真有其人嗎？且他們在歷史上是奸人嗎？周穎芳如此安排，是否別有用意呢？可以說周穎芳《精忠傳彈詞》一書，大力提倡了忠孝之道，在清末紛亂、國勢不振的時局當中，筆者認為極具時代意義。

第三節　文獻探討

　　本節擬針對本論文研究對象——《夢影緣》和《精忠傳彈詞》之研究文獻進行回顧與探討，由於兩本作品均屬於彈詞範疇，故首先針對彈詞之學位論文及期刊論文進行搜羅整理，以明彈詞研究之成果與不足之處，此亦呼應了本論文之研究動機；其次，再分別針對《夢影緣》和《精忠傳彈詞》兩部彈詞現有之研究成果，進行闡述、評論，並點出可再研究之處，而這也開啟了本論文之問題意識。

一、彈詞研究現況

（一）學位論文

　　如前一節所述，針對鄭澹若《夢影緣》、周穎芳《精忠傳彈詞》進行論述的篇章極少，也未有將兩本小說作品並置討論的論文出現，在研究對象上，彈詞小說被研究過的文本有：《天雨花》、《再生緣》、《筆生花》、《珍珠塔》、《鳳雙飛》等。這幾本彈詞小說在目前可見的學位論文，主要可以分成單本彈詞小說的研究和多本彈詞小說的研究兩種，以單本彈詞小說進行碩士論文研究的佔大多數，以數本彈詞小說進行論述的博士論文極其稀少，以下按照年代

先後，將兩岸以彈詞為題之有關研究成果，〔註25〕列舉如下：

序號	作者	論文名稱	出版	學校系所	學位
1	朱家炯	蘇州彈詞音樂研究	1982	中國文化大學 藝術研究所	碩士
2	孫慧雅	蘇州彈詞《珍珠塔》研究	1985	國立台灣師範大學 音樂研究所	碩士
3	楊曉菁	《再生緣》研究	1997	國立高雄師範大學 國文研究所	碩士
4	方紅	《再生緣》與女性文學	2000	華中師範大學	碩士
5	朱焱煒	論擬彈詞	2001	蘇州大學	碩士
6	盛志梅	清代彈詞研究	2002	華東師範大學	博士
7	鮑震培	清代女作家彈詞研究	2002	南開大學	博士
8	王仙瀛	蘇州彈詞《西廂記》文學探源	2002	蘇州大學	博士
9	張俊	《再生緣》三論	2003	重慶師範大學	碩士
10	葉懿慧	侯芝及其彈詞研究	2004	國立嘉義大學 中國文學研究所	碩士
11	陳文瑛	蘇州彈詞研究	2004	玄奘人文社會學院 中國文學研究所	碩士
12	李秋菊	彈詞《再生緣》結局新析	2004	湘潭大學 文學與新聞學院	碩士
13	盧振杰	《再生緣》女性意識對「女扮男裝」母題的超越	2004	遼寧師範大學	碩士
14	池水涌	中國蘇州彈詞與朝鮮盤索里比較研究	2004	中央民族大學	博士
15	楊貴玉	《再生緣》中女性意識之研究	2005	國立彰化師範大學 國文研究所	碩士
16	張娟	尋找女性主義文學的傳統——論清代女性彈詞小說的女性主義文學質素及其「經典化」歷程	2005	北京師範大學	碩士

〔註25〕此表格之羅列，是以論文題目中出現「彈詞作品名稱」或「彈詞」二字，而「女扮男裝」雖然也是彈詞小說中常出現之主題，但研究者多半是以「明清小說」為主要研究文本，彈詞僅是其中一小部分，並不是研究的主要對象，故此處略去不論。

17	邱靖宜	邱心如及其《筆生花》研究	2006	國立中山大學 中國文學研究所	碩士
18	趙海霞	彈詞小說論	2006	山東大學	碩士
19	馬曉俠	女性聲音的表達——《再生緣》研究	2006	陝西師範大學	碩士
20	李凱旋	寄宿在自己的一間閨房裡——《再生緣》研究	2006	廣西師範大學	碩士
21	霍彤彤	《再生緣》女性意識背後的男性意識	2006	新疆師範大學	碩士
22	陳文璇	邱心如《筆生花》研究	2007	銘傳大學 應用中國文學研究所	碩士
23	黃曉晴	《再生緣》之女性自我實現研究	2007	國立中央大學 中國文學研究所	碩士
24	胡麗心	論清代女性彈詞小說之興衰	2007	內蒙古民族大學	碩士
25	雷濟菁	長沙彈詞唱腔研究	2007	湖南師範大學	碩士
26	張曉寧	《筆生花》中女性意識之研究	2008	國立中正大學 中國文學研究所	碩士
27	雷霞	江南女性彈詞小說創作研究	2008	湘潭大學	碩士
28	潘訊	蘇州彈詞《楊乃武與小白菜》研究	2008	蘇州大學	碩士
29	黃曉霞	論《再生緣》	2008	天津師範大學	碩士
30	王海榮	《再生緣》中女扮男裝模式的淵源與拓展	2008	上海交通大學	碩士
31	鄭宛真	邱心如《筆生花》的女性刻畫與文化意涵	2009	國立台灣師範大學 國文研究所	碩士
32	駱育萱	《天雨花》、《再生緣》及《筆生花》主題思想研究	2009	國立中山大學 中國文學研究所	博士
33	楊敏	三大彈詞小說的女性觀研究	2009	華東師範大學	碩士
34	張雪	探尋她世界——清代女性彈詞小說女性與家庭關係研究	2009	黑龍江大學	碩士
35	梁佳	清代彈詞敘事特徵論稿	2009	四川師範大學	碩士
36	周麗琴	紅樓夢子弟書研究	2009	揚州大學	碩士
37	曲藝	長篇彈詞《再生緣》用韻研究	2009	福建師範大學	碩士
38	林吟	清代吳語彈詞用韻研究	2009	福建師範大學	碩士

39	方思茹	彈詞《珍珠塔》研究	**2010**	國立中央大學 中國文學研究所	碩士
40	朱新荷	清代彈詞小說《再生緣》與現代蘇州彈詞本《再生緣》之比較	2010	內蒙古民族大學	碩士
41	唐勝蘭	《天雨花》研究	2010	蘇州大學	碩士
42	耿佳佳	論《再生緣》在中國古代女性文學史上的地位	2010	重慶工商大學	碩士
43	林麗裡	《鳳雙飛》：變動時代中的女性彈詞小說	**2011**	輔仁大學 比較文學研究所	博士
44	林琳	論彈詞《天雨花》	2011	河北師範大學	碩士
45	黃竹君	彈詞小說《天雨花》之父女倫理關係研究	**2012**	國立暨南國際大學 中國文學系	碩士
46	白潔	角色與表達：晚清女彈詞小說中的女性文化意識	2012	青海師範大學	碩士
47	李姝婭	論《天雨花》	2012	天津師範大學	碩士
48	任偉	論《筆生花》	2012	天津師範大學	碩士
49	蔡豔嫣	彈詞小說《何必西廂》研究	2012	安徽大學	碩士
50	張振成	海公大小紅袍研究	2012	吉林大學	碩士
51	车華	益陽彈詞的藝術特徵與演唱研究	2012	湖南師範大學	碩士
52	林均珈	《紅樓夢》本事衍生之清代戲曲、俗曲研究	**2013**	臺北市立教育大學 中國語文學系	博士
53	郭平平	清代小說戲曲中的女性自覺——以《兒女英雄傳》、《再生緣》和《小蓬萊仙館傳奇》為例	**2013**	逢甲大學 中國文學系〔註26〕	碩士
54	王贇	清代著名女性彈詞中女英雄形象研究	2013	南京師範大學	碩士

從以上表格所列之論文，可發現在研究對象的選擇上，彈詞小說的單篇論文多圍繞在《珍珠塔》、《天雨花》、《再生緣》、《筆生花》等書之女性觀、倫理關係、女英雄主題研究，在五十四篇以彈詞為題之論文中，台灣僅佔十七篇（以粗體標楷體字標示），對岸則佔了三十七篇，顯見對岸在彈詞小說的研究，數量上較台灣為多。

〔註26〕郭平平此一論文，在台灣博碩士論文網載明為「逢甲大學」，在中國優秀碩士學位論文全文數據資料庫，載明為「山東大學」，此處採用台灣博碩士論文網。

2002 年，盛志梅和鮑震培兩位以彈詞爲題的博士論文問世後，在彈詞小說的研究史具有開創之功。此兩本博士論文均以整個彈詞小說作爲研究對象，全面性地搜羅彈詞小說文本，並且對於彈詞小說之作者、版本、內容、影響均有闡發，但是這種全面性的總論雖然對於發展史的脈絡具有完整論述，對於建構彈詞小說史是必要的工作，但對於個別單一文本而言，難免有未能深入分析之憾，此爲全面性、完整性的關注下難免會產生的問題，但不可否認，對於彈詞小說文本的掌握，此兩本博士論文貢獻卓著。

此五十四篇論文中，以單本《再生緣》爲研究對象的就佔了十七篇，以《筆生花》爲題的佔了五篇，以《天雨花》爲題的佔了四篇，以《珍珠塔》爲題的佔了兩篇，其他如蘇州彈詞《楊乃武與小白菜》、蘇州彈詞《西廂記》、《紅樓夢》開篇彈詞、《何必西廂》、《繡像福壽大紅袍》彈詞、侯芝所編寫之彈詞作品、《鳳雙飛》，則分別僅有一篇論文進行論述，其餘則爲聲腔音樂性研究。由以上之數據，顯見「彈詞三大」——《天雨花》、《再生緣》、《筆生花》之研究成果最爲豐富，其中尤以陳端生《再生緣》最受研究者青睞。

多篇小說的研究，可以分成總論和以「彈詞三大」——《天雨花》、《再生緣》、《筆生花》爲研究重點兩種，總論的論文則以彈詞小說爲一個整體，對彈詞小說的起源、發展、音樂性及版本、內容進行考證與論述，在五十四篇中佔了十一篇；以「彈詞三大」爲研究對象的則佔了兩篇，主要是針對「彈詞三大」——《天雨花》、《再生緣》、《筆生花》的綜合討論而發，研究的議題和單本彈詞小說的研究相同，不跳脫女作家的女性觀、倫理觀或扮裝主題的運用，未能有更精闢新穎的見解。

（二）期刊論文

在台灣國家圖書館期刊文獻資訊網中，篇名、關鍵詞輸入「彈詞」作搜尋，將僅以案頭類之彈詞小說爲研究對象之期刊論文錄出，有以下幾篇，若將內容加以分類，則有以下之傾向：

1. 彈詞小說總論、作家介紹、戲曲表演

期刊論文以彈詞小說之背景進行總論，有程松甫〈彈詞考〉、〔註27〕程松甫〈蘇州彈詞〉、〔註 28〕王秋桂〈中研院史語所所藏長篇彈詞目錄初稿〉、

〔註27〕程松甫著，〈彈詞考〉，《雄獅美術》，第 93 期，1978 年 11 月，頁 126～130。
〔註28〕程松甫著，〈蘇州彈詞〉，《江蘇文物》，第 12 期，1978 年 6 月，頁 88～92。

〔註29〕余崇生〈彈詞研究資料敍介〉、〔註30〕李鳳行〈「彈詞」淺說〉、〔註31〕
楊振良〈清代彈詞名家——馬如飛〉、〔註32〕胡曉眞〈才女徹夜未眠——清代
婦女彈詞小說中的自我呈現〉、〔註33〕胡曉眞〈閱讀反應與彈詞小說的創作—
—清代女性敍事文學傳統建立之一隅〉、〔註34〕魏愛蓮（Ellen Widmer）〈Hou Zhi
侯芝（1764～1829），Poet and Tanci 彈詞 Writer〉、〔註35〕胡曉眞〈由彈詞編
訂家侯芝談清代中期彈詞小說的創作形式與意識型態轉化〉、〔註36〕高友工
〈從「絮閣」、「驚變」、「彈詞」說起——藝術評價問題之探討〉、〔註37〕尤靜
嫻〈找回聲音——談「彈詞」、「女彈」的敍事性〉、〔註38〕胡曉眞〈酗酒、瘋
癲與獨身——清代女性彈詞小說中的極端女性人物〉。〔註39〕

　　以上共有十四篇針對彈詞之文體總論、戲曲表演、藝術評價，或對於彈
詞名家之簡介。其中，胡曉眞對於彈詞文體之敍事性著力甚深，她不僅對於
彈詞之文體特色進行綜論，將彈詞小說中之敍寫模式、敍寫主題加以分析歸
納，還將研究重點聚焦在幾部重要的彈詞小說作品，相關論文集結成《才女
徹夜未眠》一書，彈詞研究成果卓著。除此之外，並未形成彈詞之文學理論，
或文學批評系統論述。

〔註29〕王秋桂著，〈中研院史語所所藏長篇彈詞目錄初稿〉，《中國書目季刊》，第 14
　　　卷 1 期，1980 年 6 月，頁 75～86。
〔註30〕余崇生著，〈彈詞研究資料敍介〉，《中國書目季刊》，第 22 卷 4 期，1989 年 3
　　　月，頁 105～110。
〔註31〕李鳳行著，〈「彈詞」淺說〉，《文藝月刊》，第 245 期，1989 年 11 月，頁 97～
　　　104。
〔註32〕楊振良著，〈清代彈詞名家——馬如飛〉，《臺北師院學報》，第 4 期，1991 年
　　　7 月，頁 201～227。
〔註33〕胡曉眞著，〈才女徹夜未眠——清代婦女彈詞小說中的自我呈現〉，《近代中國
　　　婦女史研究》，第 3 期，1995 年 8 月，頁 51～76。
〔註34〕胡曉眞著，〈閱讀反應與彈詞小說的創作——清代女性敍事文學傳統建立之一
　　　隅〉，《中國文哲研究集刊》，第 8 期，1996 年 3 月，頁 305～364。
〔註35〕魏愛蓮（Ellen Widmer）著，〈Hou Zhi 侯芝（1764～1829），Poet and Tanci 彈
　　　詞 Writer〉，《近代中國婦女史研究》，第 5 期，1997 年 8 月，頁 155～173。
〔註36〕胡曉眞著，〈由彈詞編訂家侯芝談清代中期彈詞小說的創作形式與意識型態轉
　　　化〉，《中國文哲研究集刊》，第 12 期，1998 年 3 月，頁 41～90。
〔註37〕高友工著，〈從「絮閣」、「驚變」、「彈詞」說起——藝術評價問題之探討〉，《中
　　　國文哲研究通訊》，第 8 卷 2 期（總 30 號），1998 年 6 月，頁 1～10。
〔註38〕尤靜嫻著，〈找回聲音——談「彈詞」、「女彈」的敍事性〉，《中國文學研究》，
　　　第 18 期，2004 年 6 月，頁 173～192。
〔註39〕胡曉眞著，〈酗酒、瘋癲與獨身——清代女性彈詞小說中的極端女性人物〉，《中
　　　國文哲研究集刊》，第 28 期，2006 年 3 月，頁 51～80。

2. 彈詞小說作品

對於彈詞僅見的作品進行個別性或數本並論的期刊論文，數量上較多，有以下十八篇，分別是：張思靜〈方法・視野・文化脈絡：中國文學批評史上的《論再生緣》〉、〔註40〕黃深明〈陳寅恪與再生緣彈詞〉、〔註41〕賴芳伶〈關於晚清幾部庚子事變的小說彈詞〉、〔註42〕劉禎〈目蓮尋母與彈詞〉、〔註43〕許麗芳〈試論「再生緣」之書寫特徵與相關意涵〉、〔註44〕胡曉真〈晚清前期女性彈詞小說試探——非政治文本的政治解讀〉、〔註45〕胡曉真〈秩序追求與末世恐懼——由彈詞小說「四雲亭」看晚清上海婦女的時代意識〉、〔註46〕王仙瀛〈彈詞「西廂記」的傳承〉、〔註47〕夏葉、曹徐〈望族申家和彈詞「玉蜻蜓」〉、〔註48〕朱我芯〈彈詞小詞《天雨花》的女性書寫特徵〉、〔註49〕林燕玲〈米鹽瑣屑與錦繡芸窗之間——彈詞「筆生花」自敘中呈現的創作動機與矛盾〉、〔註50〕王進安〈長篇彈詞《筆生花》的用韻特點研究〉、〔註51〕岡崎由

〔註40〕 張思靜著，〈方法・視野・文化脈絡：中國文學批評史上的《論再生緣》〉，《中國文化研究所學報》，第 55 期，2012 年 7 月，頁 231～249。

〔註41〕 黃深明著，〈陳寅恪與再生緣彈詞〉，《中國評論》，第 392 期，1969 年 12 月，頁 11。

〔註42〕 賴芳伶著，〈關於晚清幾部庚子事變的小說彈詞〉，《文史學報》，第 22 期，1992 年 3 月，頁 31～53。

〔註43〕 劉禎著，〈目蓮尋母與彈詞〉，《民俗曲藝》，第 93 期，1995 年 1 月，頁 177～217。

〔註44〕 許麗芳著，〈試論「再生緣」之書寫特徵與相關意涵〉，《中山人文學報》，第 5 期，1997 年 1 月，頁 137～158。

〔註45〕 胡曉真著，〈晚清前期女性彈詞小說試探——非政治文本的政治解讀〉，《中國文哲研究集刊》，第 11 期，1997 年 9 月，頁 89～135。

〔註46〕 胡曉真著，〈秩序追求與末世恐懼——由彈詞小說「四雲亭」看晚清上海婦女的時代意識〉，《近代中國婦女史研究》，第 8 期，2000 年 6 月，頁 89～128。

〔註47〕 王仙瀛著，〈彈詞「西廂記」的傳承〉，《中國語文》，第 91 卷 6 期（總 546 號），2002 年 12 月，頁 63～71。

〔註48〕 夏葉、曹徐著，〈望族申家和彈詞「玉蜻蜓」〉，《大雅藝文雜誌》，第 24 期，2002 年 12 月，頁 20～23。

〔註49〕 朱我芯著，〈彈詞小詞《天雨花》的女性書寫特徵〉，《東海大學文學院學報》，第 44 期，2003 年 7 月，頁 159～182。

〔註50〕 林燕玲著，〈米鹽瑣屑與錦繡芸窗之間——彈詞「筆生花」自敘中呈現的創作動機與矛盾〉，《國立臺中技術學院人文社會學報》，第 2 期，2003 年 12 月，頁 125～140。

〔註51〕 王進安著，〈長篇彈詞《筆生花》的用韻特點研究〉，《東方人文學誌》，第 3 卷 1 期，2004 年 3 月，頁 149～157。

美〈彈詞《倭袍傳》的流傳與諸文本〉、〔註52〕曾敏之〈從楊升庵的彈詞說起〉、〔註53〕陳秀香〈自身可養自身來——試論陳端生《再生緣》中的女性意識〉、〔註54〕龔敏〈彈詞《三國志玉璽傳》的來源和成書時間考略〉、〔註55〕張思靜〈敘事重心的轉移：從《再生緣》到《筆生花》〉、〔註56〕簡映青〈論《筆生花》對傳統妻職的反思〉。〔註57〕

　　若將以上所列之彈詞作品研究加以細分，則可發現與「彈詞三大」——《再生緣》、《筆生花》、《天雨花》相關的篇數佔了九篇，這樣的趨勢與學位論文的情形一致，「彈詞三大」仍然是彈詞研究的焦點，也就反映了彈詞研究在取材上的狹隘弊病。

　　綜合學位論文和期刊論文來看，不論研究的對象是單本或多本彈詞作品，可以發現研究者多集中以「彈詞三大」作為研究的範圍，對於作品的詮釋，亦多將小說所欲表達之主題，聚焦在女性發抒內心不滿的情緒上，女性對於自身處境之憤懣，藉彈詞小說以發洩，也藉由彈詞小說與閨閣姊妹進行交流，從中探討彈詞小說所展現的家庭倫理。因此，可以明顯地發覺在研究對象的選擇上，仍然有許多彈詞小說文本是被遺漏的，是等待被研究者挖掘的，例如：本論文所欲探討的兩部彈詞小說——《夢影緣》和《精忠傳彈詞》；此外，在探討議題上，還可以跳脫女性被傳統所束縛圍限的觀點，在一個歷史、社會的背景下觀看女性彈詞小說。

二、《夢影緣》研究現況

（一）學位論文

　　目前兩岸並未有針對鄭澹若《夢影緣》一書進行研究之學位論文，僅有

〔註52〕 岡崎由美著，〈彈詞《倭袍傳》的流傳與諸文本〉，《戲劇研究》，第 2 期，2008 年 7 月，頁 123～143。
〔註53〕 曾敏之著，〈從楊升庵的彈詞說起〉，《明報月刊》，第 43 卷 11 期（總 515 號），2008 年 11 月，頁 103。
〔註54〕 陳秀香著，〈自身可養自身來——試論陳端生《再生緣》中的女性意識〉，《國文天地》，第 25 卷 9 期（總 297 號），2010 年 2 月，頁 48～53。
〔註55〕 龔敏著，〈彈詞《三國志玉璽傳》的來源和成書時間考略〉，《止善》，第 8 期，2010 年 6 月，頁 193～206。
〔註56〕 張思靜著，〈敘事重心的轉移：從《再生緣》到《筆生花》〉，《中央大學人文學報》，第 46 期，2011 年 4 月，頁 185～230。
〔註57〕 簡映青著，〈論《筆生花》對傳統妻職的反思〉，《中正大學中國文學研究所研究生論文集刊》，第 13 期，2011 年 6 月，頁 115～130。

幾篇論文在溯及彈詞發展史或論及女作家的求仙風氣時稍微提及，並未深入探討。

在學位論文中有提及鄭澹若《夢影緣》一書的，有盛志梅《清代彈詞研究》、鮑震培《清代女作家彈詞研究》、雷霞《江南女性彈詞小說創作研究》、楊敏《三大彈詞小說的女性觀研究》、崔琇景《清後期女性的文學生活研究》。〔註58〕

盛志梅《清代彈詞研究》及鮑震培《清代女作家彈詞研究》之論文先後經出版成書，對彈詞小說之研究奠定深厚基礎。兩書對於鄭澹若《夢影緣》及周穎芳《精忠傳彈詞》之作者、版本考究、內容概述，均有突破整理之成果。而盛志梅《清代彈詞研究》對鄭澹若《夢影緣》一書有如下之讚語：

> 它在敘述事件情節、塑造人物性格、描摹人物心理等方面都顯示了
> 作者深厚的文字功底、文學素養。〔註59〕

文中具體舉第三十七回爲例，以說明作者鄭澹若擅於描摹人物之心理。而對於《精忠傳彈詞》之簡介，則舉第五十一回爲例，以說明周穎芳是如何描寫牛皋可愛之處。〔註60〕但由於盛志梅《清代彈詞研究》爲一通盤式的總論，對於個別作品只能點到爲止，未能再加深述。鮑震培《清代女作家彈詞研究》除了作者、版本、內容概述之外，還將此兩部彈詞作品與他本作品進行主題之統整，例如：作品中女性所透露的大敘事情懷，以及展現的女性宗教傾向，〔註61〕對於本論文啓發良多，引領筆者對於這兩部彈詞小說進行細微之主題思想探討。

雷霞《江南女性彈詞小說創作研究》對江南女性彈詞小說作家進行簡介，大致上是參照之前專家學者之說法，其中有鄭澹若的生平，但卻只說其夫姓周，未寫出全名，此爲未作進一步詳查之處。〔註62〕後於作品簡介中，雷霞說：

〔註58〕崔琇景著，《清後期女性的文學生活研究》（上海：復旦大學博士論文，2010年）。

〔註59〕見盛志梅著，《清代彈詞研究》，頁107。

〔註60〕見盛志梅著，《清代彈詞研究》，頁143～144。

〔註61〕見鮑震培著，《清代女作家彈詞研究》（天津：南開大學出版社，2008年5月，第1版第1次印刷），頁164～209。

〔註62〕見雷霞著，《江南女性彈詞小說創作研究》（湘潭：湘潭大學碩士論文，2008年），頁14～15。

本文塑造了這樣一個情節：千年得道的玉蝶偶動凡心，爲梅花神魁
芳仙子點化，得返本眞，乃與仙子相愛如手足。最後在青帝的允許
下仙子率十二花神投生人世，演繹了一場人神相戀的故事。〔註63〕

筆者認爲此段文字無法緊扣鄭澹若《夢影緣》之主旨，以「人神相戀」來說
明莊夢玉與十二花神之間的關係並不恰當，因爲他們同樣來自天界，最後同
樣回歸，並非人與神兩相異類。

楊敏《三大彈詞小說的女性觀研究》是以三大彈詞爲主要研究對象，因
此，僅提及鄭澹若《夢影緣》「傳奇半出名人手，難以爭先著祖鞭，……」一
句，以說明爲何女性較男性鍾情於彈詞此一文體之寫作。〔註64〕崔瑈景《清
後期女性的文學生活研究》一文則在「女性彈詞作家的書寫心態」一節中論
及邱心如和鄭貞華的彈詞論，她認爲鄭澹若《夢影緣》中所要強調的「情」，
應該是「無邪」，表現的最高境界便是「孝忠」。〔註65〕崔瑈景還針對胡曉眞
認爲鄭澹若對於自己過去所寫詩歌具有反省之見解提出己見，她說：

鄭氏的批判可能是瞄準以前其他女性彈詞的。就如侯芝所抨擊的那
樣，對於代表閨房女性的集體白日夢的，如《再生緣》等的作品，
鄭肯定抱有反感。在像她們那樣保守的閨秀眼裡，女性爲了追求個
人功名而正面反抗儒家倫理——尤其是「貞」、「孝」等——的行爲，
是絕對不能接受的。根據她們的標準，這種彈詞的危害要比詩歌大
得多。〔註66〕

但崔瑈景之論文亦屬通論性質，對於清後期女性之文學表現，不論是詩或小
說，均有所觸及討論，有助於了解清後期女性作家之群體交遊、文學作品之
接受與傳播。

（二）期刊論文

期刊論文部分，以《夢影緣》爲題的僅有：胡曉眞撰寫〈凝滯中的分裂

〔註63〕 見雷霞著，《江南女性彈詞小說創作研究》（湘潭：湘潭大學碩士論文，2008
年），頁19。
〔註64〕 見楊敏著，《三大彈詞小說的女性觀研究》（上海：華東師範大學碩士論文，
2009年），頁31。
〔註65〕 參見崔瑈景著，《清後期女性的文學生活研究》（上海：復旦大學博士論文，
2010年），頁63。
〔註66〕 見崔瑈景著，《清後期女性的文學生活研究》，頁62。

文本──由《夢影緣》再探晚清前期的女性敘事〉〔註67〕及裴偉〈《夢影緣》
──賽珍珠讀過的一部彈詞作品〉兩篇。〔註68〕

　　胡曉真〈凝滯中的分裂文本──由《夢影緣》再探晚清前期的女性敘事〉
一文是目前為止論述《夢影緣》一書最為詳盡的期刊論文，對於本論文啟迪
良多。胡曉真將《夢影緣》一書之內容，及其所牽涉的孝道思想、謫仙架構、
善書語境均有精闢之闡述，是一篇開創之作。但是，此單篇論文仍然有幾點
是值得再加以考究的：首先，在作者生平方面，對於作者父親並未作詳考，
以致於遺漏掉家族性整體的研究；其次，對於書中為數眾多的遊仙詩並未作
進一步探討，忽略了這些詩句的出處及意義；最後，因為未能作家族性的整
體關注，所以此部彈詞小說與其女《精忠傳彈詞》依然是分列的兩部作品，
並未有相關連結性的研究。

　　而裴偉一文對於研究《夢影緣》的價值，是引用了《孫金振遺稿》詠稗
絕句二十首中的詠彈詞小說的詩句，為《夢影緣》的相關資料做了保留的工
作。被題詠的彈詞小說有《天雨花》、《筆生花》和《夢影緣》三本。其中詠
《夢影緣》有三首，茲引如下：〔註69〕

> 花開十二鳳雙飛，跋扈矜嚴各擅揚。八百年來為後殿，陶真史上發
> 奇光。（《鳳雙飛》與《夢影緣》）
>
> 新世風雷激蕩開，月闌礎潤費疑猜。問他九烈三貞女，幾個媒言父
> 命來。（《夢影緣彈詞》）
>
> 苦研醫卜為謀生，絳帳梨園總自管。多少更生傳列女，瓣香只在北
> 宮嬰。
>
> 妙絕雲英掌上身，趨庭爛漫盡天真。舊邦自有移情筆，不數侏離小
> 婦人。

〔註67〕收錄於胡曉真著，《才女徹夜未眠──近代中國女性敘事文學的興起》，頁315
　　　　～371。
〔註68〕胡曉真〈凝滯中的分裂文本──由《夢影緣》再探晚清前期的女性敘事〉一
　　　　文，收錄於氏著，《才女徹夜未眠──近代中國女性敘事文學的興起》，頁315
　　　　～371。裴偉著，〈《夢影緣》──賽珍珠讀過的一部彈詞作品〉，《南京師範大
　　　　學文學院學報》，第4期，2004年12月，頁186～187。
〔註69〕見楊積慶、陳天白編，《孫金振遺稿》（鎮江出版社，1995年內部發行），國內
　　　　並無此資料，轉引自裴偉著，〈《夢影緣》──賽珍珠讀過的一部彈詞作品〉，
　　　　《南京師範大學文學院學報》，第4期，2004年12月，頁186～187。

辜負幽芳絕世名，宋媛意趣不分明。續貂筆墨尤多事，嚼蠟平添謝
逸卿。（《夢影緣彈詞》）

裴偉說：

作者以女性的敏感視角和切身體驗，指出女子「移孝事姑」是男子
「移孝事君」的前提，惟有轉移成功，才能成就男子的忠孝理想。
〔註 70〕

這一點在後來的所有論及《夢影緣》之研究期刊單篇論文均未提及，是裴偉
之獨到見解。但裴偉之文章僅有兩頁，對於《夢影緣》一書並未能作深入探
討，此為其不足之處。

三、《精忠傳彈詞》研究現況

由上述彈詞研究之文獻探討，可發現並未有以《精忠傳彈詞》為研究對
象之學位論文出現。而歷來提到《精忠傳彈詞》一書之期刊論文，均是在討
論清代彈詞小說或岳飛之作品文本時，才順便述及，唯一比較全面的研究是
胡曉真〈晚清前期的女性彈詞小說——非政治文本的政治解讀〉一文。〔註 71〕
由於《精忠傳彈詞》之主角為岳飛，且《精忠傳彈詞》之內容有對於錢彩《說
岳全傳》之反應，故有必要在岳飛相關研究上作文獻之整理，以了解並呈現
岳飛研究目前的成果，以及《精忠傳彈詞》仍有研究的必要。以下先列出以
岳飛為研究主題之學位論文，其次是期刊論文的篇章，從中針對與《精忠傳
彈詞》相關之論文進行評論，以了解需要進一步探討之處。

（一）學位論文

清代彈詞小說研究的論文中，針對周穎芳《精忠傳彈詞》提出討論的有
盛志梅《清代彈詞研究》、鮑震培《清代女作家彈詞研究》。雷霞《江南女性彈
詞小說創作研究》則是沿用前人說法，對周穎芳的生平作了簡單的敘述，〔註 72〕
而對於《精忠傳彈詞》的分析，她說：

〔註 70〕見裴偉著，〈《夢影緣》——賽珍珠讀過的一部彈詞作品〉，《南京師範大學文
學院學報》，第 4 期，2004 年 12 月，頁 187。

〔註 71〕收錄於胡曉真著，《才女徹夜未眠——近代中國女性敘事文學的興起》，頁 267
～314。

〔註 72〕見雷霞著，《江南女性彈詞小說創作研究》（湘潭：湘潭大學碩士論文，2008
年），頁 15～16。

　　藉著彈詞小說的特點，在她的作品中增加了岳飛家庭生活的細節，

　　塑造了巾幗英雄岳夫人的形象。〔註73〕

但可惜的是，作者僅點到為止，並未對所敘述之特點進行深一層的細部分析。

　　在台灣博碩士論文資訊網、中國優秀碩士學位論文全文數據資料庫、中國博士學位論文全文數據庫，以「岳飛」為論文名稱或關鍵詞輸入，〔註74〕所得之結果共有 21 筆資料，台灣有 7 筆，對岸有 14 筆，茲按照時代先後，分述如下：

序號	作者	論文名稱	出版	學校系所	學位
1	張火慶	《說岳全傳》研究	1984	東海大學中文研究所	碩士
2	洪素真	岳飛故事研究	1999	國立台灣師範大學國文研究所	碩士
3	張清發	岳飛故事研究	2000	國立成功大學中文研究所	碩士
4	張清發	明清家將小說研究	2004	國立高雄師範大學國文研究所	博士
5	徐衛和	岳飛文學形象的多種形態及其文化內涵探析	2004	江西師範大學	碩士
6	金成翰	岳飛小說研究	2006	復旦大學	博士
7	楊秀苗	《說岳全傳》傳播研究	2007	山東大學	碩士
8	楊華慧	熊大木《大宋中興通俗演義》研究	2008	福建師範大學	碩士
9	孫長明	論中國古典小說中的福將形象	2008	山東師範大學	碩士
10	王振東	試論岳飛形象的演變：以國家與民間的互動為中心的考察	2008	山東大學	碩士
11	蔡佳凌	嘉南地區岳飛信仰之研究	2009	國立台南大學台灣文化研究所	碩士
12	李繼偉	從簡單到複雜，從紀實到虛構——「說岳」故事人物形象流變歷程考論	2009	首都師範大學	碩士

〔註73〕見雷霞著，《江南女性彈詞小說創作研究》（湘潭：湘潭大學碩士論文，2008年），頁20。

〔註74〕檢索日期：2014/06/09。

13	宋浩	論岳飛歷史地位的變遷	2010	湘潭大學	碩士
14	王慶年	岳飛戲的敘事藝術研究	2010	福建師範大學	碩士
15	趙立光	「說岳」題材小說研究	2010	哈爾濱師範大學	碩士
16	孫曉軍	岳飛戲創作研究	2011	西北師範大學	碩士
17	楊秀苗	以宋代爲背景的英雄傳奇小說研究	2012	山東大學	博士
18	**蘇哲賢**	**《說岳全傳》敘事藝術研究**	**2013**	**靜宜大學 中文研究所**	**碩士**
19	**莊嘉純**	**岳飛英雄形象與台灣岳王信仰研究**	**2013**	**國立中興大學 中文研究所**	**碩士**
20	吳莉莉	《建炎以來繫年要錄》所載岳飛事跡鉤沉	2013	南昌大學	碩士
21	李澤翔	岳飛與中國傳統儒家思想	2013	西南大學	碩士

　　由於孫長明《論中國古典小說中的福將形象》主要是以岳飛部屬牛皋爲主角，故捨去不論，則以岳飛爲研究對象的學位論文有二十篇。由以上之列表可知，歷來對於岳飛之研究，可分爲三方面：岳飛故事之書面資料、岳飛與儒家思想、信仰三方面。以下分別敘述：

　　首先，岳飛故事之書面資料方面，佔了十七篇，以岳飛之史傳、小說、戲曲爲研究範圍，進行思想、內容主題、藝術技巧、文學形象的分析，其中以《說岳全傳》爲主。〔註75〕其次，岳飛與儒家思想方面，主要針對岳飛所展現之精神，探討他受儒家思想影響的部分，僅有一篇。最後，信仰方面，則以台灣地區進行田野調查，將岳飛在民間宗教信仰的流傳現象加以清楚呈現。由於第二點和第三點並非本論文之重點，茲省略不予討論，以下僅針對台灣地區岳飛故事之書面資料學位論文，進行個人之評論意見。

1. 張火慶《說岳全傳研究》、蘇哲賢《《說岳全傳》敘事藝術研究》

　　張火慶《說岳全傳研究》是台灣第一本以《說岳全傳》爲研究對象的學位論文，其後也以《說岳全傳》爲研究主題的張清發批評說：

〔註75〕鄭振鐸有〈岳傳的演化〉一文，指出《說岳全傳》一書之所以風行的原因，是因爲內容荒誕、描寫生動。參見氏著，〈岳傳的演化〉，收錄在《鄭振鐸全集》（石家莊：花山文藝出版社，1998年11月，第1版第1刷），冊4，頁281～282。

《說岳全傳研究》著重在探究小說內容的思想層面，相對的忽略了
小說的敘事結構和情節模式。〔註76〕

而此不足之處，多年後由蘇哲賢《說岳全傳敘事藝術研究》一文予以補足。

2. 洪素真《岳飛故事研究》

洪素真《岳飛故事研究》一文以縱向之時間歷程、橫向之情節安排，交
錯形成岳飛故事內涵之論析，以使讀者了解岳飛精忠形象之形成過程，所涉
及之研究材料相當廣泛，廣搜史傳、戲曲、小說、說唱文學，以使研究範圍
更為周備，最後以岳飛之民間造型作結。此論文之優點在於研究範圍極為周
全，遍及各類體裁，但不足之處為：並未取得《精忠傳彈詞》之文本，以致
於針對《精忠傳彈詞》之情節安排與史實，或與其所根據之錢彩《說岳全傳》
之異同，無法加以比較。

3. 張清發《岳飛故事研究》

張清發《岳飛故事研究》的研究動機是緣於現有的岳飛研究無法全面分
析「岳飛」的特質，若以某一文類進行研究，又無法看出傳說、戲曲、說唱、
小說等，在時代的更迭中所產生的影響。因此，張清發將研究的時代範圍擴
大，由岳飛生存的宋代開始，迄於民國（1912～1999），研究的文本含括正史、
地方志、史家評論；戲曲、說唱、小說、筆記、軼事、傳說；岳飛詩文作品、
文人吟詠、頌弔贊；姓氏族譜、年譜等，研究方法則按照時間順序，採用主
題學的研究法，除了呈現時代與岳飛之關聯，得出宋元是岳飛故事的醞釀期、
明代是岳飛故事的發展期、清代是成熟期、民國以來是轉型期的結論之外，
還企圖透過各時代對於岳飛之評價，探究岳飛故事的流傳、變異緣由，最後
考察岳飛故事流傳之文化意涵，藉以詮釋岳飛崇拜的背後根源。在此論文中，
提及了周穎芳《精忠傳彈詞》，但同樣未取得文本全文，僅根據《岳飛故事戲
曲說唱集》中摘錄的第五十回和第五十一回，有關張俊棄淮、岳飛收復淮西
兵救襄陽一事進行淺析，如此，就無法一探周穎芳如何刪改大鵬鳥和女土蝠
果報之事，周穎芳《精忠傳彈詞》對於錢彩《說岳全傳》之承衍亦無法明析，
此為可惜之處。

〔註76〕見張清發著，《明清家將小說研究》（高雄：國立高雄師範大學國文研究所博
士論文，2004 年），頁 14。

4. 張清發《明清家將小說研究》

張清發《明清家將小說研究》一文，從明清家將小說「文意並拙，然盛行於里巷間」之發展現象出發，分別考察明清家將小說故事之演化、敘事結構與史實比對、英雄人物類型之塑造，以及其所呈現之文化意涵，企圖確立明清家將小說之缺失與價值。在岳家將的故事方面，張清發分別從史傳、傳說、平話以及戲劇、小說三方面，將岳家將故事的演化情形整理敘述，並未針對彈詞作一考察，此為其不足之處。

由以上之討論可知：岳飛研究多以史傳中的岳飛記載，與通俗作品中的岳飛進行比對，除了將兩者進行形象對照，還進一步探討岳飛流行於民間之文化因素，使得後人得以明瞭岳飛形象的演變，以及岳飛根植於民間的背景。但是在通俗作品的選擇上，不論是以通俗演義或傳奇、戲曲為研究對象，均未包括周穎芳《精忠傳彈詞》一書。若有納入，也因為未能取得文本全文，而流於文本資料不足之憾，因此，有關周穎芳《精忠傳彈詞》一書實有進一步深入討論的必要，如此，方能使岳飛通俗文學之研究更為全面而完整。

（二）期刊論文

檢索國家圖書館期刊文獻資訊網、中國期刊網，皆無以「精忠傳彈詞」為篇名或關鍵詞之期刊論文，但若以「精忠傳彈詞」進行全文之檢索，〔註77〕依照時間先後順序，茲引如下：周傳家〈梆子劇目探源〉、〔註78〕林香娥〈岳飛題材小說戲曲的歷史演變〉、〔註79〕李琳〈「何立入冥」故事流變研究〉、〔註80〕李琳〈「精忠報國」故事源流考辨〉、〔註81〕李琳〈中國古代英雄誕生故事與民間敘事傳統——以岳飛出身、出生故事為例〉、〔註82〕陳開梅〈中國古代女性文學特點芻議〉、〔註83〕鄒賀〈岳飛形象的歷史演變探析——以通俗文學

〔註77〕　此為筆者於 2014/06/10 檢索之結果。
〔註78〕　周傳家著，〈梆子劇目探源〉，《戲曲藝術》，1986 年第 4 期，頁 30～38。
〔註79〕　林香娥著，〈岳飛題材小說戲曲的歷史演變〉，《西安電子科技大學學報（社會科學版）》，第 14 卷 2 期，2004 年 6 月，頁 95～101。
〔註80〕　李琳著，〈「何立入冥」故事流變研究〉，《渤海大學學報（哲學社會科學版）》，2004 年第 5 期，頁 24～27。
〔註81〕　李琳著，〈「精忠報國」故事源流考辨〉，《中州學刊》，2005 年第 6 期，頁 217～220。
〔註82〕　李琳著，〈中國古代英雄誕生故事與民間敘事傳統——以岳飛出身、出生故事為例〉，《鄭州大學學報（哲學社會科學版）》，2006 年第 5 期，頁 154～158。
〔註83〕　所查詢之資料顯示，陳開梅以〈中國古代女性文學特點芻議〉為題之論文見

作品爲中心〉、〔註84〕張洲〈明清江南才媛文化考述〉。〔註85〕所得到的結果顯示：研究者除了會在研究才媛文學時論及《精忠傳彈詞》（數量有兩篇），較多的是在岳飛故事時兼述（數量有五篇）。但若以「岳飛」作爲檢索主題，所得出之結果有 3287 條，過於蕪雜，考量周穎芳《精忠傳彈詞》是反對說部因果輪迴之說，因此，將以「說岳全傳」進行篇名檢索，以此檢視現有的《說岳全傳》研究成果，以便在本論文第五章與周穎芳《精忠傳彈詞》作一對照，來看出周穎芳對於《說岳全傳》的接受與反應。

以「說岳全傳」進行篇名檢索的結果，共有三十篇，〔註86〕若按照內容性質加以分類，則有六個大方向：版本源流、主題思想、人物形象、敘事情節、與他本小說比較、名物考證。〔註87〕以下分別列述：

其一，針對版本源流進行考辨的有：李琳〈《說岳全傳》研究回顧與當代思考〉、〔註88〕李琳〈《說岳全傳》「說本」來源和乾隆成書說新證〉、〔註89〕鈇彩〈說岳全傳〉、〔註90〕鄒賀〈《說岳全傳》成書年代考〉、〔註91〕鄒賀〈《說岳全傳》之版本流變〉、〔註92〕楊秀苗〈《說岳全傳》的文本傳播與接受述論〉、〔註93〕楊秀苗〈論《說岳全傳》傳播與接受的價值取向〉、〔註94〕鄧駿捷〈《說

於兩處，分別是《中華女子學院學報》，第 18 卷 6 期，2006 年 12 月，頁 64～67；以及《外語藝術教育研究》，2007 年第 1 期，頁 84～88。題目及內文小標題相同，文字稍有調整。

〔註84〕鄒賀著，〈岳飛形象的歷史演變探析——以通俗文學作品爲中心〉，《渭南師範學院學報》，第 26 卷 9 期，2011 年 9 月，頁 42～44、60。

〔註85〕張洲著，〈明清江南才媛文化考述〉，《玉溪師範學院學報》，2012 年第 7 期，頁 8～19。

〔註86〕此爲筆者於 2014/06/10 檢索之結果。

〔註87〕由於本論文並未涉及名物考證，故以下各項分述略去李英花、鄒賀著，〈《說岳全傳》所見名物考證六種〉，《滄桑》，2012 年第 6 期，頁 36～39。

〔註88〕李琳著，〈《說岳全傳》研究回顧與當代思考〉，《保定師範專科學校學報》，2003 年第 1 期，頁 47～49。

〔註89〕李琳著，〈《說岳全傳》「說本」來源和乾隆成書說新證〉，《鄭州大學學報（哲學社會科學版）》，2004 年第 5 期，頁 151～154。

〔註90〕鈇彩著，〈說岳全傳〉，《文學少年（小學）》，2006 年第 4 期，頁 36～37。

〔註91〕鄒賀著，〈《說岳全傳》成書年代考〉，《寧夏大學學報（人文社會科學版）》，2009 年第 3 期，頁 100～103。

〔註92〕鄒賀著，〈《說岳全傳》之版本流變〉，《滄桑》，2011 年第 5 期，頁 68～76。

〔註93〕楊秀苗著，〈《說岳全傳》的文本傳播與接受述論〉，《長春師範學院學報》，2012 年第 2 期，頁 96～99。

〔註94〕楊秀苗著，〈論《說岳全傳》傳播與接受的價值取向〉，《明清小說研究》，2012

岳全傳》的形成與編撰〉。〔註95〕以上八篇對於《說岳全傳》之成書年代、版本流變、文本之傳播與接受及其價值，均有所闡發，對於《說岳全傳》一書之版本資料有奠基成果。

其二，針對主題思想進行分析探討的有：成柏泉〈「說岳全傳」〉、〔註96〕王延齡〈怎樣評價「說岳全傳」〉、〔註97〕李忠昌《說岳全傳》主題思想評價〉、〔註98〕高爾豐〈試論《說岳全傳》的主題思想及時代意義〉、〔註99〕曾良〈是愛國還是忠君——評《說岳全傳》的主題思想〉、〔註100〕胡勝〈《說岳全傳》中的「因果報應」辨析〉、〔註101〕強金國〈論《說岳全傳》和《楊家府演義》的忠奸鬥爭主題〉、〔註102〕王路堅〈民間信仰、敘述母題與《說岳全傳》的主題〉、〔註103〕侯會〈試論明清小說與「柴氏公案」——以《楊家將傳》、《水滸傳》、《說岳全傳》為例〉。〔註104〕以上九篇對於《說岳全傳》之主題思想，例如：因果報應、忠奸對立等，有深一層的探究，並對於書中主題思想進行評價及時代意義之論述，有幾篇甚至擴大研究範圍，不限《說岳全傳》，擴及《楊家將傳》、《水滸傳》。

其三，針對人物形象進行分析的有：李長江〈淺析《說岳全傳》中岳飛的悲劇形象〉、〔註105〕趙斌〈精忠的化身——試論《說岳全傳》中岳飛形象的

年第 1 期，頁 205～217。

〔註95〕鄧駿捷著，《《說岳全傳》的形成與編撰〉，《明清小說研究》，2013 年第 3 期，頁 127～138。

〔註96〕成柏泉著，〈「說岳全傳」〉，《讀書月報》，1956 年第 3 期，頁 23。

〔註97〕王延齡著，〈怎樣評價「說岳全傳」〉，《讀書月報》，1956 年第 10 期，頁 24。

〔註98〕李忠昌著，《《說岳全傳》主題思想評價〉，《社會科學輯刊》，1982 年第 1 期，頁 148～155。

〔註99〕高爾豐著，〈試論《說岳全傳》的主題思想及時代意義〉，《明清小說研究》，1989 年第 1 期，頁 50～57。

〔註100〕曾良著，〈是愛國還是忠君——評《說岳全傳》的主題思想〉，《內江師範學院學報》，1994 年第 1 期，頁 53～58。

〔註101〕胡勝著，《《說岳全傳》中的「因果報應」辨析〉，《遼寧大學學報（哲學社會科學版）》，1996 年第 1 期，頁 78～81。

〔註102〕強金國著，〈論《說岳全傳》和《楊家府演義》的忠奸鬥爭主題〉，《順德職業技術學院學報》，2006 年第 1 期，頁 48～51。

〔註103〕王路堅著，〈民間信仰、敘述母題與《說岳全傳》的主題〉，《安慶師範學院學報（社會科學版）》，2013 年第 5 期，頁 28～32。

〔註104〕侯會著，〈試論明清小說與「柴氏公案」——以《楊家將傳》、《水滸傳》、《說岳全傳》為例〉，《成都師範學院學報》，2013 年第 9 期，頁 12～17。

〔註105〕李長江著，〈淺析《說岳全傳》中岳飛的悲劇形象〉，《黑龍江科技信息》，2010 年第 17 期，頁 179。

嬗變〉、﹝註106﹞趙斌〈論《說岳全傳》中人物的改造〉、﹝註107﹞王建平、張秋玲〈《說岳全傳》中女性形象探析〉。﹝註108﹞以上四篇主要是以人物形象分析爲主，分別針對《說岳全傳》中之主要人物——岳飛，以及女性形象、其他人物之改造，作人物形象之嬗變及刻劃手法析論。較爲特別的是王建平、張秋玲〈《說岳全傳》中女性形象探析〉一文，在眾多以岳飛、金兀朮、宋高宗、牛皋爲人物分析的篇章中獨樹一幟，選擇以女性形象的角度切入，對於本論文之研究有極大之啓發，尤其本論文之研究文本爲由女性作家撰寫而成的《精忠傳彈詞》，對於由男性作家寫作而成之《說岳全傳》，兩者對於女性形象之刻劃，是否有所異同，亦開啓本論文第五章之研究動機。

其四，針對敘事情節進行探究的有：譚忠國〈表演理論視野下的《說岳全傳》情節設置〉、﹝註109﹞王路堅《說岳全傳》敘事藝術探析，《太原師範學院學報（社會科學版）》、﹝註110﹞王路堅〈論《說岳全傳》神話敘事及現象〉。﹝註111﹞以上三篇站在敘事角度，分析《說岳全傳》之敘事現象、敘事藝術，更有結合表演理論，探討《說岳全傳》之情節設置，爲《說岳全傳》之敘事情節作了建構與努力。

其五，與他本小說比較的有：沈貽煒〈論《水滸傳》對《說岳全傳》的影響〉、﹝註112﹞龔維英〈《說岳全傳》：《水滸》的特殊續書〉、﹝註113﹞朱眉叔〈《大宋中興通俗演義》與《說岳全傳》的比較研究〉、﹝註114﹞王立、慈兆舫

﹝註106﹞趙斌著，〈精忠的化身——試論《說岳全傳》中岳飛形象的嬗變〉，《作家》，2011 年第 14 期，頁 122～123。

﹝註107﹞趙斌著，〈論《說岳全傳》中人物的改造〉，《才智》，2012 年第 10 期，頁 186～187。

﹝註108﹞王建平、張秋玲著，〈《說岳全傳》中女性形象探析〉，《文教資料》，2012 年第 18 期，頁 14～17。

﹝註109﹞譚忠國著，〈表演理論視野下的《說岳全傳》情節設置〉，《懷化學院學報》，2010 年第 12 期，頁 71～74。

﹝註110﹞王路堅著，〈《說岳全傳》敘事藝術探析〉，《太原師範學院學報（社會科學版）》，第 12 卷 4 期，2013 年，頁 78～81。

﹝註111﹞王路堅著，〈論《說岳全傳》神話敘事及現象〉，《劍南文學（經典教苑）》，2013 年第 9 期，94～95、97。

﹝註112﹞沈貽煒著，〈論《水滸傳》對《說岳全傳》的影響〉，《紹興師專學報（社會科學版）》，1987 年第 2 期，頁 61～70。

﹝註113﹞龔維英著，〈《說岳全傳》：《水滸》的特殊續書〉，《貴州社會科學》，1999 年第 2 期（總第 158 期），頁 72～77。

﹝註114﹞朱眉叔著，〈《大宋中興通俗演義》與《說岳全傳》的比較研究〉，《遼寧大學學報（哲學社會科學版）》，2000 年第 4 期，頁 86～91。

〈圖畫喚起眞相——從清代《說岳全傳》到金庸小說〉、〔註 115〕鄒賀〈《說岳全傳》辨疑——兼論《說岳全傳》與《大宋中興通俗演義》的關係〉。〔註 116〕以上五篇將《說岳全傳》與他本小說進行連結與比較，例如：探討《水滸傳》對於《說岳全傳》的影響，以及《說岳全傳》是如何承繼《水滸傳》的寫作，不論是在人物、主題、手法之運用上。此外，《說岳全傳》與《大宋中興通俗演義》之間的關係爲何，亦是學者關注的焦點。

　　台灣以《說岳全傳》爲篇名或關鍵詞檢索，共有七篇，〔註 117〕分別是：張火慶〈從「說岳全傳」看岳飛冤獄及相關人事〉、〔註 118〕廖藤葉〈岳飛戲曲故事補遺〉、〔註 119〕張清發〈從人物塑造看《左傳》與講史小說的關係——以《說岳全傳》爲例〉、〔註 120〕張清發〈天命因果在「說岳全傳」中的運用及意義——從故事發展流傳的角度來考察〉、〔註 121〕張清發〈從「悲劇英雄」看《史記》與講史小說的關係——以《說岳全傳》爲例〉、〔註 122〕陳純禎〈金翅鳥降凡，赤鬚龍下界——論「說岳全傳」中岳飛與兀朮之將帥形象〉、〔註 123〕張清發〈《說岳全傳》中的宋高宗〉。〔註 124〕從這七篇之篇目來看，可以發現仍然不脫前述之六大方向，研究者多針對《說岳全傳》之版本源流、主題思想、人物形象、敘事情節、與他本小說比較進行分析，張清發在七篇中就佔了四篇，對於《說岳全傳》與《左傳》在人物塑造上的筆法、天命因果之主題思

〔註 115〕王立、慈兆舫著，〈圖畫喚起眞相——從清代《說岳全傳》到金庸小說〉，《學術交流》，2009 年第 8 期，頁 157～160。

〔註 116〕鄒賀著，〈《說岳全傳》辨疑——兼論《說岳全傳》與《大宋中興通俗演義》的關係〉，《太原理工大學學報（社會科學版）》，2011 年第 3 期，頁 36～40。

〔註 117〕此爲筆者於 2014/06/10 檢索之結果。

〔註 118〕張火慶著，〈從「說岳全傳」看岳飛冤獄及相關人事〉，《興大中文學報》，第 8 期，1995 年 1 月，頁 111～149。

〔註 119〕廖藤葉著，〈岳飛戲曲故事補遺〉，《臺中商專學報》，第 30 期，1998 年 6 月，頁 311～324。

〔註 120〕張清發著，〈從人物塑造看《左傳》與講史小說的關係——以《說岳全傳》爲例〉，《問學》，第 5 期，2003 年 3 月，頁 21～42。

〔註 121〕張清發著，〈天命因果在「說岳全傳」中的運用及意義——從故事發展流傳的角度來考察〉，《文與哲》，第 2 期，2003 年 6 月，頁 195～221。

〔註 122〕張清發著，〈從「悲劇英雄」看《史記》與講史小說的關係——以《說岳全傳》爲例〉，《語文學報》，第 11 期，2004 年 12 月，頁 315～342。

〔註 123〕陳純禎著，〈金翅鳥降凡，赤鬚龍下界——論「說岳全傳」中岳飛與兀朮之將帥形象〉，《東方人文學誌》，第 4 卷 1 期，2005 年 3 月，頁 97～116。

〔註 124〕張清發著，〈《說岳全傳》中的宋高宗〉，《中國語文》，第 100 卷 3 期（總 597號），2007 年 3 月，頁 96～98。

想、岳飛與金兀朮以及宋高宗之人物形象，均有主題式的深入探討，爲《說岳全傳》之研究提供豐富的成果。

從以上兩岸與岳飛相關之研究文獻回顧，可以歸納出：不論是學位論文或期刊論文，主要是針對岳飛故事之書面資料，例如：以岳飛之史傳、小說、戲曲，進行思想、內容主題、藝術技巧、文學形象的分析。而書面文本的選擇，以錢彩《說岳全傳》爲主。因此，本論文所要研究之文本《精忠傳彈詞》，不論是學位論文或期刊論文，都在數量上顯得單薄許多，顯現研究空間極大。既然錢彩《說岳全傳》之研究成果豐碩，那麼，基於反對《說岳全傳》因果輪迴之說而寫成的《精忠傳彈詞》，究竟是如何展現作者的反對意識，便是本論文在第五章所要敘述、討論的重點。

第四節　研究方法及論文架構

由以上兩節的敘述，說明了本論文之研究動機與文獻回顧，可見鄭澹若《夢影緣》與周穎芳《精忠傳彈詞》實有進一步研究的必要。本論文將採用文本細讀法，並根據作者家族人事之相關詩文作品，或正史、地方志、軍中機密檔等之記載，對於作者之生平、作品主題思想之解讀，作進一步的探討。雖然彈詞屬於敘事說唱文學，但本論文研究對象將僅限於案頭彈詞小說文本，並側重於兩部彈詞小說在主題思想上與家族性的關連探析，對於句式及唱詞、音樂聲情乃至樂器道具，不列入本論文之研究範圍。

至於本論文之架構安排，茲說明如下：

首先，第一章爲緒論，說明研究動機、版本概述、文獻回顧與研究方法，以及架構的安排，以明瞭本論題既有之研究成果，凸顯本論文之研究必要性。其後，第二章先將清代女性的家族化、群體化特色予以點明，之所以將此點置於全本論文之開頭，是因爲這是整個論文的背景，在清代，女作家具有家族化、群體化的特色，但現今對於此兩點的研究，均著重於詩學，因此，我們可以看見關於清代女詩人群體的研究或才女家族的研究，卻尚未有關於彈詞小說作品的家族性研究論文，有鑑於此，本論文企圖站在家族的角度，對這兩部彈詞小說進行解讀。而言明時代背景之後，作者母女二人之家族迄今未有專文加以深究，尤其是家族的大家長鄭祖琛，他是對於這兩部作品均有關連的人物，因此，將在第三章對於鄭家進行耙梳，希望能理清家族之人事，以彰顯才女家族之面貌。

　　將作者母女二人之家族人事整理後，便進入文本主題的細讀分析，本論文第四章和第五章分別聚焦在鄭澹若《夢影緣》和周穎芳《精忠傳彈詞》之主題思想，分別就兩書之家國觀、性別觀與宗教觀，進行主題思想上的比較，希望能透過兩書之異同比較，對照出兩書作者在思想上是否有相通或相異之處。第四和第五章主要是從相異處著手，而第六章則以兩書之相同點著手，同時也在行文敘述時，對於同中有異，或異中有同之處，也有所抉發。

　　總之，本論文於前輩學者專家之研究基礎上，希冀從家族的角度，以文本主題思想為主軸，在細密的參照、比較後，能在家國觀、性別觀、宗教觀上顯出兩書之不同時代因素，以及相同之家族精神傳揚。筆者想要點明的便是：在時代背景因素之外，義門鄭氏的家族精神——忠孝，影響了這兩部彈詞小說的主題思想。而兩書同屬彈詞小說，自然具備彈詞小說寫作之模式，而這個模式安排在本論文第六章，說明謫仙架構在彈詞小說的運用及意義，以及閨閣絮語在彈詞小說中的呈現。

　　本論文希望能透過兩部彈詞小說的並置討論，除了使彈詞小說研究一向以來的個人作家研究形式，走向更為全面的探討之外，也為彈詞小說的家族化，作了一次驗證，是清代女性文學家族化的補充。同時，周穎芳《精忠傳彈詞》的主題思想也作了更進一步的闡明，對於岳飛通俗文學研究在彈詞文本的空白作了補充，使岳飛通俗文學研究更為完整。

第二章 清代才媛的發展

　　清代是才女輩出的輝煌時代，「這樣一種『才媛輩出』的社會女性文化，有如下三個方面的表現特徵：地域性、家族性、群體性。」〔註 1〕清代才女集中在江南地區，其原因經學者研究後，可歸納爲：江南地區經濟發達，促使文化發展熱絡，科舉考試之中第者以江南地區爲多，自然促進了江南地區的文化熱潮，也爲此地區的女性提供一個良好的發展環境。清・袁枚在《隨園詩話》中所言「吾鄉多才女」、〔註 2〕「吳中多閨秀」、〔註 3〕「閨秀，吾浙爲盛」，〔註 4〕就是一個明顯的例證。

第一節　家學傳承

　　對於清代才女的作品，由於保存不完整，因此今日所見，僅賴當時有識之士加以採輯，或家族中的男性出版，方得以流傳至今。以下所引沈善寶的一段話，可見女性作品之流傳不易：

〔註 1〕見王力堅著，《清代才媛文學之文化考察》（台北：文津出版社，2006 年 6 月，1 版 1 刷），頁 8。
〔註 2〕見清・袁枚著，《隨園詩話》，卷 8，收錄在《續修四庫全書》編纂委員會編，《續修四庫全書・集部・詩文評類》（上海：上海古籍出版社，2002 年 3 月，第 1 版第 1 刷），冊 1701，頁 368。
〔註 3〕見清・袁枚著，《隨園詩話》，卷 7，收錄在《續修四庫全書・集部・詩文評類》，冊 1701，頁 352。
〔註 4〕見清・袁枚著，《隨園詩話・補遺》，卷 1，收錄在《續修四庫全書・集部・詩文評類》，冊 1701，頁 503。

　　自南宋以來，各家詩話中多載閨秀詩，然搜采簡略，備體而已。昔
　　見如皋熊澹仙女史所著《澹仙詩話》，內載閨秀詩亦少。竊思閨秀之
　　學，與文士不同，而閨秀之傳，又較文士不易。蓋文士自幼即肄習
　　經史，旁及詩賦，有父兄教誨，師友討論。閨秀則既無文士之師承，
　　又不能專習詩文，故非聰慧絕倫者，萬不能詩。生於名門巨族，遇
　　父兄師友知詩者，傳揚尚易。倘生於蓬蓽，嫁於村俗，則湮沒無聞
　　者，不知凡幾。余有深感焉。故不辭摭拾搜輯，而爲是編。惟余拙
　　於語言，見聞未廣，意在存其斷句零章，話之工拙，不復計也。〔註5〕

雖然女性的作品流傳不易，以致今日所見數量不多，並不表示清代女性文學
不盛。到了清代，女子由於受教育之機會大增，創作之作品尤其有跨越至詩
詞曲賦的現象，章學誠云：

　　「婦學」之名，見於《天官內職》「德、言、容、功」，所該者廣，
　　非如後世衹以文藝爲學也。〔註6〕

沈善寶《名媛詩話》卷六：

　　先慈吳浣素太孺人世仁……天資敏悟，凡爲詩詞書札，揮筆立成，
　　不假思索。著有《蕭引樓詩文集》，於嘉慶丁丑毀於回祿。後因先嚴
　　見背，家務紛紜，無意爲詩，故存者不及百首。寶嘗請付梓，先慈
　　以爲不經意之作，不允所請。……先嚴即世時，兄弟等長猶未冠，
　　幼尚嬰孩，撫孤十餘載，以養以教。後各游幕糊口。……太孺人有
　　《悼亡詩》數十章，爲長親鄭雪鴻參軍見而悲之，云：「不減劉令嫺
　　之作。」序而付梓。後詩板失於水，稿亦無存。今集中諸作，皆太
　　孺人棄紙中，寶兄妹拾存及記憶者錄之耳。〔註7〕

清代女性接受教育之機會大增，尤其有接受母教的現象，但是，清代母教並
不侷限於母親，凡是宗族中之女性長輩，皆可從事對於家族晚輩的教育，因
此，教育對象也並未限制男、女。清代的母教內容，除了儒家德行上的教育
典籍之外，還相當注重詩學的教育，尤其是女性長輩具備詩學才情時，對於

〔註5〕見清・沈善寶著，盧蓉校點，王英志校訂，《名媛詩話》，卷1，收錄在王英志
　　　主編，《清代閨秀詩話叢刊》（南京：鳳凰出版社，2010年4月），冊1，頁349。
〔註6〕見清・章學誠著，〈婦學〉，收錄在《文史通義》（北京：中華書局，1985年，
　　　北京新1版），冊2，頁159。
〔註7〕見清・沈善寶著，盧蓉校點，王英志校訂，《名媛詩話》，卷6，收錄在王英志
　　　主編，《清代閨秀詩話叢刊》，冊1，頁447～448。

晚輩的詩學教養更是相當注重。《名媛詩話》記錄：

（郭智珠）幼失恃，依諸姑習詩文，明慧絕倫，過目了了。〔註8〕

（關小韞）年十五詩已成帙，蓋受學於外大母汪蘭史貴珍也。〔註9〕

（李琬遇）幼而敏慧，性耽吟詠，雖不甚講求格律，而往往出口成章，自然秀逸。蓋秉祖慈之教也。〔註10〕

關於清代母教之風，沈善寶《名媛詩話》云：

（徐昭華）幼承母教，名重一時，為毛西河太史高弟。〔註11〕

漢陽紀蘊玉瓊，同知陳淞室。八歲授《女孝經》輒成誦。長通文義，工詩詞，德行純粹，學識淵源。著有《繡餘草》。〔註12〕

陽湖劉撰芳琬懷……幼承慈訓，早有詩名。〔註13〕

墨蘭女史顏如玉，家住吳門出名族。生小聰明失怙寒，阿母劬勞親教育……。〔註14〕（王濟音〈贈女史唐墨蘭〉）

湘潭郭笙愉潤玉……李石梧中丞星沅室，梅生太史杭母。有《簪花閣詩草》、《梧笙館聯吟》。笙愉為人溫柔敦厚，藹然可親。生平嗜詩若命。《梧笙館聯吟》者，即伉儷倡和之什。琴瑟之篤，可繼秦、徐。手刊《湘潭郭氏三代閨秀詩集》，以志家學。女李月裳楣、長婦郭智珠秉慧，皆工吟詠。〔註15〕

〔註 8〕見清・沈善寶著，盧蓉校點，王英志校訂，《名媛詩話》，卷7，收錄在王英志主編，《清代閨秀詩話叢刊》，冊1，頁466。

〔註 9〕見清・沈善寶著，盧蓉校點，王英志校訂，《名媛詩話》，卷9，收錄在王英志主編，《清代閨秀詩話叢刊》，冊1，頁505。

〔註10〕見清・沈善寶著，盧蓉校點，王英志校訂，《名媛詩話》，卷9，收錄在王英志主編，《清代閨秀詩話叢刊》，冊1，頁506。

〔註11〕見清・沈善寶著，盧蓉校點，王英志校訂，《名媛詩話》，卷1，收錄在王英志主編，《清代閨秀詩話叢刊》，冊1，頁351。

〔註12〕見清・沈善寶著，盧蓉校點，王英志校訂，《名媛詩話》，卷2，收錄在王英志主編，《清代閨秀詩話叢刊》，冊1，頁374。

〔註13〕見清・沈善寶著，盧蓉校點，王英志校訂，《名媛詩話》，卷5，收錄在王英志主編，《清代閨秀詩話叢刊》，冊1，頁429。

〔註14〕見清・沈善寶著，盧蓉校點，王英志校訂，《名媛詩話》，卷5，收錄在王英志主編，《清代閨秀詩話叢刊》，冊1，頁437。

〔註15〕見清・沈善寶著，盧蓉校點，王英志校訂，《名媛詩話》，卷7，收錄在王英志主編，《清代閨秀詩話叢刊》，冊1，頁463。

於是，清代形成母教的家學風潮，從母、女、姑、媳、女孫各代，聯吟成集，才女家族於焉成形，有所謂地域性及群體性的特徵，不僅凝聚家庭和諧，也讓彼此情感有所交流。以母女、姊妹關係形成的，例如：上海陸鳳池母女、〔註16〕丹徒陳蕊珠母女；〔註17〕蘇州張家七姊妹、〔註18〕松江章家六姊妹、〔註19〕陽湖張家四姊妹、〔註20〕錢塘袁家四姊妹、〔註21〕會稽商家二姊妹等。〔註22〕

　　若擴大範圍，以跨越世代來看，那麼上所言之陽湖張家四姊妹，還能跨越至其母湯瑤卿、弟媳婦包孟儀以及張紈英之女，〔註23〕姊妹姑娣倡和往來，

〔註16〕 上海陸鳳池及女兒曹錫圭、曹錫淑、曹錫堃。見胡文楷編著，張宏生等增訂，《歷代婦女著作考（增訂本）》（上海：上海古籍出版社，2008 年 8 月，第 2 版第 1 次印刷），卷 15，頁 619、卷 14，頁 539～540；施淑儀著，《清代閨閣詩人徵略》，卷 4，收錄在王英志主編，《清代閨秀詩話叢刊》，冊 3，頁 1853 ～1854。

〔註17〕 丹徒陳蕊珠及女兒鮑之蘭、鮑之蕙、鮑之芬。見胡文楷編著，張宏生等增訂，《歷代婦女著作考（增訂本）》，卷 15，頁 602；卷 19，頁 762～763、852。以及施淑儀著，《清代閨閣詩人徵略》，卷 5，收錄在王英志主編，《清代閨秀詩話叢刊》，冊 3，頁 1912；施淑儀著，《清代閨閣詩人徵略》，卷 6，收錄在王英志主編，《清代閨秀詩話叢刊》，冊 3，頁 1961～1962。

〔註18〕 蘇州張學雅、張學魯、張學儀、張學典、張學象、張學聖、張學賢七姊妹。見胡文楷編著，張宏生等增訂，《歷代婦女著作考（增訂本）》，卷 14，頁 528 ～529。張學雅、張學典、張學象的介紹，亦見施淑儀著，《清代閨閣詩人徵略》，卷 2，收錄在王英志主編，《清代閨秀詩話叢刊》，冊 3，頁 1765～1767。

〔註19〕 松江章有淑、章有湘、章有渭、章有閑、章有澄、章有泓六姊妹。見胡文楷編著，張宏生等增訂，《歷代婦女著作考（增訂本）》，卷 6，頁 165；卷 14，頁 550、941。章有湘、章有渭的介紹，亦見施淑儀著，《清代閨閣詩人徵略》，卷 1，收錄在王英志主編，《清代閨秀詩話叢刊》，冊 3，頁 1740～1741。

〔註20〕 陽湖張紃英、張䌌英、張綸英、張紈英四姊妹。見胡文楷編著，張宏生等增訂，《歷代婦女著作考（增訂本）》，卷 14，頁 517、521、525～526、530、854；張紃英、張䌌英、張綸英的介紹，亦見施淑儀著，《清代閨閣詩人徵略》，卷 9，收錄在王英志主編，《清代閨秀詩話叢刊》，冊 3，頁 2101～2103。

〔註21〕 錢塘袁機、袁杼、袁棠、袁傑四姊妹。見胡文楷編著，張宏生等增訂，《歷代婦女著作考（增訂本）》，卷 13，頁 490、492、494、852；施淑儀著，《清代閨閣詩人徵略》，卷 4，收錄在王英志主編，《清代閨秀詩話叢刊》，冊 3，頁 1879～1881。袁機、袁杼分別為袁枚的第三妹和第四妹，袁棠、袁傑則為袁枚從妹。

〔註22〕 會稽商景蘭、商景徽二姊妹。見胡文楷編著，張宏生等增訂，《歷代婦女著作考（增訂本）》，卷 6，頁 155～156、卷 14，頁 503；施淑儀著，《清代閨閣詩人徵略》，卷 1，收錄在王英志主編，《清代閨秀詩話叢刊》，冊 3，頁 1720～1721。

〔註23〕 張紈英之女王采蘋（潤香）、采藻（錡香）、采藍（少婉）、采蘩（筥香）亦能

極天倫之樂事，繪有「比屋聯吟圖」傳世。會稽商家二姊妹更是「一門風雅，皆有才名」，〔註24〕商景蘭的三個女兒祁德淵、祁德瓊、祁德茞，兩個兒媳婦張德蕙、朱德容，以及妹妹商景徽、商景徽之女徐昭華，構成一個龐大的家族詩會。清・阮元（1764～1849）《兩浙輶軒錄》卷三「祁鴻孫」之下說明：

> 祁鴻孫，字奕遠，山陰人，理孫弟。（孫度曰：「梅市祁忠敏一門，為才子之藪。忠敏群從則駿佳豸佳熊佳，公子則班孫理孫鴻孫公孫耀爭，才女則商夫人以下，子婦楚纕趙璧女下容湘君，閨門內外，隔絕人事以吟詠相尚，青衣家婢無不能詩，越中傳為美談云。」）〔註25〕

此詩會是以明末清初之商景蘭為首，商景蘭出身浙江會稽望族之後，其父為明代吏部尚書商周祚，自幼家學淵源，文學涵養極為深厚，著作有《錦囊集》。後嫁與山陰望族祁彪佳，門戶相當之兩人為傳頌一時之金童玉女，〔註26〕陳文述有〈幻影樓詠商景蘭〉云：

> 爭羨金童玉女來，蛾眉況是不凡才。神仙眷屬閨房福，家國滄桑涕淚哀。高閣雲低山掩黛，曲池波冷水生苔。膝前懷佩瑤清侶，笙鶴簫鸞取次來。〔註27〕

詩中點出了兩人神仙眷侶、琴瑟和鳴，令人稱羨。陳維崧在《婦人集》中云：

> 會稽商夫人（祁撫軍彪佳夫人），以名德重一時。論者擬於王氏之有茂宏，謝家之有安石。〔註28〕

詩，見胡文楷編著，張宏生等增訂，《歷代婦女著作考（增訂本）》，卷7，頁234～235。

〔註24〕見清・沈善寶著，盧蓉校點，王英志校訂，《名媛詩話》，卷1，收錄在王英志主編，《清代閨秀詩話叢刊》，冊1，頁351。

〔註25〕見清・阮元著，《兩浙輶軒錄》，收錄在《續修四庫全書》編纂委員會，《續修四庫全書・集部・總集類》，冊1683，頁214。

〔註26〕朱彝尊云：「祁公美風采，夫人商亦有令儀，閨門唱隨，鄉黨有金童玉女之目。」見清・朱彝尊著，姚祖恩編，黃君坦校點，《靜志居詩話》（北京：人民文學出版社，1998年2月，北京第1版第1刷），冊下，頁623。又，袁枚在《隨園詩話・補遺》卷5亦云：「前朝山陰祁忠惘公彪佳，少年美姿容，夫人亦有國色，一時稱為「金童玉女」。」見氏著，《隨園詩話・補遺》，收錄在《續修四庫全書》編纂委員會，《續修四庫全書・集部・詩文評類》，冊1701，頁555。

〔註27〕見清・陳文述著，仇家儆標點，《西泠閨詠》，卷10，收錄在王國平主編，《西湖詩詞曲賦楹聯專輯》，《西湖文獻集成》（杭州：杭州出版社，2004年10月，第1版第1刷），冊27，頁434。

〔註28〕見陳維崧著，冒襄注，王士祿評，王英志校點，《婦人集》，收錄在王英志主編，《清代閨秀詩話叢刊》，冊1，頁18。

陳維崧推崇的是商景蘭的才與德，在她的率領下，祁氏一門皆擅長作詩、填詞，吳杰云：

> 又以公配商眉生夫人及二子理孫，班孫，長女德淵，第三女德瓊，季女德茝，長子婦張德蕙，次子婦朱德蓉一家眷屬之詩若詞編於集末，都爲四冊，以永其傳。……讀《錦囊集》而知公倡隨之雅，讀《紫芝軒逸稿》及《未焚集》而知公家學之富，遺澤之長。〔註29〕

對於自身的詩學，明·商景蘭曾於〈琴樓遺稿序〉言：

> 於女紅之餘，或拈題分韻、推敲風雅，或尚溯古昔、衡論當世，遇才婦淑媛、輒流連不能去，心不啻如屈到之嗜芰，稽公之好緞也。
> 〔註30〕

自幼承襲家學，涵泳於文學之風，使商景蘭對於才媛的推崇，因此，在她領導下的詩會，是以祁家爲中心，往外擴散至外部成員，此外部成員包括友人、女尼等，友人包含女性友人黃媛介，亦有男性友人毛奇齡，美國學者高彥頤（Dorothy Ko）認爲此詩會是一個跨越性別與公私領域的文學社團，〔註31〕但付建舟不完全認同此說，他認爲「從外圍人員的具體情況來看，其跨越的範圍和程度都十分有限。」〔註32〕

《名媛詩話》卷四又記錄了葉氏兩代家族的才媛網絡，由葉聞沚、周皖湄、李蘭貞、方令儀、陳景生、何閬霞、方令嘉、方令昭、周星薇等人，構成了葉氏家族才媛網，她們以妻妾、女兒、兒媳的身分組成，作品集則收錄在《織雲樓合刻》之中。其他相同之例不勝枚舉，林玫儀以陽湖左氏兩代之才女爲研究對象，試圖透過左氏親戚、夫婿、朋友諸人之作品、年譜及手札等資料，搜羅相關人物之著作，考訂出陽湖左氏兩代才女之一門風雅，家族網絡關係於焉呈顯於世人面前。〔註33〕

〔註29〕見吳杰著，《祁彪佳集·序》，收錄於明·祁彪佳著，《祁彪佳集》（北京：中華書局，1960年，初版），頁1。

〔註30〕見明·商景蘭著，《商夫人錦囊集》，收錄於明·祁彪佳著，《祁彪佳集》，頁289。

〔註31〕參見〔美〕高彥頤（Dorothy Ko）著，李志生譯，《閨塾師——明末清初江南的才女文化》（南京：江蘇人民出版社，2005年1月，第1版第1刷），頁239。

〔註32〕見付建舟著，《兩浙女性文學：由傳統而現代》（北京：中國社會科學出版社，2011年12月，第1版第1刷），頁5。

〔註33〕參見林玫儀著，〈試論陽湖左氏二代才女之家族關係〉，《中國文哲研究叢刊》，第30期，2007年3月，頁179～222。另有〈卷葹心苦苦難伸，始信紅顏命

　　但對於父母早逝的汪端（1793～1838）而言，她的母教是受到姨母梁德繩的薰陶，梁德繩是彈詞小說《再生緣》的編訂者，因此文學素養極高。在她的教養栽培之下，汪端工於詩文，才華洋溢。後歸陳文述（1771～1843）之子陳裴之（1794～1826）。陳文述是當時廣收女弟子的男性文人之一，形成著名的碧城仙館女詩人群，此女詩人群有數十人之多。〔註34〕因此，汪端處於一個文學風潮非常興盛的家族中，根據鍾慧玲所說：

　　　　汪端一生皆處在注重閨閣教育，文學氣息又極為濃厚的家庭，其在
　　　文學上能有優異的表現，環境的薰陶可以說是一項重要的因素。〔註35〕
在這樣文學氣息濃厚的環境下，汪端不僅創作，還與許多女詩人有詩作往返唱和，並竭盡心力編選明初之詩集，使海內詩文大家折服不已。〔註36〕

　　清代才女形成家族性的特徵，原因除了前已述及之母教推動之外，還在於家族男性的支持。家族男性扮演一個創造環境的重要力量，使得才女們自幼即受到父親的教養，成為文學涵養極佳的才媛，例如：王端淑自幼在父親的栽培下，不僅工詩文書畫，亦精通經史，其著作不僅有《玉映堂集》、《吟紅集》傳世，更編輯《名媛詩緯》、《名媛文緯》，貢獻卓著。若是在出嫁後若又有開明的夫家，那麼，女性在才學的展現上將受到更大的鼓舞，有更寬闊的空間能揮灑個人才情。例如：郭笙愉、華亭才媛朱靈珠、關秋芙等。郭笙愉已於前文述及，此不贅言。據《名媛詩話》中記載，朱靈珠嫁與同樣擅長賦詩的知縣廖古檀，兩人唱和往返，被視為神仙眷侶，因此其女廖織雲也頗有詩才。〔註37〕關秋芙（1823～1855）與夫婿蔣坦也同樣是詩詞唱和，兩人堪稱「極湖山之樂」〔註38〕之金童玉女。夫唱婦隨的恩愛情景，也在女詞人席佩蘭、徐燦身上體現。倪鴻《桐陰清話》中記載：

　　　　不辰——晚清女作家左錫璇、左錫嘉在戰亂中的情天遺恨〉，《中國文哲研究通訊》，第20卷2期，「行旅、離亂、貶謫與明清文學」專輯，2010年6月，頁121～141。
〔註34〕參看鍾慧玲著，〈陳文述與碧城仙館女弟子的文學活動〉，收錄於《東海中文學報》，第13期，2001年7月，頁151～182。
〔註35〕見鍾慧玲著，《清代女詩人研究》（台北：里仁書局，2000年，初版），頁460。
〔註36〕參看清·沈善寶著，盧蓉校點，王英志校訂，《名媛詩話》，卷6，收錄在王英志主編，《清代閨秀詩話叢刊》，冊1，頁442。
〔註37〕見清·沈善寶著，盧蓉校點，王英志校訂，《名媛詩話》，卷5，收錄在王英志主編，《清代閨秀詩話叢刊》，冊1，頁422～423。
〔註38〕見清·沈善寶著，盧蓉校點，王英志校訂，《名媛詩話·續集中》，收錄在王英志主編，《清代閨秀詩話叢刊》，冊1，頁589。

昭文孫子瀟太史原湘，與德配席浣雲佩蘭，俱能詩，倡和甚夥，其〈示內〉句云：「賴有閨房如學舍，一編橫放兩人看。」又〈贈內〉句云：「五鼓一家都熟睡，憐卿猶在病牀前。」上聯想見閨房之樂，下聯想見伉儷之篤。〔註39〕

徐燦作《拙政園詩餘》，其夫婿陳之遴（1605～1666）作序云：

丁丑通籍後，僑居都城西隅，書室數楹，頗軒敞。前有古槐，垂陰如車蓋；後庭廣數十步，中作小亭。亭前合歡樹一株，青翠扶蘇，葉葉相對，夜則交斂，侵晨乃舒，夏月吐花如朱絲。余與湘蘋觴詠其下，再歷寒暑。間登亭右小丘，望西山雲物，朝夕殊態。時史席多暇，出有朋友之樂，入有閨房之娛。〔註40〕

家族中的男性除了是女性文學發展的重要推手，同時也是女性文學作品得以流傳的重要媒介，清代有將女性詩集附於家族中男性作品之後的例子，例如：湯瑤卿的詩集《蓬室偶吟》就附錄在其夫張琦《宛鄰文集》之後，而得以流傳後代。冼玉清在論述形成才女之家族性原因時，她說：

其一名父之女，少稟庭訓，有父兄爲之提倡，則成就自易；其二才士之妻，閨房倡和，有夫婿爲之點綴，則聲氣相通；其三令子之母，儕輩所尊，有後嗣爲之表揚，則流譽自廣。〔註41〕

此段文字說明了形成才女群體之因，是在家族中由父親、丈夫、子輩所提倡表揚而形成。在良好的家庭教育薰陶之下，清代才女成爲家族性的組織，他們進行詩會吟詠，以發揮個人才學，才學受到肯定之餘，更提昇了個人生命的豐富度，展現出更深一層的人生思考，也讓後人看到清代女性的豐富學養，進而能一窺女性奧祕的心靈世界，分享屬於女性的生命況味。

而本論文之研究對象鄭澹若、周穎芳，亦爲才媛家族之一。鄭澹若之母爲江漱芳，根據《名媛詩話》卷九之記載，江漱芳與兩個女兒鄭雲芝、鄭素石皆工於詩，也有詩集作品，可惜今已不傳。而鄭澹若與其女周穎芳之詩集

〔註39〕見清·倪鴻著，《桐陰清話》，卷3，收錄在林慶彰等主編，《晚清四部叢刊（第三編）》（台中：文听閣圖書公司，2010年11月，初版），冊74，頁143。

〔註40〕清·陳之遴著，《拙政園詩餘·序》，見清·徐燦著，《拙政園詩餘》，收錄在《拜經樓叢書》第一函，嚴一萍選輯，《原刻景印百部叢書集成初編》（台北：藝文印書館，1968年，影印本），第40輯，頁1a。

〔註41〕見冼玉清著，〈廣東女子藝文考自序〉，收錄於胡文楷編著，張宏生等增訂，《歷代婦女著作考·附錄二》，頁951～953。

雖亦失傳，幸尚有彈詞小說作品傳世，以供後人了解此家族之才媛網絡。由此二人向外展開的人際網絡，可以看到周穎芳所適之嚴謹，其家族之女性亦擅長寫詩，有詩集傳世。例如：嚴謹之母王瑤芬著有《寫韻樓詩鈔》、王瑤芬之女嚴昭華著有《紫佩軒詩稿》、嚴永華著有《紉蘭室詩鈔》、嚴澂華著有《含芳館詩草》、冢媳汪曰杼著有《雕青館詩鈔》。而嚴永華在下一節「群體結社」中亦可見其身影，從其作品集中可見她與「消寒吟社」其他女詩人之來往酬唱。

第二節　群體結社

　　清代才女的群體結社，可從師徒性與社團性兩方面來討論，而且創作的文體不限於詩歌，還擴及於詞體。以下分別從師徒性和社團性兩方面，簡述清代才女結社的情形。

一、師徒性結社

（一）隨園女詩人群

　　師徒性是由於當時有不少男性文人的提倡，於是女詩人競相拜師學習，除了袁枚（1716～1797）之外，廣收女弟子的男性文人尚有陳文述（1771～1843）、王昶（1725～1806）、王文治（1730～1802）等人。袁枚《隨園詩話》云：

> 庚戌春，掃墓杭州，女弟子孫碧梧邀女士十三人，大會於湖樓，各以詩畫爲贄，余設二席以待之。〔註42〕

袁枚廣收女弟子，並且受到女弟子們的擁戴與尊敬，在女弟子們的作品中頻頻可見她們對於老師的推崇，席佩蘭在〈上隨園夫子書〉中稱讚袁枚道：

> 白下秋風，多士雲集。先生以斗南一星，照耀壇坫，一時研京練都之輩，莫不手捧盤匜，奉齊盟於下風，遙企絳帷，葛深訢誦。〔註43〕

又在〈上袁簡齋先生〉云：

〔註42〕見清・袁枚著，《隨園詩話・補遺》，卷1，收錄在《續修四庫全書》編纂委員會編，《續修四庫全書・集部・詩文評類》，冊1701，頁503。

〔註43〕見清・袁枚輯，《隨園女弟子詩選》，卷1，清嘉慶道光年間（1796～1850）坊刻巾箱本，頁15b～16a。網址：http://digital.library.mcgill.ca/mingqing/search/details-poem.php?poemID=21722&language=ch（2013/12/06瀏覽）

慕公名字讀公詩，海內人人望見遲。青眼獨來幽閣裏，縞衣無奈換
澣妝時。蓬門昨夜文星照，嘉客先期喜鵲知。願買杭州絲五色，絲
絲親自繡袁絲。〔註44〕

不只是席佩蘭，女弟子駱綺蘭還曾批評當時詆毀她與袁枚同遊西湖爲非禮行
爲的守舊主義者，她說：

隨園、蘭泉、夢樓三先生，蒼顏白髮，品望之隆與洛社諸公相伯仲，
海內能詩之士翕然以泰山北斗奉之，百世以後猶有聞其風而私淑之
者。蘭深以親炙門墻，得承訓誨爲此生之幸，謂不宜與三先生追隨
贈答，是謂婦人不宜瞻泰山仰北斗也，爲此說者應亦啞然自笑矣！
〔註45〕

由駱綺蘭的這一番話，可以想見當時社會中的某些衛道主義者，他們對於才
女的批評。最爲明顯的是章學誠，他在〈婦學〉中說：

古之賢女，貴有才也，前人有云「女子無才便是德」者，非惡才也。
正謂小有才而不知學，乃爲矜飾驚名，轉不如村嫗田嫗，不致貽笑
於大方也。〔註46〕

這一番話掀起了所謂才、德的論戰，針對自古以來對於婦道的要求，引發了重
新的思考。所謂的「才女」在他眼中被斥爲「爭於風氣，鶩於聲名者」、〔註47〕
以輕佻爲風雅，以矯揉標榜爲聲名，他在《丙辰箚記》中說：

近有無恥妄人，以風流自命，蠱惑士女；大率以優伶雜劇所演才子
佳人惑人。大江以南，名門大家閨閣多爲所誘。徵詩刻稿，標榜聲
名，無復男女之嫌，殆忘其身之雌矣。此等閨娃，婦學不修，豈有
眞才可取？〔註48〕

此「無恥妄人」指的便是袁枚，儘管章學誠對於女子追求才學抱持否定的態
度，但清代女媛對於文學的追求，卻未見消減，她們不否認自己也有一顆求

〔註44〕見清・席佩蘭著，《長眞閣集》，卷2，光緒十七年（1891）強氏南皋草廬刻本，
頁16a。網址：http://digital.library.mcgill.ca/page-turner-3/pageturner.php（2013
/12/06瀏覽）

〔註45〕見清・駱綺蘭著，《聽秋軒閨中同人集・詩序》，收錄在胡曉明、彭國忠主編，
《江南女性別集二編》（合肥：黃山書社，2010年11月，第1版第1刷），冊
上，頁695～696。

〔註46〕見清・章學誠著，《文史通義》，冊2，卷5，頁165。

〔註47〕見清・章學誠著，《文史通義》，冊2，卷5，頁160。

〔註48〕見清・章學誠著，《丙辰箚記》，收錄在《叢書集成續編・子部・雜學類》（上
海：上海書店，1994年，初版），冊90，頁711～712。

名之心，〔註 49〕卻也不甘再走回「女子無才便是德」的舊路。她們在作品中對於女子之才、德提出了看法，茲引如下：

> 雖吐芳於副笄褘翟，實有彰於俗美化行，烏得以其出於巾幗而遽少之也哉？至謂女子有德便是才，無才便是德。獨不聞為不善非才之罪乎？且至聖才難之嘆，論列婦人，又何以稱焉？（岳端〈眾香詞序〉）〔註50〕

從這一段文字，可以看出對於「女子無才便是德」的批判。

（二）碧城仙館女詩人群

碧城仙館詩人群的召集者是陳文述，「碧城仙館」本為其居所，成員本由其家族之姬妾（例如：管筠、文湘霞）、女弟子組成，後經由此人際圈擴散而出，形成一個繼隨園女弟子群之後的群體，人數並未固定。陳文述本人，一開始受到阮元的賞識與青睞：

> 會琅嬛先生，以仿宋畫院團扇試杭州詩士。詩佳者，許贈以扇。君詩佳得扇，聲譽頓起，人以「陳團扇」呼之。曼生為刻「團扇詩人」小印，論者比之崔鶯鶯、謝胡蝶。梁山舟學士見君才品，重之。語人曰：「此君風骨英異，胸襟高曠；湖山之秀，鍾毓獨深；不當徒以文人學士目之。」
>
> 君既有名，乃刻意為詩。初肆力於梅村祭酒。家無藏本，借抄成誦，集中長篇如《小忽雷》、《侯夫人》、《秦良玉》、《沈雲英》、《雲鞸娘》、《龍幺妹》、《瓊華島》、《芙蓉殿》、《甥舅碑》、《宮人斜》，神似永和宮詞；《蕭史青門曲》、《赤陵女子琵琶歌》，尤似漢槎浚稽山詞也。〔註51〕

〔註49〕例如：江蘇趙棻（1789～1856）《濾月軒集・自序》：「予蓋疾夫世之譁囂而託於夫若子以傳者，故不避好名之謗，刊之於木，而命楨兒書此言以為序。」見《叢書集成續編・集部・別集類》（上海：上海書店，1994 年，初版），冊 134，頁 633。顧佩英：「性修潔自喜，頗好身後名。」見胡文楷著，《歷代婦女著作考》，頁 608～609。夏伊蘭（1812～1826）〈偶成〉：「人生德與才，兼備方為善。……勿謂好名心，名媛亦不免。」見夏伊蘭著，《吟紅閣詩鈔》，收錄在清・蔡殿齊輯，《國朝閨閣詩鈔》，清道光 24 年（1844）刻本，頁 12a～12b。網址：http://digital.library.mcgill.ca/mingqing/search/details-poem.php?poemID=20094&language=ch（2013/11/10 瀏覽）

〔註50〕見清・徐樹敏、錢岳同選，《眾香詞・禮集》（台北：富之江出版社，1997 年，初版），頁 11。

〔註51〕見《西泠閨咏・序》，收錄在王國平主編，《西湖詩詞曲賦楹聯專輯》，《西湖文獻集成》，冊 27，頁 290。

此處之「琅嬛先生」指的是阮元，陳文述以團扇詩之佳作獲得賞識，「曼生」指的是與陳文述爲堂兄弟關係的陳鴻壽，是一位有名的篆刻家，遂刻「團扇詩人」小印贈之。受到肯定的陳文述，以吳梅村的詩歌風格爲學習範本，創作了不少的作品，此外，他也學習寫作宮體詩，〔註52〕根據徐世昌《晚晴簃詩匯》卷一百一十四對於陳文述的介紹，〔註53〕可知其香奩之作不少。陳文述詩名大開之後，開始結交詩人名士：

> 君弱冠以詩，受知琅嬛、不十年負海內名。諸老輩外，若邵夢餘、吳澹川、王惕甫、舒鐵雲、彭甘亭、姚春木、王仲瞿、孫子瀟、蕭樊邨、查梅史、郭頻伽、吳蘭雪、樂蓮裳、嚴麗生、周菉雲、劉芙初、徐雪廬、王柳樹、伊墨卿、何蘭士、李墨莊、王子卿、萬廉山、戴金溪、左杏莊、孫平叔、蔡浣霞、汪竹海、竹素兄弟，咸定縞紵。
> 〔註54〕

不僅如此，他也與女性的詩人有所往來：

> 聚在京師，爲梁溪楊蕊淵、長洲李晨蘭兩女士傭書，鐫「蕊蘭書記」小印，蕊淵評君詩云：「珠林晝靜，瑤花自開。彩鳳一翔，群羽皆斂。」晨蘭評君詩云：「銀河清淺，碧雲徘徊。華月夜明，仙樂遠奏。」君爲蕊淵撰《金箱薈說序》，爲晨蘭撰《生香館詩詞集序》，駢儷古豔。方駕孝穆所以報也。〔註55〕

根據此則文字，陳文述替楊蕊淵、李晨蘭兩位女詩人傭書並爲其作序，留下有〈題長洲女士李紉蘭佩金生香館集〉、〔註56〕〈題金匱女士楊蕊淵芸琴清閣

〔註52〕「君初爲詩，苦無指授，惟事博覽《騷》、《選》之外，取庾蘭成、江醴陵、李昌谷、玉溪、溫飛卿諸家集誦之。」見《西泠閨咏·序》，收錄在王國平主編，《西湖詩詞曲賦楹聯專輯》，《西湖文獻集成》，冊27，頁290。

〔註53〕「雲伯初刊碧城仙館集，中年重加刪定，爲頤道堂內外集，博麗有餘，而不免貪多之累，外集所編僅香奩一體，至二十卷之多，亦可見其未能割愛也。」見清·徐世昌輯，《晚晴簃詩匯》卷114，收錄在《續修四庫全書·集部·總集類》，冊1631，頁514。

〔註54〕見《西泠閨咏·序》，收錄在王國平主編，《西湖詩詞曲賦楹聯專輯》，《西湖文獻集成》，冊27，頁294。

〔註55〕見《西泠閨咏·序》，收錄在王國平主編，《西湖詩詞曲賦楹聯專輯》，《西湖文獻集成》，冊27，頁294。

〔註56〕參見清·陳文述著，《碧城仙館詩鈔》（北京：中華書局，1985年，北京新1版），冊1，頁77。

集〉、〔註57〕〈題嬋娟錄〉〔註58〕三詩作，顯見陳文述與女詩人之結交往來。除了楊蕊淵、李紉蘭，陳文述另替家雪蘭《靜華館詩集》題詩，有「此才眞合稱煙蘿，林下清風未許過」之譽。〔註59〕

　　根據陳文述之詩，〔註60〕他最早招收的女弟子應是玉霞，女弟子的人數隨著時間而增加，他招收女弟子之極盛時期是在道光五、六年（1825～1826）時，女弟子各具才藝：

> 自瑟嬋、仲蘭先後受業，而江左女士皈依者益眾。

> 詞章之外，兼擅丹青。若吳飛卿之精醫理、嫺技擊；張雲裳之善騎射；陳妙雲能漢人隸書，作徑尺大字；吳蘋香精音律，能撫琴擘阮；陳秀生工晉人楷書；黃耕畹、顧螺峰精於鑒古，皆未易才。若張鳳卿、錢蓮因、呂靜禖、范湘磬、曹小琴、吳飛容、孫芙裳、于蕊生、史琴仙、華芸卿、黃蘭卿、蕙卿，春蘭秋菊，各擅其勝。咸以詩文書畫爲贄，若曹妙清於鐵邃道人，徐昭華於西河太史矣。〔註61〕

此段文字，將碧城仙館女弟子之多才多藝寫得極爲詳細，但女弟子的數量不僅只是上述幾位而已，道光五年（1825）出版的《蘭因集》，女弟子的數量是十人；道光六年，陳文述《西泠閨詠》一書中，女弟子數量是十二人，根據鍾慧玲的考證結果，女弟子若不包含私淑者，應有四十四人，以江浙女性爲大多數。關於這群女弟子的大型集會活動，曾經有兩次。第一次是二十三人幫助陳文述編輯、校對《西泠閨詠》。第二次是對於所修之西湖三女士墓進行題詩唱和。陳文述在道光四年（1824）替西湖畔的三位女士馮小青、楊雲友、菊香修墓，〈西湖三女士墓詩〉下有說明文字：

〔註57〕參見清・陳文述著，《碧城仙館詩鈔》，冊1，頁88。

〔註58〕參見清・陳文述著，《碧城仙館詩鈔》，冊2，頁100。

〔註59〕參見清・陳文述著，〈題家雪蘭女士德卿靜華館詩集〉，《碧城仙館詩鈔》，冊2，頁139～140。

〔註60〕嘉慶24年（1819），〈青溪水閣有懷女弟子玉霞〉：「青溪明月白門花，來訪秦淮舊酒家。國色早憐人是玉，新粧應識貌如霞。近聞珠字題紅葉，媿說金釵列絳紗。惆悵扶風詩弟子，微吟羅韈渺天涯。」見清・陳文述著，《頤道堂詩選》，卷16，收錄在國家清史編纂委員會編，《清代詩文集彙編》，冊504，頁293。

〔註61〕見《西泠閨咏・序》，收錄在王國平主編，《西湖詩詞曲賦楹聯專輯》，《西湖文獻集成》，冊27，頁294～295。

得隙地於孤山巢居閣西，爲菊香、小青兩女士脩墓，並建蘭因館，

上爲夕陽花影樓，左爲綠陰西閣以祀小青，右爲秋芳閣以祀菊香。

先是爲雲友脩墓智果寺西，因以祔祀秋芳閣中，詩以記事。〔註62〕

陳文述本人對於此事，以四首七律加以記錄，〔註63〕女弟子們紛紛以詩唱和，這些唱和詩作被收錄於《碧城仙館女弟子詩》中。女弟子們對於老師的認可、崇拜非常鮮明，有的甚至將老師視爲仙人一般，〔註64〕她們常常在詩文作品中直接表明自己是碧城仙館女弟子的身分。而本論文研究對象鄭澹若之父鄭祖琛也與陳文述有所來往，據陳文述《頤道堂詩選》卷24有一詩，題爲〈鄭夢白都轉、屠琴隖太守選乾嘉以來詩爲《正聲集》，賦贈四律並簡趙菊潭明經、楊子堅上舍〉，其二自注云：

諸君議以閨閣一門，屬余選定，女弟子詩咸得入選。〔註65〕

可見陳文述與鄭祖琛有著文學上的交流互動，鄭祖琛與屠琴隖除了詩歌創作，還進行詩集的編選工作。

二、社團性結社

（一）蕉園詩社

而社團性的群體則是女詩人自行結社，結爲詩社是女性自發性的組成，較爲著名的有：康熙朝蕉園詩社、乾隆朝清溪吟社、梅花詩社、消寒吟社、湘吟社、酒旗詩社、秋紅吟社等。蕉園詩社有「蕉園五子」和「蕉園七子」的說法，梁乙眞曾經針對蕉園詩社有如下的一段話，茲引如下：

錢塘有顧之瓊玉蕊者，（有《亦政堂集》）工詩文駢體，有聲大江南

北。嘗招諸女作蕉園詩社，有《蕉園詩社啟》，時所謂「蕉園五子」

者，即徐燦，柴靜儀，朱柔則，林以寧，及玉蕊之女錢雲儀也，而

〔註62〕 見清・陳文述著，《頤道堂詩選》，卷21，收錄在國家清史編纂委員會編，《清代詩文集彙編》，冊504，頁380。

〔註63〕 參見清・陳文述著，《頤道堂詩選》，卷21，收錄在國家清史編纂委員會編，《清代詩文集彙編》，冊504，頁379～380。

〔註64〕 例如：辛絲將陳文述視爲仙人，連夢中都會相見。有〈乙酉二月望夜，夢至丹崖碧水間，萬花如繡，明月正中。見古仙人飄然有凌雲之氣，旁一女子顏色甚麗，自稱唐時廬山道士李騰空仙人，爲余師頤道先生詩中表章之來謝也。方欲致詢，爲竹風所驚而寤，因賦此詩寄呈先生〉一詩，見清・陳文述著，《頤道堂詩選》，卷21，收錄在國家清史編纂委員會編，《清代詩文集彙編》，冊504，頁365～366。

〔註65〕 見國家清史編纂委員會編，《清代詩文集彙編》，冊504，頁426。

徐湘蘋爲之長。其後林以寧又與同里顧姒，柴靜儀，馮嫻，錢雲儀，張昊，毛媞，倡蕉園七子之社，而林爲之長。分題角韻，接席聯吟，極一時藝林之勝事。其後分道揚鑣，各傳衣缽。終清之世，錢塘文學，爲東南婦女之冠，其孕育滋乳之功，厥在此也。〔註66〕

按照梁乙眞的說法，按照時間的先後次序，可分爲早期的「蕉園五子」和晚期的「蕉園七子」；〔註67〕在人物上，「蕉園五子」分別是徐燦、柴靜儀、朱柔則、林以寧、錢雲儀；「蕉園七子」以林以寧爲首，根據清·惲珠輯《國朝閨秀正始集》記載：

亞清……與同里顧啓姬姒、柴季嫻靜儀、馮又令嫻、錢雲儀鳳綸、張槎雲昊、毛安芳媞，倡蕉園七子之社，藝林傳爲美談。〔註68〕

「亞清」指的就是林以寧，有關「蕉園七子」之說，又見於王蘊章《燃脂餘韻》：

錢塘蕉園七子，林以寧（亞清）、顧啓姬（姒）、柴季嫻（靜儀）、馮又令（嫻）、錢雲儀（鳳綸）、張槎雲（昊）、毛安芳（媞）是也。〔註69〕

則指林以寧、顧姒、柴靜儀、馮嫻、錢雲儀、張昊〔註70〕與毛媞〔註71〕。其

〔註66〕見梁乙眞著，《中國婦女文學史綱》，收錄在《民國叢書·第二編》（上海：上海書店，1990年，影印本），冊60，頁385。

〔註67〕此種分法，付建舟認爲不利於蕉園詩社的整體研究，原因如下：「其一，『蕉園七子』與『蕉園五子』有重疊現象；其二，『七子』與『五子』之外還有其他一些成員，還有詩社的支持者和組織者。並且『七子』與『五子』不足以概括蕉園詩社的總體狀況。」因此，他根據蕉園詩社的發展狀況，分爲前期、後期與餘音。參見付建舟著，《兩浙女性文學：由傳統而現代》，頁22～51。

〔註68〕見清·惲珠輯，《國朝閨秀正始集》，卷4，清道光十一年（1831）紅香館刻本，頁1a。網址：http://digital.library.mcgill.ca/page-turner-3/pageturner.php（2013/12/09瀏覽）

〔註69〕見清·王蘊章撰，王英志校點，《燃脂餘韵》，卷6，收錄在王英志主編，《清代閨秀詩話叢刊》，冊1，頁838。

〔註70〕「張昊，字玉琴，號雲槎，浙江錢塘（今杭州市）人。舉人張壇長女，張綱孫從妹。清順治二年（1645）生。自幼家貧，母陳氏僅課以女紅，而玉琴喜讀書，通文理，能詩詞。年十九歸舉人胡大瀠。康熙六年（1667）父赴春試，卒於京師，痛悼欲絕，逾年（1668）暴卒。有《趨庭詠琴樓合稿》。」見南京大學中國語言文學系全清詞編纂研究室編，《全清詞·順康卷》（北京：中華書局，2002年5月，第1版第1刷），冊14，頁8109。案：《西泠閨咏》卷10：「槎雲，名昊，孝廉張義壇女，蕉園七子之一。」（頁445）張昊之號，《西泠閨咏》、清·惲珠輯《國朝閨秀正始集》作「槎雲」，但《全清詞·順康卷》作「雲槎」；除了其父之名不同之外，其所適之夫，有書寫作「胡大瀠」者。

中的人物有所重疊，關係又頗為密切，例如：作《蕉園詩社啓》的顧玉蕊為顧若璞的姪女，與錢雲儀為母女關係，林以寧為顧玉蕊兒媳，〔註72〕顧姒為顧若璞姪孫女，〔註73〕柴靜儀則為顧若璞之子婦，〔註74〕朱柔則為柴靜儀兒媳，〔註75〕而馮嫻與顧之瓊則為妯娌關係。〔註76〕若以這些人的關係來看，那麼，顧若璞可以說是這一群人之中輩份最高者，清・施淑儀輯《清代閨閣詩人徵略》卷一記載云：

> 顧若璞，字和知，錢塘人。明上林丞友白女，參議黃汝亨子婦，副榜茂梧室。有《臥月軒稿》，又曰《嘯餘吟稿》。……歷十三年而寡，年甫二十八。支持門戶，拮据卒瘏，而教其二孤燦、煒，自小學至

〔註71〕「毛媞，字安芳，浙江仁和（今杭州）人。先舒女。生於明崇禎十五年（1642），年十六歸同邑諸生徐鄴。清康熙二十年（1681）病歿。與鄴合刻《靜好集》。」見南京大學中國語言文學系全清詞編纂研究室編，《全清詞・順康卷》，冊14，頁8109。

〔註72〕「林以寧，字亞清，浙江錢塘（今杭州）進士林綸女。錢肇修室。生於清順治十二年（1655）。能詩詞，為蕉園七子之一。著有《墨莊詩鈔》、《鳳簫樓集》。」見南京大學中國語言文學系全清詞編纂研究室編，《全清詞・順康卷》，冊16，頁9635～9636。

〔註73〕「顧姒，又作仲姒，字啓姬，浙江錢塘（今杭州）人，篇雲女。生於清順治初。同邑諸生鄧曾（字幼輿）妻。工倚聲，與其姊長任及林以寧、錢鳳綸、柴靜儀等結社唱和。著有《靜如堂集》、《翠園集》。」見南京大學中國語言文學系全清詞編纂研究室編，《全清詞・順康卷》，冊16，頁9632。

〔註74〕「柴靜儀，字季嫻，浙江錢塘（今杭州）人。世堯女。適同里沈鏐。工書畫。與林以寧、顧姒、錢鳳綸、馮嫻稱「蕉園五子」。著有《凝香室詞》。」見南京大學中國語言文學系全清詞編纂研究室編，《全清詞・順康卷》，冊5，頁2989。

〔註75〕《西泠閨咏》卷10於〈河渚咏朱柔則、顧春山〉之人物介紹：「柔則，字順成，又字道珠，錢塘人。沈方舟室。能詩而賢，為蕉園五子之一。著有《嗣音軒詩鈔》。」見王國平主編，《西湖詩詞曲賦楹聯專輯》，《西湖文獻集成》，冊27，頁441。

〔註76〕根據清・王端淑輯，《名媛詩緯初編》卷15「顧之瓊」條：「仁和人，文學若群女，母黃字鴻，適翰林錢公開宗，生子戊戌進士元修。」清康熙六年（1667）清音堂刻本，頁25b。（網址：http://digital.library.mcgill.ca/page-turner-3/pageturner.php，2013/12/09瀏覽）「馮嫻，字又令，浙江錢塘人。同安寧仲虞女，適同邑諸生錢廷枚。工繪事，善詩詞，為蕉園七子之一。有《湘靈集》、《和鳴集》。」見南京大學中國語言文學系全清詞編纂研究室編，《全清詞・順康卷》，冊4，頁2373。付建舟根據錢鳳綸〈與嬸母馮夫人〉、馮嫻〈與柴季嫻表妹書〉兩篇書信，言：「馮嫻的丈夫錢廷枚與顧之瓊的丈夫錢開宗是堂兄弟，馮與顧二人是妯娌，也是顧之瓊的女兒錢鳳綸的嬸母，是柴靜儀的表姊。」見付建舟著，《兩浙女性文學：由傳統而現代》，頁26。

古文、詞，皆口授手畫，卒底於成。〔註77〕

顧若璞「年未三十，即稱未亡人，享高年。」〔註78〕據記載，她撫育二子四孫長大成人，於清康熙十九年（1680）八十九歲時，替孫媳錢鳳綸之《古香樓集》作序。〔註79〕錢鳳綸爲顧玉蕊之次女，《全清詞·順康卷》寫得更清楚：「錢鳳綸，字雲儀，浙江錢塘（今杭州）人。黃弘修妻。工詩詞，與弟婦林以寧、姊錢靜婉、表嫂顧長任、柴靜儀，以及馮嫻、李端芳結社湖上之蕉園，號蕉園七子。有《古香樓集》。」〔註80〕從「蕉園五子」和「蕉園七子」人物重疊的現象，以及其中人物輩份的問題，付建舟進一步探討林以寧重組蕉園詩社的時間，他根據林以寧《墨莊文鈔·贈言自序》以及馮嫻爲林以寧〈哭柴季嫻〉（四首）所做的序，推測出林以寧生於 1655 年、柴季嫻逝於 1692 年，馮嫻與林以寧蕉園之訂是在丙辰（1676），重組詩社的時間則是在丁巳（1677）。〔註81〕對於蕉園諸子之聚會場面，《眾香詞·禮集》中有所記載，《眾香詞·禮集》於「錢鳳綸」下記載：

> ……與姊靜婉、柔嘉、柴季嫻、如光、顧仲楣、啟姬、李端方、馮又令，弟婦林亞清結社湖上之蕉園。春秋佳日，即景填詞，傳播雞壇，稱一時之盛。〔註82〕

此則引文出現的「柔嘉」是指姚令則，「如光」是指柴季嫻之姊柴貞儀，

〔註77〕見清·施淑儀輯，趙娜、孫立新校點，王英志校訂，《清代閨閣詩人徵略》，收錄在王英志主編，《清代閨秀詩話叢刊》，冊 3，頁 1730。

〔註78〕見清·施淑儀輯，趙娜、孫立新校點，王英志校訂，《清代閨閣詩人徵略》，收錄在王英志主編，《清代閨秀詩話叢刊》，冊 3，頁 1731。

〔註79〕參見南京大學中國語言文學系全清詞編纂研究室編，《全清詞·順康卷》，冊 1，頁 14。關於她的卒年，經考訂爲卒於清康熙二十年（1681）。此項資料見張宏生主編，《全清詞·順康卷補編》（南京：南京大學出版社，2008 年 5 月，第 1 版第 1 刷），冊 1，頁 49。

〔註80〕見南京大學中國語言文學系全清詞編纂研究室編，《全清詞·順康卷》，冊 14，頁 8349。

〔註81〕見付建舟著，《兩浙女性文學：由傳統而現代》，頁 29。

〔註82〕見清·徐樹敏、錢岳同選，《眾香詞·禮集》，頁 32～33。案：《眾香詞》一書中，於此處將顧長任寫作「顧仲楣」，卻又在「顧長任」一條下寫：「字重楣」、「顧姒」一條下寫：「重楣妹」。其父之名則寫作「顧簡雲」，見《眾香詞·樂集》，頁 32。而《全清詞·順康卷》則寫作「重楣」，其父之名則寫作「顧簡雲」，「顧長任，字重楣，錢塘（今杭州）顧簡雲女。生於清順治初，同邑林以畏室。工詩詞，與表妹錢鳳綸、小姑林以寧等結社唱和。有《謝庭香詠》。」見南京大學中國語言文學系全清詞編纂研究室編，《全清詞·順康卷》，冊 14，頁 8304。

〔註83〕「顧仲楣」則是指顧啓姬之姊顧長任，「李端方」則指李漁次女李淑慧，李漁之長女名李淑昭，字端明，〔註84〕兩姐妹於康熙十六年（1677）因隨父移居杭州而加入蕉園詩社的行列。顧啓姬有一闋詞〈佳人醉〉，其下之說明文字：「余與表妹林亞清、同社柴季嫻最稱莫逆。早春晤亞清時，曾訂春深訪季嫻於牡丹花下，今歡期已屆，而人事頓非，余以畫眉人遠牢愁困頓，作此志感。」〔註85〕由此闋詞，可看出顧啓姬與林亞清、柴季嫻之交遊。又柴靜儀有〈點絳唇〉一詞，其下註明：「六橋舫集同林亞清、錢雲儀、顧仲楣、啓姬、馮又令、李端明諸閨友。」〔註86〕詞中洋溢著諸人同遊之樂。

（二）清溪吟社及其他

乾隆朝在蘇州有「清溪吟社」，又稱「吳中十子」，清・惲珠輯《國朝閨秀正始集》卷十六，於「張允滋」一條下即出現「清溪吟社」、「吳中十子」之名，〔註87〕分別是指張允滋、張芬、陸瑛、李嫩、席蕙文、朱宗淑、江珠、沈纕、尤澹仙、尤持玉。另外，「梅花詩社」的成員為郭潤玉及其姊妹，「消寒吟社」則由嚴永華及親朋好友所組成，嚴永華與周穎芳為姑嫂關係，本論文第三章將述及嚴家才女群，可惜的是嚴家女性的作品流傳至今的有限，只能從嚴永華之詩集中看到她與當時女詩人之詩作往返，形成一詩社組織，但是，從嚴永華的詩集中看不到她與鄭澹若的詩作唱和，實為可惜。此外，「湘吟社」為江陰沈珂於江西所組成之團體，「酒旗詩社」是由朱靜媛所聚集，據清・況周頤所言，朱靜媛為道咸間之名御史伯韓先生琦太夫人從弟，「嘗集酒旗詩社，徵閨秀吟詠，當時亦彙刻成帙。」〔註88〕

〔註83〕 「柴貞儀，字如光，浙江錢塘（今杭州）人。明萬曆四十六年舉人世堯長女，適同邑諸生黃介眉。工丹青，能詩詞，與其妹靜儀及錢鳳綸、馮嫻、林以寧等唱和。」見南京大學中國語言文學系全清詞編纂研究室編，《全清詞・順康卷》，冊5，頁2988。

〔註84〕 「李淑昭，字端明，浙江蘭溪人。漁之長女。」「李淑慧，字端芳，浙江蘭溪人。漁之次女。」見南京大學中國語言文學系全清詞編纂研究室編，《全清詞・順康卷》，冊15，頁8498。

〔註85〕 見清・徐樹敏、錢岳同選，《眾香詞・樂集》，頁34。

〔註86〕 見清・徐樹敏、錢岳同選，《眾香詞・樂集》，頁43。

〔註87〕 見清・惲珠輯，《國朝閨秀正始集》，卷16，清道光十一年（1831）紅香館刻本，頁1a。網址：http://digital.library.mcgill.ca/page-turner-3/pageturner.php（2013/12/09瀏覽）

〔註88〕 見清・況周頤著，《玉棲述雅》，收錄在《況周頤集》，冊5，潘琦主編，《桂學文庫・廣西歷代文獻集成》（桂林：廣西師範大學出版社，2012年，第1版），頁76。

　　從以上所述，可以歸納出清代女性文學的家族性與地域性，雖然前文所述之家族性以女詩人居多，但不代表其他文類就沒有此項特性，本文之研究對象爲彈詞小說《夢影緣》與《精忠傳彈詞》，兩書之作者爲母女關係，與前文所述之清代女作家之家族性是相合的。因此，本文將從家族文學的角度出發，以清代才女家族性的特色，來解讀彈詞中之母女作家──鄭澹若與周穎芳，兩人的作品《夢影緣》與《精忠傳彈詞》，這兩部作品究竟在家族性的角度關注下，展現何種家族化的共同特色，希望能透過本論文的嘗試性研究，補充並發展清代女作家的家族性傳統，使這兩部彈詞小說有更爲全面的探討。

第三章　鄭貞華、周穎芳之家世與才學

　　美國文學理論家勒內‧韋勒克（Rene Wellek）、奧斯汀‧沃倫（Austin Warren）合著之《文學論——文學研究方法論》一書中，有一段話：「藝術作品最顯而易見的原因便是它的創造者——作家；因此，對於作者個性和生活的說明，便成為了一種最古老和最完備的文學研究方法。」〔註1〕遺憾的是，歷來對於鄭貞華的生平梗概，因資料殘缺不全，故無法詳細介紹，本章便受此侷限，無法全面呈現鄭貞華的生平事蹟。但筆者研讀前輩學者之相關成果時，發現其中仍有疏漏、不足之處，故不揣鄙陋，提出個人之見解，以就正方家。本章在撰寫上擬分別敘述鄭貞華、周穎芳之家世與才學，由娘家擴及夫家、姻親，在資料呈現上，先將前輩學者之成果臚列，再根據筆者所蒐集之資料做一比對，以確認鄭貞華、周穎芳之生平梗概。

　　關於鄭貞華生平的說明，較為重要的著述按照年代先後條列如下：胡文楷《歷代婦女著作考》（1957 年出版）、葉德均〈彈詞女作家小記〉（1979 年出版）、胡曉真〈凝滯中的分裂文本——由《夢影緣》再探晚清前期的女性敘事〉（2001 年）、盛志梅《清代彈詞研究》（2008 年 3 月）、鮑震培《清代女作家彈詞研究》（2008 年 5 月）。筆者將依序呈現前輩學者之研究成果，以呈現其脈絡並提出其中問題：

〔註 1〕見〔美〕勒內‧韋勒克（Rene Wellek）、奧斯汀‧沃倫（Austin Warren）同著，
　　　　王夢鷗、許國衡同譯，《文學論——文學研究方法論》（台北：志文出版社，
　　　　1979 年 10 月，再版），頁 115。

一、胡文楷《歷代婦女著作考》

胡文楷《歷代婦女著作考》（增訂本）卷十八清代十二根據《閨籍經眼錄》著錄，在《夢影緣四十八回》下記錄：「貞華字蕉卿，一字澹若，自號巖下生，浙江烏程人，中丞程夢白女。咸豐庚申，杭城失守，澹若飲鹵以殉。清光緒二十一年（1895）竹簡齋繪圖石印本。前有道光癸卯自序。凡四十八回，十二冊。」又根據《杭州府志》著錄，在《綠飲樓詩遺》下記錄：「《海寧州志稿》、《歸安縣志》均作《綠雲樓詩草》。」〔註2〕此處所言「中丞程夢白」明顯有誤，應為「鄭夢白」為是，此由金陵王瑤芬《寫韻樓詩鈔》（同治辛未京江榷署重刊本，首道光己亥陸以湉序）可得知，詩集中有〈題鄭夢白中丞西園寫照圖（為留別澹若女公子作）〉一詩，〔註3〕可見鄭貞華之父為「鄭夢白中丞」，〔註4〕只是不知此錯誤是胡文楷本人之誤，抑或是出版校對之誤？此外，根據《歸安縣志》卷二十二〈藝文〉所記，鄭貞華「號蕉卿，雙林人，適仁和周錫誥。少寡，守節三十餘年，咸豐庚申殉難。」〔註5〕則「蕉卿」究竟是鄭貞華的字或號呢？為何胡文楷將著作記載為《綠飲樓詩遺》？

二、葉德均〈彈詞女作家小記〉

葉德均《戲曲小說叢考》一書卷下為其探討民間文學之成果，其中〈彈詞女作家小記〉一文論及鄭澹若與周穎芳之生平，此處僅列鄭澹若之說明，周穎芳之相關論述則待下節。葉德均研讀金陵王瑤芬（雲藍）《寫韻樓詩鈔》（同治辛未京江榷署重刊本，首道光己亥陸以湉序），其中有涉及鄭貞華的詩十首，《寫韻樓詩鈔》首有鄭貞華題詞〈慶春澤〉一首，署名女史鄭貞華澹若，得知其名。文中提及「鄭氏湖州人，著有《綠飲樓集》。……其中第九首最重要，詩前有庚戌（道光三十年）仲秋、重陽二詩，後有除夕及次年辛亥春日詩，這首當作於三十年秋天。這年鄭貞華年四十，她的生年是嘉慶十六年辛未（1811），咸豐十年庚申（1860）飲鹵自殺於杭州（見《夢影緣》），年五十。」

〔註2〕 以上見胡文楷編著，張宏生等增訂，《歷代婦女著作考（增訂本）》（上海：上海古籍出版社，2008年8月，第2版第1次印刷），頁740。

〔註3〕 見王瑤芬著，《寫韻樓詩鈔》，收錄於國家清史編纂委員會編，《清代詩文集彙編》（上海：上海古籍出版社，2010年，第1版），冊607，頁626。

〔註4〕 關於鄭貞華父親的生平事蹟，見本章第一節。

〔註5〕 見《浙江省歸安縣志》，據清·陸心源等修，丁寶書等纂，清光緒八年刊本影印，收錄在《中國方志叢書·華中地方·第八三號》（台北：成文出版社，1970年，台1版），冊1，頁216。

〔註6〕第九首詩題爲〈祝澹若夫人四十壽並賀哲嗣采芹之喜〉，葉德均先推測王瑤芬詩之寫作時間，再透過詩題算出鄭貞華是1811年出生，此爲一大貢獻。

三、胡曉眞〈凝滯中的分裂文本──由《夢影緣》再探晚清前期的女性敘事〉

胡曉眞分別在〈晚清前期的女性彈詞小說──非政治文本的政治解讀〉、〈凝滯中的分裂文本──由《夢影緣》再探晚清前期的女性敘事〉兩文中提及鄭貞華之生平資料。前者提及葉德均〈彈詞女作家小記〉透過王瑤芬《寫韻樓詩鈔》之題詞，而得知「澹若」之名爲「貞華」，又根據《然脂餘韻》的記錄，〔註7〕得知鄭貞華父親的資料。總括來看，胡曉眞引用葉德均的考證，認爲鄭貞華出生年爲1811年，〔註8〕但父親「夢白中丞」的資料已不可考。

四、盛志梅《清代彈詞研究》

盛志梅《清代彈詞研究》中記載如下：「鄭貞華（1811～1860），字蕉卿，一字澹若，自號爨下生，湖州人，適杭州望族周姓，咸豐庚申太平軍攻陷杭州，飲鹵而死。有彈詞《夢影緣》、詩集《綠飲樓詩草》。」〔註9〕此處盛志梅引用葉德均的考證結果，卻僅點出鄭貞華夫婿爲杭州周姓望族，名字不詳。

五、鮑震培《清代女作家彈詞研究》

鮑震培《清代女作家彈詞研究》一書在論及鄭貞華生平時，引用《夢影緣・自序》、《然脂餘韻》卷三及李榲《精忠傳彈詞序》〔註10〕三條資料，推

〔註6〕見葉德均著，〈彈詞女作家小記〉，《戲曲小說叢考》（北京：中華書局，1979年），卷下，頁747。

〔註7〕清・王蘊章所輯《燃脂餘韵》，卷3，云：「澹若女史，爲夢白中丞之女公子，著有《綠飲樓集》。」收錄在王英志主編，《清代閨秀詩話叢刊》（南京：鳳凰出版社，2010年4月，第1版1刷），冊1，頁717。

〔註8〕兩篇論文僅〈晚清前期的女性彈詞小說──非政治文本的政治解讀〉一文有明白寫出生年爲1811年，〈凝滯中的分裂文本──由《夢影緣》再探晚清前期的女性敘事〉一文則否。分別見於胡曉眞著，《才女徹夜未眠──近代中國女性敘事文學的興起》（台北：麥田出版社，2003年10月，初版1刷），頁267～314；315～371。

〔註9〕見盛志梅著，《清代彈詞研究》（濟南：齊魯書社，2008年3月，第1版第1次印刷），頁105。

〔註10〕李榲《精忠傳彈詞・序》云：「咸豐庚申杭垣失守，母氏鄭澹若太君飲鹵以殉。」見清・嚴周穎芳著，《精忠傳彈詞》（上海：商務印書館，1935年4月，國難後第1版），頁1。

知如下：「鄭澹若爲鄭夢白中丞之女，湖州人（今浙江省吳興縣）。號纘下生。丈夫姓周，錢塘人（從周穎芳之籍貫可知），亦應爲仕宦之子。《夢影緣》完稿於道光二十三年即 1843 年。咸豐十年（1860）周任杭州知府時，太平軍攻克杭州，澹若飲鹵自盡。據此，她的卒年可確定爲 1860 年。」〔註11〕鮑震培亦引用葉德均〈彈詞女作家小記〉一文，推論出「《綠飲樓集》是作者二十二歲以前的作品。而《夢影緣》完稿於作者三十二歲，不會是更早時繡閣中的寫作，而最早應該是在結婚以後開始的。」〔註12〕但鮑震培並未在文中交代此推測的依據爲何，而鄭貞華父親之資料，此時僅停留在「鄭夢白中丞」的階段。同時，若按照鮑震培的說法，那麼鄭澹若與其夫爲同一年死亡，兩人均在太平軍攻克杭州，也就是 1860 年死亡，若是如此，鄭澹若就沒有如《歸安縣志》所記載寡居三十餘年一事。這一點，筆者以爲是有待商榷的，理由除了《歸安縣志》的記載之外，後文所引《國朝杭郡詩三輯》卷九十八關於鄭貞華的說明，以及後文所引用的鄭祖琛寫給鄭貞華的詩中，可以找出鄭澹若是孀婦的身份，由以上所述，鮑震培的說法顯然是有待商榷的。

　　總結上文，目前對於鄭貞華的認識僅止於字號（字澹若，蕉卿爲字或號，號纘下生）、籍貫（浙江湖州）、生卒年（1811～1860）、著作名稱（彈詞《夢影緣》、詩集《綠飲樓集》或名《綠雲樓詩草》、《綠飲樓詩遺》）、死因（飲鹵自盡）、父親（鄭夢白中丞）、夫婿（錢塘周姓望族）、女兒（周穎芳）。對於其娘家、夫家及姻親之人事，仍然有亟待填補的空間，因此，以下將針對此三部分展開分節論述，期待能更完整地認識這位彈詞女作家的家世背景，以利於後文對作品進行深層的探究。

第一節　鄭貞華之家世與才學

一、父親

（一）鄭祖琛生平

　　前所述諸家皆以「夢白中丞」稱呼鄭貞華之父，〔註13〕「中丞」爲官職

<hr>

〔註11〕見鮑震培著，《清代女作家彈詞研究》（天津：南開大學出版社，2008 年 5 月，第 1 版第 1 次印刷），頁 243。

〔註12〕見鮑震培著，《清代女作家彈詞研究》，頁 243～244。

〔註13〕李匯群經過考證《秦淮畫舫錄》、《吳門畫舫錄》等筆記後，他說：「而從乾隆晚年直到道光時期，據這批筆記所載，活躍於江南風月場中的文人包括以陳

名稱，本爲「御史中丞」簡稱，明清時通常稱巡撫爲「中丞」。清·丁申、丁
丙輯《國朝杭郡詩三輯》卷九十八記載鄭貞華爲廣西巡撫鄭祖琛之女。茲引
原文如下：

> 鄭貞華，字蕉卿，烏程人，廣西巡撫祖琛女，錢塘貢生周錫誥室，
> 有《綠飲樓遺詩》。孺人姊娣并能詩，《國朝湖州詩錄》采刻不少。
> 孺人青年守節，庚申殉難。〔註14〕

由此可知鄭貞華之父爲鄭祖琛，即爲前述諸家所言之「夢白中丞」，夢白爲其
字，〔註15〕「中丞」爲其職銜。根據清朝官員的履歷片檔案記載，鄭祖琛生
於乾隆四十九年（1784），卒於咸豐元年（1851），關於其生年之推斷，可由
以下所引都察院左都御史暫署江西巡撫秦承恩〈爲鄭祖琛題補縣令〉之貼黃
得知，其貼黃內容如下：

> 爲題補縣令以資治理事，該臣看得南康府屬之星子縣知縣寗瑞，經
> 臣題請調補新建縣知縣。所遺星子縣知縣係專衝不兼簡缺，聲明江
> 西省現有分發知縣人員，容臣照例，另疏題補在案。茲據兼署布政
> 司事按察使許兆椿詳稱，查現有奉　旨以知縣分發即用之鄭祖琛，
> 年貳拾壹歲，浙江烏程縣人。由嘉慶玖年甲子科舉人，乙丑科會試
> 中式進士，殿試二甲第捌拾名，引見奉　旨，以知縣分發即用之員，
> 例得先儘補用。該員年力富強，心地明敏，請補星子縣知縣等情前
> 來。臣查鄭祖琛，年力正青，心地明白，堪以補授星子縣知縣，臣
> 謹會題請　旨。〔註16〕

文述爲中心的吳派文人，如陳鴻壽（翼庵、種榆道人）、陳裴之（小雲）、……
鄭夢白、劉開（孟塗）等，和以袁通（蘭村）、車持謙爲中心的南京文人，……
鄭夢白是嘉道時期彈詞女作家鄭澹若的父親。」見氏著，《閨閣與畫舫·清代
嘉慶道光年間的江南文人和女性研究》（北京：中國傳媒大學出版社，2009
年7月，初版），頁7。

〔註14〕見清·丁申、丁丙輯，《國朝杭郡詩三輯》，光緒十九年癸巳（1893），錢塘丁
氏刻本，頁3b。

〔註15〕清·劉錦藻云：「《小谷口詩鈔十二卷·續鈔一卷》，鄭祖琛撰。祖琛，字夢白。
浙江烏程人。嘉慶乙丑進士，官至廣西巡撫。」見氏著，《皇朝續文獻通考》，
卷280，〈經籍考〉24，收錄在《續修四庫全書》編纂委員會編，《續修四庫全
書·史部·政書類》（上海：上海古籍出版社，2002年3月，第1版第1刷），
冊819，頁373。

〔註16〕見中央研究院歷史語言研究所「內閣大庫檔案」，登錄號：116295-001。
（2013/01/22瀏覽）

由此題本之貼黃可以推知：嘉慶九年（1804）時，鄭祖琛二十一歲，因此，他的出生年便是乾隆四十九年（1784）。嘉慶九年甲子舉人，嘉慶十年進士二甲第八十名，其歷任官職有：星子縣令、〔註17〕兩淮鹽運使、江西按察使、福建按察使、廣西布政使、福建布政使、陝西布政使、雲南巡撫、雲貴總督、福建巡撫、廣西巡撫、太子少傅。〔註18〕關於鄭祖琛的仕宦之途，可透過地方志和史書得知，國立故宮博物院有「大清國史人物列傳及史館檔傳包傳稿」的資料庫，其中，鄭祖琛傳包有鄭祖琛履歷片、列傳。〔註19〕

由此看來，稱呼鄭祖琛爲「中丞」是合理的用詞。例如：〈酬楊春浦韻眎從孫（仁友）〉一詩於「地得冰清玉潤先」一句下註云：「鳳翔所居屋，係蔡氏舊廬。壁間嵌有潘文恭書『冰清玉潤之居』石刻，乃爲麟洲贅鄭夢白中丞署時所書，其後刻石攜歸，仁友贅於盛氏，青廬適在於此。」〔註20〕另外，〈承聞收復金陵渠魁授首普天同慶短詠臚歡〉於「請原禍始從頭數，疆吏養癰罪難恕」一句下註：「謂鄭夢白中丞」〔註21〕、〈浙闈號舍〉：「道光初，鄭夢白中丞與當道創議，捐資擴增千餘間，自是士子始咸得所焉。」〔註22〕以上均爲稱呼鄭夢白爲「中丞」的資料。除此之外，亦有因其所任官職而稱呼他爲「刺史」、〔註23〕「明府」、〔註24〕「觀察」、〔註25〕或「方伯」〔註26〕者。

〔註17〕〈送星子令鄭夢白同年〉：「白髮催年少，緇塵變舊顏。因君話疇昔，令我夢匡山。宦味烟雲釀，詩情草木閒。何緣託飛舃，竟渡落星灣。」「把酒一爲別，將詩重贈行。多情量帶減，無物壓裝輕。春水圍彭澤，青山擁郡城。樵風如有便，時爲寄賢聲。」見清・胡承珙著，〈道山集〉，《求是堂詩集》，卷13，收錄在《續修四庫全書》編纂委員會編，《續修四庫全書・集部・別集類》，冊1500，頁115。此外，他在擔任星子邑宰時，曾經斷一奇獄，參見清・朱翃清著，《埋憂集》，卷6，收錄在《續修四庫全書》編纂委員會編，《續修四庫全書・子部・小說家類》，冊1271，頁72～73。

〔註18〕官職名稱、任職時間，國立故宮博物院圖書文獻處與中央研究院歷史語言研究所共同製作表格，網址：http://npmhost.npm.gov.tw/ttscgi2/ttsquery?0:0:npmauac:TM%3D%BEG%AF%AA%B5%60（2013/01/22 瀏覽）

〔註19〕作者不詳（年代不詳）。〔鄭祖琛傳包〕。《數位典藏與數位學習聯合目錄》。網址：http://catalog.digitalarchives.tw/item/00/3f/b0/5b.html（2013/01/22 瀏覽）。

〔註20〕見清・丁丙著，《松夢寮詩稿》，卷6，收錄在《續修四庫全書》編纂委員會編，《續修四庫全書・集部・別集類》，冊1559，頁478。

〔註21〕見清・董平章著，《秦川焚餘草》，卷6，收錄在《續修四庫全書》編纂委員會編，《續修四庫全書・集部・別集類》，冊1537，頁207。

〔註22〕見清・陸以湉著，《冷廬雜識》，卷6，收錄在《續修四庫全書》編纂委員會編，《續修四庫全書・子部・雜家類》，冊1140，頁580。

〔註23〕〈與鄭夢白刺史書〉：「夢白足下：自丁丑初冬以至於今，別三年矣。思慕德

〈送鄭夢白中丞（祖琛）赴粵西任四首（丁未）〉其二云：「苕溪好風土，山水藹清暉。毓秀人文盛，匡時傑士稀。先生敦古義，獨出赴重圍。歎息曹江畔，蕭條遊子衣。（寧波告警時，公告養在籍，慨然赴軍中籌畫守禦。）」其四又云：「風流承夾漈，鸞鳳歎無儔。獨種菩提樹，同移般若舟。（公著〈戒鬮說〉，又與潘功甫舍人同撰〈勸濟溺文〉刊本，屬余於按試時散給生童。）畫圖披谷口，（公有《小谷口畫圖六十幅》）旌旆代南州。莫惜關山遠，郵筒好唱酬。」〈潘功甫舍人屬題武夷九曲圖雜書八絕即以寄懷〉其一云：「先生示我九曲圖，來尋漁仲山之隅。（舍人屬余攜至閩中，并乞鄭夢白中丞題）斯人已向桂林去，行過武夷看不殊。（夢白移節粵西，路過武夷）」其二云：「考亭講院荒烟中，一語維持賴鄭公。（建陽考亭書院將廢，予言於夢白，延廣文主講。）我過建溪欲相訪，獨愁此意無人同。（夢白本欲振興考亭，今惜已調撫粵西。）」其三云：「人溺誰能如己溺，菩提種子世間稀。（功甫因閩浙多溺女，特著〈勸濟溺說〉，屬余攜入閩中勸導。夢白又綴一文，余加一示，同付刊本，攜至按試各郡，散給士子。）香醪萬斛醒醐潤，獨飲其如酒力微。」〔註27〕此處明點鄭夢白於告養在籍時，仍不忘公事，赴軍營謀畫；同時，對

音，不能自已。足下政績聞於上，操守信諸人，惠澤加乎民，循聲昭乎遠，開雖不得躬睹，亦嘗聞而志之，且樂為人誦之。」清・劉開著，《孟塗文集》，卷4，收錄在《劉孟塗集》，見《續修四庫全書》編纂委員會編，《續修四庫全書・集部・別集類》，冊1510，頁357。

〔註24〕〈將至南康柬鄭夢白（祖琛）明府同年〉：「籃輿三日夢惺忪，四月驕陽匝地紅。蒼翠愛看天子障，清涼思得故人風。晴途雲霧生衣上，夜渚星辰落鏡中。私署頭銜君莫怪，江州提舉太平宮。」見清・胡承珙著，〈結秀集〉，《求是堂詩集》，卷7，收錄在《續修四庫全書》編纂委員會編，《續修四庫全書・集部・別集類》，冊1500，頁67。〈百花洲雜詠（集杜九首）〉其四註云：「玉賜山廉使、張古愚太守、鄭夢白、方石亭兩明府，先後攜酒來會。」見清・吳嵩梁著，《香蘇山館詩集》，今體詩鈔，卷11，收錄在《續修四庫全書》編纂委員會編，《續修四庫全書・集部・別集類》，冊1490，頁261。

〔註25〕例如：〈題《紅葉山房詩集》兼寄哲弟鄭夢白觀察〉，見清・吳嵩梁著，《香蘇山館詩集》，古體詩鈔，卷14，收錄在《續修四庫全書》編纂委員會編，《續修四庫全書・集部・別集類》，冊1490，頁112。

〔註26〕明清兩代的「布政使」一職又稱為「方伯」，〈山陰杜貞女詩・序〉：「杜稼軒比部長女，字同里張魯封孝廉次子以均，年十六而天，女年十三，以守貞自矢，越八年，鄭夢白方伯將為其孫聘之，女聞之，截一指以明意。」清・路德著，《檉華館詩集》，卷4，收錄在《檉華館全集》，見《續修四庫全書》編纂委員會編，《續修四庫全書・集部・別集類》，冊1509，頁587。

〔註27〕以上見清・彭蘊章著，〈問心集〉，《松風閣詩鈔》，卷11，收錄在《續修四庫

於民風、教育亦極重視，著〈戒鬮說〉、〈勸濟溺文〉予以整飭，本欲振興考亭書院，可惜後因調職粵西而作罷。

〈先君子輯廿二史感應錄，夢白中丞重刊於粵西以廣流傳，并撰序言寄示，賦此志感〉：「……去年忝使節，攜此閩山行。公移粵西去，持贈有餘情。比聞付剞劂，流傳廣殺青。更煩元晏筆，敘述爲光榮。所欽同善意，豈唯感垂名。小子濫掄才，無術陶群英。一編本家訓，啓迪資儀型。爾來戒鬮說，亦遍漳泉汀。（夢白撰〈戒鬮說〉，屬余散給各郡生童。）薄俗驟難易，公願則已宏。粵西風浡模，施化或易承。殷勤勸開墾，會見鄭渠成。」〔註28〕此則亦敘及鄭夢白對於民風之重視，以及他對於粵西之治理政績。

〈和鄭夢白方伯閩中感興八首即次原韻〉有註云：「公以延建、邵汀等郡匪徒出沒，宜行聯甲之法」、其四「昇平久訓農」一句下註云：「公以漳泉等郡，聚俗群居，輒相械鬥，武健之吏焚其巢穴而未獲靖，故云。」「公以臺地開闢未久，民氣浮動，必須移兵轉餉，未可輕議屯田。」〔註29〕此處言及鄭夢白對於地方上匪徒出沒之平定，有自己的一套處理對策，顯現出他在政治上的謀略。

雖然「軍中機密檔」對於鄭祖琛之官職有詳列，但僅列出二子一孫之姓名，並無其女之資料。因此，筆者根據鄭祖琛之著作《小谷口詩續鈔》下有署名「吳興鄭祖琛夢白」，直接從鄭祖琛的詩集中確認兩人的父女關係。根據鄭祖琛《小谷口詩續鈔》卷一〈黔中雜詠二十四首〉其四〈施秉〉一詩：

> 舊夢驚回海上波，頻年骨肉淚痕多。尺書飛報孤孀女，萬里來經相
> 見坡。（自註：坡在城東三十里）〔註30〕

值得注意的是，鄭祖琛於「尺書飛報孤孀女」一句下，自註云：「五女貞華守志侍翁姑於滇南官舍，不見者十五年矣。」可見鄭貞華是鄭祖琛之五女，此時兩人已十五年不見。而「此時」究竟是何時呢？根據周作楫所撰寫的〈小谷口詩鈔後序〉，並配合鄭祖琛在清史中的記錄，可稍微推知《小谷口詩續鈔》

全書》編纂委員會編，《續修四庫全書·集部·別集類》，冊1518，頁416。

〔註28〕見清·彭蘊章著，〈問心集〉，《松風閣詩鈔》，卷11，收錄在《續修四庫全書》編纂委員會編，《續修四庫全書·集部·別集類》，冊1518，頁419～420。

〔註29〕見清·托渾布著，《瑞榴堂詩集》，卷3，收錄在《續修四庫全書》編纂委員會編，《續修四庫全書·集部·別集類》，冊1513，頁211。

〔註30〕見清·鄭祖琛著，《小谷口詩續鈔》，卷1，收錄於國家清史編纂委員會編，《清代詩文集彙編》，冊545，頁684。

的寫作時間，爲方便後文討論，茲將引文列出如下：

> 先生之詩已刻《小谷口詩鈔》十二卷矣，今持節滇南，沿途抒寫，
> 又得若干卷，由滇寄賜，捧讀之餘，亟付梓以爲《續鈔》。〔註31〕

根據周作楫所言，鄭祖琛寫作《小谷口詩續鈔》爲其被派至滇南之時，而根據清史記載，鄭祖琛是在道光二十五年（1845），陞雲南巡撫，兼署雲貴總督，在此之前他擔任的是陝西布政使一職，道光二十五年五月七日奏謝恩授滇撫，五月十二日從陝起程，道光二十五年七月二十九日奏報抵滇任事，〔註32〕因此，鄭祖琛是由陝西經由河南、湖北、湖南，進入貴州省。〔註33〕抵達貴州省東部施秉縣時，在城東三十里之處的相見坡，與十五年不見的鄭貞華會面，會面時間點即落在道光二十五年（1845）五月至七月之間，之後再向西前往雲南任職。

對於此次的會面，鄭貞華在爲父親撰寫的〈小谷口詩續鈔題辭〉中留下了記錄，〈小谷口詩續鈔題辭〉其八云：

> 鏡裡孤孀血淚多，頻年掩卷廢吟哦。望雲竟遂趨庭願，萬里來經相
> 見坡。〔註34〕

此時她三十五歲，據詩中所云「孤孀女」，可知丈夫已逝，若依前文《歸安縣志》所言：「少寡，守志三十餘年」，以及卒年爲咸豐十年庚申（1860）推算，則鄭貞華上次與父親見面是在道光十一年（1831），也就是在她二十一歲那一年，那麼，表示她不到二十歲即守寡。再對照《夢影緣》一書的序末，時間是道光二十三年，表示此時鄭澹若是孀居的身份，而且與父親已是十三年不相見。

鄭祖琛擔任廣西巡撫，有人批評他是毫無作爲之官，〈周文忠公與周二南書〉有一段記載：

〔註31〕 見清‧鄭祖琛著，《小谷口詩鈔》，卷餘，收錄於國家清史編纂委員會編，《清代詩文集彙編》，冊 545，頁 691。

〔註32〕 鄭祖琛──新授雲南巡撫（道光 25 年 07 月 29 日）。〔無標題〕。《數位典藏與數位學習聯合目錄》。網址：http://catalog.digitalarchives.tw/item/00/05/b4/a1.html（2013/01/22 瀏覽）。

〔註33〕 軍中機密檔有一上奏日期不明、硃批日期爲道光二十五年九月七日的摺片，內容爲鄭祖琛具奏由陝西至湖南等省沿途雨水田禾情形。鄭祖琛（道光）。〔無標題〕。《數位典藏與數位學習聯合目錄》。http://catalog.digitalarchives.tw/item/00/05/b4/a2.html（2013/01/22 瀏覽）。

〔註34〕 見清‧鄭祖琛著，《小谷口詩續鈔》，卷1，收錄於國家清史編纂委員會編，《清代詩文集彙編》，冊 545，頁 687。

而大吏鄭祖琛又篤信佛教，酷似梁武，欲不殺一人以爲功德，於是一省鼎沸矣！自丁未至今，無月不損兵折將，一切俱諱飾之，於是一省文武，亦無不魚爛。〔註35〕

此文點出鄭祖琛篤信佛教而戒殺，〔註36〕由於他一味姑息，使得洪秀全、楊秀清等人發起金田起義，釀成太平天國之亂。清‧史夢蘭《止園筆談》卷七云：

楊秀清……懼逃入廣東，拜秀泉爲父，繼與土匪蕭朝貴、馮雲山、韋振、石達開、李振法、黃生才七人結盟，轉入廣西。在鬱林江濱上下劫掠，東拿西竄，出沒無常，如是者兩年。時巡撫鄭祖琛因循怯懦，不能先事捕戢，至三十年庚戌六月，金田盜起，四方響應。〔註37〕

鄭祖琛成爲眾矢之的，指責他姑息匪徒的人不只有一位，清‧丁寶楨云：

（臣）籍隸貴州，目擊從前撫（臣）賀長齡諸事務從寬大，由是苗教各匪各立名目，毫無忌憚，一經倡亂，蹂躪全省，至今尚未能復元。又前此髮匪洪秀全等之亂，實由前廣西撫（臣）鄭祖琛意在姑息，將地方官已經拏獲之首匪，全數寬縱，遂至虎兕出柙，天下均遭茶毒，前車可鑑，後患難防。〔註38〕

清‧楊鍾羲《雪橋詩話餘集》中有一段文字：

鄭夢白……故佞佛，既至，日持齋戒殺，專務姑息，論者謂洪逆之亂，實基於此。蓋蠢動之始，一健吏足以制之云。〔註39〕

由於釀成太平天國之亂，鄭祖琛被撤職並發配前往新疆，關於他被參奏、彈劾一事，清‧王先謙《東華續錄》有記載：

〔註35〕見清‧平步青著，《霞外攟屑》，卷2，收錄在《續修四庫全書》編纂委員會編，《續修四庫全書‧子部‧雜家類》，冊1163，頁412。

〔註36〕清‧董文渙〈金陵收復誌喜一百韻〉於「文儒事姑息」一句下註云：「中丞鄭祖琛撫粵西，性仁慈，戒殺放生，竟歲持齋。」見氏著，《峴嶁山房詩集初編》，卷6，收錄在《續修四庫全書》編纂委員會編，《續修四庫全書‧集部‧別集類》，冊1559，頁536。

〔註37〕見清‧史夢蘭著，《止園筆談》，卷7，收錄在《續修四庫全書》編纂委員會編，《續修四庫全書‧子部‧雜家類》，冊1141，頁213。

〔註38〕見清‧丁寶楨著，《丁文誠公奏稿》，卷23，收錄在《續修四庫全書》編纂委員會編，《續修四庫全書‧史部‧詔令奏議類》，冊509，頁661～662。

〔註39〕見清‧楊鍾羲著，《雪橋詩話餘集》，卷7，民國求恕齋叢書本，頁1611。（中國基本古籍庫）

（夏四月）甲子諭內閣，前據徐廣縉查參廣西巡撫鄭祖琛彌縫粉飾
各情，當經降旨將鄭祖琛革職，周天爵抵廣西後，即將鄭祖琛釀禍
原委陳明，朕以該革員身任封疆，既不能消患未萌，又不能將貽誤
之提鎮及文武各員早行參奏，僅予革職回籍不足蔽辜，復諭令李星
沅、周天爵，將該革員如何遷延徇庇之處，再行詳查參奏。茲據李
星沅據實查明，並參覈眾論，鄭祖琛於通省文武員弁，凡勦捕不力，
泄沓苟安者，實不能早爲參劾，是闒茸無能，皆伊一人作俑。即如
閔正鳳、盛筠之畏葸延誤，鄭祖琛但知見好同官，周旋粉飾，　朕
察其設心，非第袒護大員，即屬吏亦不敢參劾，似此養癰貽患，以致
吾民塗炭，糜餉勞師，僅予罷斥歸田，轉得置身事外，何以挽頹風而
儆有位，鄭祖琛著發往新疆效力贖罪，以爲封疆大吏玩誤者戒！〔註40〕

據清・董文渙〈金陵收復誌喜一百韻〉一詩中所言，周天爵與鄭祖琛兩人之
間，曾經有恩怨過節，〔註41〕於是，在他與李星沅的參奏之下，鄭祖琛被革
職並發配新疆，〔註42〕但最後在籍亡故，仕宦多年的下場被皇帝批以「孤恩
昧良，可恨已極。該犯在家身死，太覺便宜！」〔註43〕清・俞樾對於鄭祖琛
遭人詬病，有一段抱屈的文字：

余於道光中嘗一見之，先生固長者，而亦素有吏才，晚任封疆，遂
膺嚴譴，且爲世詬病，亦見疆吏之難爲也。〔註44〕

〔註40〕 見清・王先謙著，《東華續錄》，咸豐八，收錄在《續修四庫全書》編纂委員
　　　　會編，《續修四庫全書・史部・編年類》，冊376，頁91。
〔註41〕 清・董文渙〈金陵收復誌喜一百韻〉於「大府方辭鉞」一句下註云：「鄭祖琛
　　　　既得罪中丞鄒鳴鶴、周天爵，先後撫粵，功不成，命總督徐廣縉往勦，尋請
　　　　以事仍留粵東。」見氏著，《峴嶕山房詩集初編》，卷6，收錄在《續修四庫全
　　　　書》編纂委員會編，《續修四庫全書・集部・別集類》，冊1559，頁536。
〔註42〕 不過李星沅曾經上奏懇求讓鄭祖琛隨營效力，內容如下：「再前撫（臣）鄭祖
　　　　琛奉　旨革職，甫由梧州回省，（臣）與之晤談，察其年老多病，而心思尚密，
　　　　愧奮激昂，於通省地形，及各路兵力賊勢，均能言之了了，當軍務需人之際，
　　　　不揣冒昧，可否籲懇　天恩，暫令鄭祖琛隨營自効，俾資熟手。其應行查辦
　　　　之處，（臣）仍嚴密確訪，據實上　聞，斷不敢稍涉徇隱，自干咎戾。謹附片
　　　　密陳，伏乞　聖鑒訓示，謹　奏。」見清・李星沅著，《李文恭公遺集・李文
　　　　恭公奏議》，卷21，收錄在《續修四庫全書》編纂委員會編，《續修四庫全書・
　　　　集部・別集類》，冊1524，頁521。
〔註43〕 見清・王先謙著，《東華續錄》，咸豐十一，收錄在《續修四庫全書》編纂委
　　　　員會編，《續修四庫全書・史部・編年類》，冊376，頁159。
〔註44〕 見清・俞樾著，《右台仙館筆記》，卷11，收錄在《續修四庫全書》編纂委員

而吳振棫〈鄭夢白中丞（祖琛）《小谷口紀事畫引》〉云：

> 中丞才器不可量，少年文采錦七襄。天門夜下龍虎章，出手俾起民
> 膏肓。山包川納見氣象，雲飛風舉生輝光。槃薖天不福豪傑，勞苦
> 坐變頭毛霜。黔山洗卮宴清畫，（時方自滇撫移入閩，過貴陽小住。）
> 較在杭州見尤瘦。示之畫引不見畫，五十年來付清話。麻衣白映刀
> 光浮，戰場忠孝盟千秋。驚烽海雪收殘涕，（謂前年曹娥江防堵事。）
> 詩卷鴻泥數昔遊。近聞辦賊奇兵用，飛羽之纓漢儀重。（去年以勤捕
> 粵匪，賞戴花翎。）椎牛萬家笑且歌，銅鼓聲酣臥蠻甕。人言勳業
> 晚更多，儻續新辭定奇縱。豈知載筆自有人，刻畫金石躋雅頌。幾
> 年晝錦歸築堂，造請壽公百歲觴。世間塵幻休回憶，清夢悠悠苕水
> 長。〔註45〕

吳振棫歷敘鄭祖琛之仕宦功蹟，語多歌頌，綜觀鄭祖琛的仕宦之途，歷任多
職，但最後竟然落得如此不堪的下場，「同治《湖州府志》、光緒《歸安縣志》
《烏程縣志》、民國《雙林鎮志》甚至不爲他作傳，顯然認爲他對於粵亂負有
不可推御（筆者案：卸）的責任。」〔註46〕

（二）鄭祖琛著作

　　鄭祖琛著作有《紀事書行》、《小谷口詩鈔》、〔註47〕《小谷口詩續鈔》等，
《小谷口詩鈔》分爲十二卷，按照時間先後排列。〔註48〕清・俞樾〈鄭夢白
先生《小谷口紀事畫引》跋〉：

> 鄭夢白先生爲吾鄉先達，以牧令起家，官至開府。先君子及先兄皆
> 嘗主於其家，而余又與先生猶子吟梅大令、聽篁侍御爲同年生，論

　　會編，《續修四庫全書・子部・小説家類》，冊 1270，頁 575。
〔註45〕見清・吳振棫著，《花宜館詩鈔》，卷 12，收錄在《續修四庫全書》編纂委員
　　會編，《續修四庫全書・集部・別集類》，冊 1521，頁 119。
〔註46〕見孫冰著，〈鎮志的編纂和明清江南市鎮變遷——以浙江湖州雙林鎮爲例〉，
　　《中國地方志》，2005 年第 4 期，頁 58。
〔註47〕〈鄭中丞詩〉：「鄭夢白中丞《小谷口詩鈔》，調秀詞雅，卓然可傳。」見清・
　　陸以湉著，《冷廬雜識》，卷 8，收錄在《續修四庫全書》編纂委員會編，《續
　　修四庫全書・子部・雜家類》，冊 1140，頁 643。
〔註48〕此十二卷依序是〈悔存草〉（戊午至乙丑）、〈廬琴草〉（丁卯至壬申）、〈北征
　　草〉（癸酉至乙酉）、〈米鹽草〉（乙酉至戊子）、〈續夢草〉（辛卯）、〈燕鴻草〉
　　（辛卯）、〈南行草〉（辛卯）、〈海霞草〉（辛卯壬辰）、〈嶺雲草〉（壬辰至乙未）、
　　〈陔黍草〉（乙未至辛丑）、〈摩韃草〉（辛丑至甲辰）、〈體物草〉。

世講之誼，先生固居丈人行矣。余從孫箴璽娶先生之從曾孫女，則又與先生有連。然余惟以甲辰之秋一見先生於武林行館，此後未得繼見，先生之政事文章，固無以測其涯涘也。乙未孟夏，先生之從孫肖軒少府攜示《小谷口紀事畫引》一冊，蓋先生於道光乙巳歲，歷敘自幼至老事蹟，各為小引，而張君竹筠，為之作圖者也。當時蓋嘗刻於桂林使署，兵燹之後，圖不復存，而幸存其引。自湖舫燭緣迄西園寫照，凡六十事，中間如治河、治漕、防海、防江，以及武陵仙蹟、匡廬神鐙，時有險夷，事有巨細，無不備見於此編，讀其引，如見其圖矣。〔註49〕

此段文字點出若欲了解鄭夢白生平之大事，則《小谷口紀事畫引》是重要之參考著作，雖然圖已不存，但透過其引之文字說明，仍能勾勒其生平之六十件大事。

（三）鄭祖琛之父母、兄長

關於鄭祖琛之父母、家世背景可見地方志之記錄。鄭祖琛之本生父為鄭遵佶，本生母為徐氏，後出嗣伯父鄭遵駒。〔註50〕據《雙林鎮志》卷二十六〈賢淑〉記載：

贈資政大夫鄭遵佶妻，封太夫人，徐氏世鉉（字桐坡）女，廣西巡撫祖琛母也。年十九歸遵佶，善事翁姑，先意承志，人無間言。……家貧，遵佶與長子祖□常出外，太夫人在家輒夜督次子祖球、季子祖琛篝燈讀，縫紉於旁，為之講解大義。子或嬉戲逃學則泣跪中庭，俟感悟而止。祖琛幼即出嗣從伯為後，而學籍注本生三代。後從伯妯孀居，死無殮具，時遵佶客淮，或語太夫人謂可不踐約，伯妯自有應繼者，且而子今方就鄉試，可以此辭。太夫人曰：「彼若有資，曩已卻之，今彼方困，非吾子孰肯繼者？兒輩科名有數，我不可諾始而負終也。」乃自出敝衣典質，治其喪。……遵佶先卒，祖琛時

〔註49〕見清‧俞樾著，《春在堂襍文六編》，卷9，收錄在《續修四庫全書》編纂委員會編，《續修四庫全書‧集部‧別集類》，冊1551，頁158。

〔註50〕《光緒烏程縣志‧封贈》：「鄭爾彀（以曾孫祖琛贈榮祿大夫福建巡撫）、鄭若寅（以嗣孫祖琛贈榮祿大夫）、鄭若屏（以出嗣孫祖琛貤贈榮祿大夫）、鄭遵駒（以嗣子祖琛贈榮祿大夫）、鄭遵佶（以出嗣子祖琛貤贈榮祿大夫，〈人物〉有傳）。」見清‧潘玉璿、馮健修，清‧周學濬、汪曰楨纂，《光緒烏程縣志》，卷10，收錄在《中國地方志集成》編輯委員會編，《中國地方志集成‧浙江府縣志‧輯26》（上海：上海書店，1993年，第1版1刷），頁675。

已貴顯，服闋入覲，宣廟知其有老母，詢年歲，有八旬康健，難得
之，諭太夫人。聞之，益以盡忠報國勖祖琛，及祖琛由閩藩乞終養，
歸侍奉十年，年九十四卒。〔註51〕

由此段文字可知鄭祖琛之本生父母，及出嗣給伯父鄭遵駒的身世，鄭祖琛是
鄭遵佶的季子，上有兩位兄長，其母徐氏更是一恭儉仁愛之賢淑婦女，不僅
仁愛至性，更善於教子待人。鄭遵佶著有《聽雨樓詩稿》，〔註52〕先卒於己丑
春，〔註53〕鄭祖琛於乙未四月聽聞八十七歲的母親寢疾，便上奏請求返家省
侍，假滿三月，因母疾未癒，再次上疏請求終養。程梓亭制府、魏麗亭中丞
亦連疏請求　准予假滿回任。此事於〈乙未四月，聞徐太夫人寢疾，疏請省
侍，不俟　命下，星夜馳歸。蒙　恩寬假，假滿三月，母疾未癒，再疏陳請　准
予終養，恭記四首〉一詩有記，鄭祖琛於其四下自註：

昔日（辛卯五月）曾入都蒙　聖上召見並垂詢老母年歲一事。〔註54〕

此恰可與上引《雙林鎮志》一文相互補充說明其時間。《雙林鎮志》言鄭祖琛
在家省侍徐太夫人十年，但汪仲洋在〈小谷口詩鈔前序〉云：

竊謂　先生之詩即　先生之人也，至性過人。通籍後宦遊東西南北，
繞道省親，前後五次，自乙未告養至癸卯，依侍太夫人左右者，凡
九年。〔註55〕

時間上較《雙林鎮志》具體明晰。

此處對於鄭祖琛兩位兄長的說明，長兄的名字有脫漏，仲兄為鄭祖球。
但若參考《雙林鎮志》卷二十〈人物〉關於鄭遵佶的記載，則可清楚見出長
兄姓名。茲引如下：

〔註51〕見清・蔡蓉升原纂，清・蔡蒙續纂，《雙林鎮志》，據民國六年上海商務印書
館鉛印本影印，收錄在《中國地方志集成》編輯指導委員會編，《中國地方志
集成3・鄉鎮志專輯・22下》（上海：上海書店，1992年7月，第1版第1
刷），頁646。

〔註52〕〈星子訪鄭明府不遇，晤其尊人柳門丈，留宿且為辦廬山之游〉詩中有註云：
「先生出示《聽雨樓詩稿》。」見清・胡承珙著，〈結秀集〉，《求是堂詩集》，
卷7，收錄在《續修四庫全書》編纂委員會編，《續修四庫全書・集部・別集
類》，冊1500，頁67。

〔註53〕據鄭祖琛云：「先贈公於己丑春棄養。」見清・鄭祖琛著，《小谷口詩鈔》，卷
10，收錄於國家清史編纂委員會編，《清代詩文集彙編》，冊545，頁656。

〔註54〕見清・鄭祖琛著，《小谷口詩鈔》，卷10，收錄於國家清史編纂委員會編，《清
代詩文集彙編》，冊545，頁655～656。

〔註55〕見清・鄭祖琛著，《小谷口詩鈔》，卷首，收錄於國家清史編纂委員會編，《清
代詩文集彙編》，冊545，頁607。

鄭遵佶，字禮耕，號柳門，義門二十二世孫。……子三：祖珍、祖
球、祖琛。〔註56〕

此段引文提供了長兄爲鄭祖珍，同時，鄭祖琛爲鄭氏義門二十三世孫的訊息。
關於身爲鄭氏義門後代一事，鄭祖琛於〈乙未四月，聞徐太夫人寢疾，疏請
省侍，不俟　命下，星夜馳歸。蒙　恩寬假，假滿三月，母疾未癒，再疏陳
請　准予終養，恭記四首〉其三詩中自註：

余家浦陽義門，十一世同居。迨大宗伯公孫雲石公遷湖，嚴慈命建
支祠於雙溪，勉子孫世守。〔註57〕

明白點出其家本爲浦陽鄭氏義門後代，後遷居湖州，浦陽鄭氏獲頒「天下第
一家」榮耀，恪守家族宗規，世代同居，堪稱是家族組織至爲嚴密的典範。

據上所述，則《歸安縣志》將鄭祖球、鄭祖琛稱爲鄭遵佶之長子、次子；
而《烏程縣志》卷十八在鄭遵佶的傳記中僅提及子祖球、祖琛兩人，〔註58〕
這兩處的記錄都是有所缺漏的。鄭祖球實爲鄭遵佶之次子，爲鄭祖琛之仲兄，
鄭祖琛〈寄仲兄〉云：

落日倚孤城，棲高雁不鳴。萬山分月影，獨樹戰風聲。出處平生節，
艱難兩地情。朝來望南斗，千里白雲橫。〔註59〕

又清·陸以湉《冷廬雜識》卷四云：

烏程鄭笏君孝廉祖球，高才短命。其弟夢白中丞哀遺詩，刻爲《紅
葉山房集》。佳句如〈過清涼寺〉云：「危石下秋瀑，幽篁深夕陽。」
〈渚漁〉云：「魚飛挾風力，湖黑勁雷聲。」〈入菁山〉云：「四圍半
僧寺，一徑萬梅花。」〈獨對亭夜坐〉云：「絕壁松濤晴亦雨，空山
蟲語夏如秋。」〈表忠觀〉云：「魂魄猶思造南宋，文章何幸遇東坡。」
〈古壁〉云：「畫像陰森神鬼守，詩題漫漶姓名虛。」語皆警特。

〔註60〕

〔註56〕見清·蔡蓉升原纂，清·蔡蒙續纂，《雙林鎮志》，卷20，頁603。

〔註57〕見清·鄭祖琛著，《小谷口詩鈔》，卷10，收錄於國家清史編纂委員會編，《清
代詩文集彙編》，冊545，頁655。

〔註58〕見清·潘玉璿、馮健修，清·周學濬、汪曰楨纂，《光緒烏程縣志》，卷18，
頁776。

〔註59〕見清·鄭祖琛著，《小谷口詩鈔》，卷2，收錄於國家清史編纂委員會編，《清
代詩文集彙編》，冊545，頁616。

〔註60〕見清·陸以湉著，《冷廬雜識》，卷4，收錄在《續修四庫全書》編纂委員會編，
《續修四庫全書·子部·雜家類》，冊1140，頁517。

對於鄭祖球之詩才，以「語皆警特」予以評價。此處言及鄭祖球「高才短命」，根據鄭祖琛所寫之〈先仲兄行略〉一文，可知鄭祖球（1782～1819）三十八歲即亡歿。〔註61〕另外，在鄭遵佶《得閒山館集》附錄有一篇署名「不孝祖琛泣血謹述」的〈先考柳門府君行述〉一文，內有關於家族子孫的記錄：

> 子三：長（祖珍），國子監生，娶嚴氏；次（祖球），癸酉舉人，出繼堂伯龍壽公爲嗣，娶蔡氏；次即（不孝祖琛），甲子倖舉於鄉，乙丑成進士，現任江西按察使兼署布政使，娶江氏。女一，適附貢生閔（福疇）。〔註62〕

由鄭祖琛本人所撰寫之鄭遵佶生平事蹟及家族成員，可見鄭遵佶之長子爲鄭祖珍、次子鄭祖球、三子鄭祖琛，而鄭祖球和鄭祖琛均有出嗣的情形。

二、母親與手足

（一）母親江漱芳家族

前文有提及鄭祖琛娶江氏，但名字不詳。根據清・沈善寶《名媛詩話》記載，鄭貞華之母爲江蘇儀徵江漱芳。文字內容如下：

> 儀徵江漱芳，爲烏程鄭夢白中丞祖琛室。《由武林歸苕上》云：「篷底看山色，微雲淡素秋。歸心移柳岸，涼意足蘋洲。水淨宜開鏡，船輕不載愁。西湖樓外月，還照遠人不？」女鄭雲芝（慶英）、素石（浣雲），皆工詩。雲芝《春閨》云：「蘭閨盡日無多事，手寫新詩贈百花。」素石《殘菊》云：「黃葉秋高霜盡後，白衣人去酒闌時。」清雅可誦。〔註63〕

此段記載還列出鄭貞華的兩位姊妹，分別是鄭雲芝（慶英）和鄭素石（浣雲），兩人之詩作亦皆清雅可誦。關於母親江漱芳的記載不多，身爲陳文述女弟子之一的錢守璞有〈送江夫人旋湖州〉兩首詩，於詩題下有註：「鄭夢白中丞德

〔註61〕「兄生乾隆壬寅四月十六日，歿嘉慶己卯七月十有四日，得年三十有八，子訓遷，女二人。」見清・鄭祖球著，《紅葉山房集・行略》，頁4。此書國內並無館藏。但經由 HathiTrust Digital Library Catalog（http://www.hathitrust.org/）搜尋可得《紅葉山房集》之全文影像。（2015/01/27 瀏覽）

〔註62〕見清・鄭遵佶著，《得閒山館集》，收錄在國家清史編纂委員會編，《清代詩文集彙編》，冊428，頁235。

〔註63〕以上見清・沈善寶撰，《名媛詩話》，卷9，收錄於王英志主編，《清代閨秀詩話叢刊》，冊1，頁497。

配」，詩云：

> 三載常瞻畫閣春，歌傳黻佩重清貧。金閨佐理辛勤甚，歸作苕溪息
> 影人。中丞威德本兼施，功罪盟心只自知。料得草堂歸隱後，陰符
> 一卷夢行師。〔註64〕

此爲江漱芳欲返回湖州時，錢守璞贈詩一首。詩中提及江漱芳平日辛勤打理
家中事務，還戲稱鄭祖琛歸隱後，仍將眷戀不忘昔日領兵作戰一事。

由鄭祖琛〈題江墨君外舅錢江獨立圖〉二首存一之題目，又《爾雅・釋
親第四・妻黨》云：「妻之父爲外舅，舅之母爲外姑。」〔註65〕可知江漱芳之
父爲江墨君，又根據《皇清書史》引〈木葉齋法書記〉記載：

> 江德地，字井叔，號墨君，江都諸生，侍御德量從弟，篆隸並精，
> 兼擅鐵筆，嘗爲侍御仿漢碑式製印，侍御曾作文記之。〔註66〕

根據此文，江墨君即爲著名篆刻家江德地，爲江德量之從弟。又據清・江藩
《國朝漢學師承記》所言，江德量之父爲江恂，〔註67〕江德地與江德量在其
他文獻資料可見以兄弟相稱之記載。〔註68〕而江恂與江昱爲兄弟關係，〔註69〕

〔註64〕　見清・錢守璞著，《繡佛樓詩稿》，卷2，清同治八年（1869）刻本，頁38b～
　　　　39a。網址：http://digital.library.mcgill.ca/mingqing/search/details-poem.php?poe
　　　　mID=3693&language=ch（2013/12/10瀏覽）

〔註65〕　見晉・郭璞注，葉自本糾譌，陳趙鵠重校，《爾雅》（北京：中華書局，1985
　　　　年，北京新1版），卷上，頁37。

〔註66〕　見清・李放著，《皇清書史》，卷2，收錄在《叢書集成續編・史部・傳記類》
　　　　（上海：上海書店，1994年，初版），冊38，頁19。

〔註67〕　「江德量，字成嘉，一字秋史，儀徵人。父恂，字于九，號蔗畦，拔貢生，
　　　　官至安慶府知府，有政聲。伯父昱，字賓谷，號松泉，江都諸生，讀書好古，
　　　　爲聲音訓詁之學，又好碑版文字，考核精詳，長於詩，著有《瀟湘聽雨錄》
　　　　二卷、《韻岐》五卷、《松泉集》六卷。德量少承家學，勵志肆經，既長，與
　　　　同郡汪明經容甫爲文字交，其學益進。乾隆丁酉選拔貢生，己亥舉人。」見
　　　　清・江藩著，《國朝漢學師承記》，卷7，收錄在《續修四庫全書》編纂委員會
　　　　編，《續修四庫全書・經部・群經總義類》，冊179，頁332。又清・王昶：「江
　　　　德量，字成嘉，號秋史，儀徵人。乾隆四十五年　殿試第二人及第，官至監
　　　　察御史。」其下註云：「《蒲褐山房詩話》：『秋史爲賓谷從子，父于九好金石，
　　　　秋史承其家學，蒼雅篆籀，靡不綜覽，尤工八分。』」見清・王昶輯，《湖海
　　　　詩傳》，卷36，收錄在《續修四庫全書》編纂委員會編，《續修四庫全書・集
　　　　部・總集類》，冊1626，頁281。

〔註68〕　「江恂，字禹九，號蔗畦，官蕪湖道，工詩畫，收藏金石書畫，甲於江南。
　　　　子德量，字秋史，乾隆庚子榜眼，官御史，好金石，盡閱兩漢以上石刻，故
　　　　其隸書卓然成家，所書武安王廟碑，筆力遒勁，善畫人物，得古法，死之前

為一著名之篆刻、藝術家，再往上追溯，江恂之父為江世棟，〔註70〕因此，鄭貞華之外祖父家族堪稱是一個精通文字、篆刻的藝術世家。

有關江漱芳兄弟姊妹的資料甚少，故宮博物院典藏資料庫系統「清代宮中檔奏摺及軍機處檔摺件」有一條資料，可知她有一弟。閩浙總督程祖洛、福建巡撫魏元烺於道光十四年五月二十一日上奏，事由如下：

> 奏為升補南平縣知縣江錫謙係新任藩司鄭祖琛之妻弟，例應迴避由。（附夾片）」〔註71〕

此時鄭祖琛新任福建布政使一職，亦可知江錫謙為江漱芳之弟。另外，在江儀告〈小谷口詩鈔前序〉一文中，署名「受業內姪」的江儀告稱呼鄭祖琛為「夢白姑丈夫子」，〔註72〕可見兩人不僅為師生關係，江儀告更是妻舅之子，但無法證實是否為江錫謙之子。

（二）鄭貞華手足

關於鄭貞華之姊妹，前所引之清・沈善寶《名媛詩話》提到鄭雲芝（慶英）和鄭素石（浣雲）兩位。前文所引清・丁申、丁丙輯《國朝杭郡詩三輯》卷九十八有：「孺人姊娣并能詩，《國朝湖州詩錄》采刻不少」一句，筆者即根據此條記錄查閱《國朝湖州詩續錄》一書，發現其中有鄭慶英和鄭梧英的詩作，當中可見家族人事。首先，對於鄭慶英有簡略生平說明，文字如下：

一年，忽以端石數寸許作漢碑式，囑其弟墨君鐫其姓氏爵里，筆畫精妙，時以為識。德地，字墨君，布衣。」見清・李斗塘著，《揚州畫舫錄》（台北：學海出版社，1969年2月，初版），卷12，頁598。

〔註69〕 江恂屢屢在詩文作品中提及其兄松泉，見清・江恂著，《蔗畦詩彙》，收錄在國家清史編纂委員會編，《清代詩文集彙編》（上海：上海古籍出版社，2010年，第1版），冊309。「松泉」指的是江昱，「江昱，字賓谷，號松泉，江都諸生。」見清・李放著，《皇清書史》，卷2，收錄在《叢書集成續編・史部・傳記類》，冊38，頁18。

〔註70〕 〈人物・義行傳〉：「江世棟，字右李，號岱瞻，……分財周恤，傾囊弗惜。子八人，各以孝義廉節著，子恂復捐置田畝為本支祖祠祀產。」見清・江登雲纂，《橙陽散志・人物・義行》，卷4，收錄在《中國地方志集成3・鄉鎮志專輯・27》（上海：上海書店，1992年，第1版第1刷），頁626。

〔註71〕 見國立故宮博物院典藏資料庫系統「清代宮中檔奏摺及軍機處檔摺件」，網址：http://npmhost.npm.gov.tw/ttscgi/ttswebnpm?@0:0:1:npmmeta::/tts/npmmeta/dblist.htm@@0.22065529270830952（2014/6/3 瀏覽）

〔註72〕 見清・鄭祖琛著，《小谷口詩鈔》，卷首，收錄於國家清史編纂委員會編，《清代詩文集彙編》，冊545，頁607。

鄭慶英，字婉若，號雲芝。歸安人，祖琛三女，適錢塘諸生蔡振武。
著有《紅蘿軒詩草》。〔註73〕

錢塘蔡振武即鄭祖琛在詩集中所稱「蔡麟洲壻」，有一詩題爲〈蔡麟洲壻視學
蜀中卻寄〉：

弱齡清宦舊家聲，艱苦天教王汝成。能咬菜根期相業，莫忘書種負
文衡。得人不易求無備，化蜀非難道在平。更憶外孫靈臼好，年來
頭角想崢嶸。〔註74〕

詩末自註「外孫」爲「綸書外孫」。根據《清代硃卷集成》記載：蔡振武，字
宜之，號麟洲，行三，嘉慶甲戌年十一月二十四日吉時生浙江杭州府。父蔡
廷衡，生母邵氏，胞兄桓武、天錫，嫡堂姪孫蔡念慈，元配爲鄭祖琛三女（即
鄭慶英），另繼娶鄭祖琛四女，有子綸書、女一。〔註75〕此外，胡文楷根據《湖
州府志》著錄，在《紅蘿軒詩草》下記錄了一段文字，從中可知鄭慶英是鄭
祖琛的三女。文字內容如下：

慶英字婉若，號雲芝，浙江歸安雙林人，鄭祖琛三女，錢塘蔡振武
妻。妹麗若有《畹香居詩集》。〔註76〕

對於鄭慶英的字號及著作說明，均與《國朝湖州詩續錄》一致。但此處所提
及的「麗若」所指何人？根據《國朝湖州詩續錄》一書，鄭慶英有〈題《畹
香居詩集》輓麗若姊〉一詩：

水碧山青無限情，長江千里暮雲平。記從燕子磯頭過，一卷新詩唱
和成。乍經訣別幾何時，一日三秋信有之。那得深閨風雨夕，再敲
棋罷再敲詩。〔註77〕

〔註73〕見清‧鄭遵佶續輯，《國朝湖州詩續錄》，卷15，小谷口，清道光10年（1830）
　　　刻，清道光11年（1831）續，頁19a。
〔註74〕見清‧鄭祖琛著，《小谷口詩續鈔》，卷1，收錄於國家清史編纂委員會編，《清
　　　代詩文集彙編》，冊545，頁675。
〔註75〕以上見顧廷龍主編，《清代硃卷集成》，據上海圖書館所藏資料影印（台北：
　　　成文出版社，1992年，初版），冊10，頁3～8。另徐雁平引用來新夏編《清
　　　代科舉人物家傳資料匯編》（北京：學苑出版社，2006年，第1版）第85冊，
　　　認爲蔡念慈爲蔡振武之子，娶浙江德清許宗彥孫女、許兆奎女，此說似有誤。
　　　見徐雁平編，《清代文學世家姻親譜系》（南京：鳳凰出版社，2010年12月，
　　　第1版1刷），頁306。
〔註76〕以上見胡文楷編著，張宏生等增訂，《歷代婦女著作考（增訂本）》，頁742。
〔註77〕見清‧鄭遵佶續輯，《國朝湖州詩續錄》，卷15，小谷口，清道光10年（1830）
　　　刻，清道光11年（1831）續，頁20a～20b。

從詩題稱呼麗若爲姊,與胡文楷之說有所出入。此外,若根據胡文楷所言,
鄭麗若之父當爲鄭祖琛,但鄭遵佶所輯之《國朝湖州詩續錄》一書,在鄭梧
英之下註云:

> 鄭梧英,字麗若,號韻蘭。歸安人,祖球女,許字驛村嚴氏,著有
> 《畹香居詩草》。〔註78〕

根據前文所引地方志,鄭祖球爲鄭祖琛之兄,兩人皆爲《國朝湖州詩續錄》
編輯者鄭遵佶之子,〔註79〕鄭祖琛亦有參與《國朝湖州詩續錄》之續輯工作,
應不致有誤,故筆者認爲鄭梧英應爲鄭祖琛之姪女,胡文楷稱鄭梧英爲鄭慶
英之妹,似有誤。但鄭祖琛此處亦未明言鄭梧英所適何人,此需由胡文楷《畹
香居詩草》下記錄得知:

> 梧英字麗若,浙江湖州雙林人,字歸安諸生嚴恆福。未婚卒。〔註80〕

因此,可以得知鄭梧英之字爲「麗若」,所適對象爲驛村嚴恆福,卻未婚而卒。
陳芸《小黛軒論詩詩》中亦有論及,將其著作與多位作品中皆有「香」字之
女作家同列,有「藻蘭紛鬱眾香薰」之評語。〔註81〕鄭梧英另有一詩,題爲
〈寄韻若姊〉,亦可見家族中另一女性的身影。〔註82〕

　　此外,鄭慶英有一詩,詩題爲〈懷素若姊〉:

> 明月映清泉,松陰白鶴眠。遙知千里外,共望一輪圓。苕水離愁動,
> 章江別緒牽,雁行分散後,屈指已三年。〔註83〕

從詩中「雁行分散後」一句,推測鄭素若與鄭慶英爲姊妹關係,由「苕水離
愁動,章江別緒牽」兩句,可知一人在浙江,另一人在江西。此詩寫於兩人

〔註78〕 見清・鄭遵佶續輯,《國朝湖州詩續錄》,卷15,小谷口,清道光10年(1830)
　　　　 刻,清道光11年(1831)續,頁17b。。

〔註79〕 「鄭遵佶,字禮耕,號柳門,……搜訪文獻甚勤,錄鄉先哲遺集二百家爲《湖
　　　　 州詩錄續編》。」見清・潘玉璿、馮健修,清・周學濬、汪曰楨纂,《光緒烏
　　　　 程縣志》,卷18,頁776。

〔註80〕 以上見胡文楷編著,張宏生等增訂,《歷代婦女著作考(增訂本)》,頁740。

〔註81〕 「『鏤雪含烟幾朵雲,藻蘭紛鬱眾香薰。藕花靜婉冰蓮淨,一曲秋琴日半曛。』
　　　　 鄭梧英,字麗若,歸安人。著《畹香居詩草》。」以上見陳芸撰,《小黛軒論
　　　　 詩詩》卷下,收錄於王英志主編,《清代閨秀詩話叢刊》,冊2,頁1617。

〔註82〕 〈寄韻若姊〉:「一幅鸞箋寄別思,迢迢千里憶當時。憑他只有飛鴻去,飛到
　　　　 蘋洲已覺遲。」見見清・鄭遵佶續輯,《國朝湖州詩續錄》,卷15,小谷口,
　　　　 清道光10年(1830)刻,清道光11年(1831)續,頁18b。

〔註83〕 見清・鄭遵佶續輯,《國朝湖州詩續錄》,卷15,小谷口,清道光10年(1830)
　　　　 刻,清道光11年(1831)續,頁19a。

分別三年之後，僅能藉由一輪明月傳達兩地相思。接著談到鄭素石（浣雲），清・丁申、丁丙輯《國朝杭郡詩三輯》卷九十八所錄鄭貞華詩中有七首，由於《綠飲樓集》今已亡佚，僅能試圖由此七首詩尋找相關訊息。其中第一首〈立春日寄素石姊〉：

> 一別一番親，番番入夢頻。日從愁裡度，詩讓客中新。岸柳方舒臘，
> 江梅又報春。想君當此際，也念倚闌人。〔註84〕

從詩題可明顯見出鄭貞華稱呼素石爲姊，可見素石長於貞華。但根據鄭祖琛在替其生父鄭遵佶所寫之行述中，曾整理其孫女有九人：

> 孫女九：長適姚（世名）；次適候補兩淮鹽知事沈（宗泰）；次適候
> 補員外郎周（力庸）；次適附貢生周（錫誥）；次字嚴，早卒；次適
> 庠生（蔡振武）；次未字；次字嚴（謙福）；次字陳（慶曾）。〔註85〕

照常理推斷，此處應該是按照家族長幼之序敘述，但鄭祖琛自己卻將娶三女鄭慶英的蔡振武，寫在娶五女鄭貞華的周錫誥之後，此爲令人難以理解之處。

至於鄭貞華之兄弟，根據數位典藏傳稿三百七十一號，可得知鄭祖琛有兩子一孫，兩子分別是鄭訓達和鄭訓常，一孫爲鄭興揚。〔註86〕《國朝杭郡詩三輯》中，鄭貞華有一首詩提及其兄子琴，但不知是誰：

> 筍輿高下欲迷蹤，疊巘崇巖路幾重。石出草間疑虎伏，雲蟠洞口識
> 龍封。寒林葉自驚飛雨，遠寺煙還透晚鐘。定是仙眞棲隱地，紅泉
> 瀉處落英濃。〈山行和子琴兄韻〉〔註87〕

鄭訓達（1810～1879），清代人，字輯康，號琴雅。浦江鄭義門人。著有《漱雲樓詩草》。〔註88〕毛策在列舉義門鄭氏之政治、知識菁英時，註明其爲金石書畫學家。〔註89〕大清國史資料庫記載：「子訓達，候選員外郎；訓常，由內閣中書議敘知府；孫興揚，兵部主事。」

〔註84〕見清・丁申、丁丙輯，《國朝杭郡詩三輯》，光緒十九年癸巳（1893），錢塘丁氏刻本，頁 3b。

〔註85〕見清・鄭遵佶著，《得閒山館集》，收錄在國家清史編纂委員會編，《清代詩文集彙編》，冊 428，頁 236。

〔註86〕國立中央研究院歷史語言研究所傅斯年圖書館「明清人物傳記資料查詢」。網址：http://archive.ihp.sinica.edu.tw/ttsweb/html_name/search.php（2014/6/3 瀏覽）

〔註87〕見清・丁申、丁丙輯，《國朝杭郡詩三輯》，光緒十九年癸巳（1893），錢塘丁氏刻本，頁 3b。

〔註88〕見毛策著，《孝義傳家——浦江鄭氏家族研究》，頁 119～120。

〔註89〕見毛策著，《孝義傳家——浦江鄭氏家族研究》，頁 265。

　　鄭訓常之妻爲陶懷成，胡文楷《歷代婦女著作考》（增訂本）卷十五清代九，根據《小黛軒論詩詩》著錄，〔註90〕在《紅豆館詩草》下記錄：

懷成字芳芸，江蘇長洲人，知府鄭訓常妻。〔註91〕

陳維崧《婦人集》中亦有陶懷成之記載，茲引如下：

耕塢老人爲余言：「予壬寅過鄭州，見驛亭有姑蘇女史芳芸詩，猶記其末句云：『銀釭燒盡心還熱，畫鼓金針月已西。』最爲清麗。其全首錄藏敝篋，曾舉示映然子，即采入《名媛詩緯》。王考功所載，亦余言之也。予閨人亦有和韻。」〔註92〕

陳維崧記載耕塢老人所轉述的一段話，從中可知陶懷成之詩學造詣。陶懷成之父爲陶樑，《清史稿校註》卷429列傳209有他的生平記載，簡述如下：字鳧薌，江蘇長洲人，嘉慶十三年進士，咸豐七年卒，年八十六。〔註93〕從其《紅豆樹館詩稿》中，可知至少有子彥壽、〔註94〕女芳芸，〔註95〕不僅是鄭祖琛的親家，兩人還曾共事，「余道光辛酉，同鄭中丞祖琛辦理接剝海運，共計米一百六十萬石零，全數運通，奉　旨賞加鹽運司銜。」〔註96〕此外，〈九江舟次送女芳芸回浙即東芸史壻〉一詩云：

飛滿楊花別緒牽，鄉書催上九江船。最宜驛路逢三月，細數歸期恰一年。倦繡不消吟詠苦，加餐須要酒杯捐。到家定博謆闈笑，賀客充閭喜氣偏。〔註97〕

〔註90〕「陶懷成，字芳芸，長洲人。歸鄭知府訓常。著《紅豆館詩草》。」以上見清・陳芸撰，《小黛軒論詩詩》卷下，收錄於王英志主編，《清代閨秀詩話叢刊》，冊2，頁1627。

〔註91〕以上見胡文楷編著，張宏生等增訂，《歷代婦女著作考（增訂本）》，頁612。

〔註92〕以上見清・陳維崧撰，《婦人集》，收錄於王英志主編，《清代閨秀詩話叢刊》，冊1，頁31。

〔註93〕參見國史館編著，清史稿校註編纂小組編纂，《清史稿校註》（台北縣：國史館，1986年，初版），冊13，頁10276～10277。

〔註94〕〈示兒子彥壽〉，見清・陶樑著，《紅豆樹館詩稿》，卷8，收錄於國家清史編纂委員會編，《清代詩文集彙編》，冊507，頁659。

〔註95〕〈九江舟次送女芳芸回浙，即東芸史壻〉，見清・陶樑著，《紅豆樹館詩稿》，卷7，收錄於國家清史編纂委員會編，《清代詩文集彙編》，冊507，頁649。

〔註96〕見〈張蔗泉孝廉以感事四律見示即次原韻〉註，見清・陶樑著，《紅豆樹館詩稿》，卷8，收錄於國家清史編纂委員會編，《清代詩文集彙編》，冊507，頁655。

〔註97〕此句下註云：「時尊甫夢白有開藩陝右之命。」見清・陶樑著，《紅豆樹館詩稿》，卷7，收錄於國家清史編纂委員會編，《清代詩文集彙編》，冊507，頁649。

妝奩吟卷壓征艫，添得英聲小鳳雛。膝下久離疎定省，懷中繞抱識
之無。壻鄉早羨人如玉，宅相新誇氣似珠。老我臨歧懸望眼，長成
應許慰桑榆。〔註98〕

從陶樑詩中所敘，可知春天時，鄭訓常與陶芳芸揮別岳父，踏上返浙之路，
此時他們已添生鄭家的下一代。〈喜女芳芸至楚〉一詩：

蘭橈眞見掌珠回，懷抱今朝得好開。夢繞雲山長路阻，寒衝風雪大
江來。鳳雛漸長離文褓，燕寢重安傍鏡臺。更喜團圞同弟妹，三年
離緒話深杯。

松楸南望近何如，久宦何人替掃除。周歷新阡看勒碣，經過故里喚
停輿。驚魂海上風波後，絮語尊前慰藉餘。知爾心猶懸兩地，粵西
軍報浙西書。〔註99〕

此詩洋溢著一位父親對於出嫁女兒的再三懇切叮嚀，對於女婿鄭訓常因與親
家鄭祖琛在粵，小夫妻兩地分隔，彼此的思念擔心之情，有一番體會。清·
陶樑《紅豆樹館詩稿》卷十四有〈蕉卿女史《夢影緣》題詞〉四首：

老去情懷逝水知，偶拈紅豆譜新詞。南來法曲仙音近，才子而今讓
掃眉。（其一）

滴粉搓酥妙染翰，廣寒廿載十分寒。要將清節憑摹寫，莫作尋常詠
絮看。（其二）

蘭閨女伴話三生，別有幽懷寫不成。綺語全除思懺悔，記曾圖史妄
批評。（其三）

節孝長留天地間，傳抄閨閣幾曾閒。言言都是關風化，坊本盲詞好
盡刪。（其四）〔註100〕

此四首極爲推崇鄭澹若《夢影緣》一書，對於鄭澹若節孝情懷亦敬重萬分，
顯然他有閱讀過《夢影緣》一書，因此了解書中充滿著有關風化之教，是一

〔註98〕見清·陶樑著，《紅豆樹館詩稿》，卷7，收錄於國家清史編纂委員會編，《清
　　　　代詩文集彙編》，冊507，頁649。

〔註99〕此詩下註云：「全州會匪滋事，兵未全撤，芸史壻侍夢白中丞在粵，母夫人尚
　　　　在浙中。」見清·陶樑著，《紅豆樹館詩稿》，卷8，收錄於國家清史編纂委員
　　　　會編，《清代詩文集彙編》，冊507，頁659。

〔註100〕「蘭閨女伴話三生」一句註云：「女芳芸來京，口述蕉卿有前身聖嘆之語。」
　　　　見清·陶樑著，《紅豆樹館詩稿》，卷14，收錄於國家清史編纂委員會編，《清
　　　　代詩文集彙編》，冊507，頁695。

本企圖掃除綺語的創作。《紅豆樹館清芬集》為陶懷成之詩集，其中有一首〈和蕉卿姊寄懷元韻〉，茲引如下：

> 婦職兼吹束晳笙，德才兩字共推卿，枉邀驥尾詩中附，未見花枝筆底生。池草三春曾夢遠，荊州一面早心傾，天涯此夜同聽雨，何日西窗話別情。〔註101〕

對於鄭澹若兼顧婦職與婦才，即使兩人相隔不得相見，陶懷成內心之傾慕，透過此詩表露無遺。陶懷成還有一首〈和小谷口詩弟子詠海棠原韻〉，由詩題顯示翁媳二人之文學交流，茲引如下：

> 綠擁雲鬟別樣妍，人間桃李漫爭先。但教豔品身能立，何患繁華夢不全。一瓣無香酬濁世，三生有分例神仙。縱然金屋存盧願，雨泣烟愁莫自憐。〔註102〕

鄭祖琛之孫為鄭興揚，清·謝堃〈呈鄭夢白都轉（祖琛）〉其一云：「欣聞燕姞已徵蘭，（謂得文孫）閒雲自笑揚州鶴，也向長空借羽翰。」〔註103〕提及了他的誕生訊息。「文孫」為對他人之孫的美稱。「清代宮中檔奏摺及軍機處檔摺件」有硃批，日期為道光二十七年六月二十日，准許鄭祖琛奏請其孫補廣西臨桂縣知縣一事。〔註104〕關於鄭興揚之妻，徐雁平據《清代科舉人物家傳資料匯編》第五冊記載：「江蘇元和陳際華之女適鄭興揚」，〔註105〕卻又於他處記載：「鄭興揚娶陳泰華之女」，〔註106〕究竟是「陳際華」還是「陳泰華」？根據《清代硃卷集成》記載：「陳泰華，號蕉堂，又號叔熊，長女適鄭祖琛長孫、鄭訓達長子，擔任兵部武選司主事的鄭興揚。」〔註107〕顯見正確說法應為「陳泰華之女適鄭興揚」為是。

〔註101〕見清·陶懷成著，《紅豆樹館清芬集》，清末刻本，頁 15a，此書現藏國立故宮博物院圖書文獻館善本室。

〔註102〕見清·陶懷成著，《紅豆樹館清芬集》，清末刻本，頁 32a。

〔註103〕見清·謝堃著，《春草堂集》，卷 4，收錄在《續修四庫全書》編纂委員會編，《續修四庫全書·集部·別集類》，冊 1507，頁 651。

〔註104〕吏部（道光 27 年 9 月 27 日）。〔題名:吏部為臨桂縣知縣准以孫蒙調補由〕。《數位典藏與數位學習聯合目錄》。網址：http://catalog.digitalarchives.tw/item/00/28/3d/cb.html（2013/01/22 瀏覽）。

〔註105〕見徐雁平編，《清代文學世家姻親譜系》，頁 109。

〔註106〕見徐雁平編，《清代文學世家姻親譜系》，頁 248。

〔註107〕以上見顧廷龍主編，《清代硃卷集成》，冊 28，頁 35～36。

第二節　周穎芳之家世與才學

一、父親周錫誥家族

周穎芳之父為周錫誥，在文獻資料中並沒有直接點明，這一點是根據母親鄭澹若的相關資料推知。據胡文楷《歷代婦女著作考（增訂本）》卷十一清代五根據《中國俗文學史》著錄，在《精忠傳彈詞二卷》條目下記錄：

> 穎芳字惠風，浙江錢塘人，桐鄉太僕寺卿嚴謹妻。一九三一年商務
> 印書館排印本。有李樞、徐德升序。全書凡七十三回。〔註108〕

可知周穎芳為鄭貞華之女，《歸安縣志》卷二十二〈藝文〉所記：

> 鄭貞華，號蕉卿，雙林人，適仁和周錫誥。少寡，守節三十餘年，
> 咸豐庚申殉難。〔註109〕

根據前文所引《歸安縣志》，鄭貞華之夫婿為周錫誥，亦即周穎芳之父親。另《國朝杭郡詩三輯》卷九十八亦有記：

> 鄭貞華，字蕉卿，烏程人，廣西巡撫祖琛女，錢塘貢生周錫誥室，
> 有《綠飲樓遺詩》。孺人姊娣并能詩，《國朝湖州詩錄》采刻不少。
> 孺人青年守節，庚申殉難。〔註110〕

此說法亦見於陳芸《小黛軒論詩詩》卷下及施淑儀輯《清代閨閣詩人徵略》卷九所記，由於施淑儀引用的是丁申、丁丙輯《國朝杭郡詩三輯》的記載，此不贅述。〔註111〕茲將陳芸《小黛軒論詩詩》之引文條列如下：

> 「倩影婷婷貯素嬌，曼陀羅室雨瀟瀟。貞魂綠飲無消息，誰寫麋痕
> 當大招。」鄭貞華，字蕉卿，烏程人。歸周貢生錫誥，殉難。著《綠
> 飲樓遺詩》。〔註112〕

〔註108〕以上見胡文楷編著，張宏生等增訂，《歷代婦女著作考（增訂本）》頁384～385。

〔註109〕見《浙江省歸安縣志》，據清·陸心源等修，丁寶書等纂，清光緒八年刊本影印，收錄在《中國方志叢書·華中地方·第八三號》（台北：成文出版社，1970年，台1版），冊1，頁216。

〔註110〕見清·丁申、丁丙輯，《國朝杭郡詩三輯》，光緒十九年癸巳（1893），錢塘丁氏刻本，頁3b。

〔註111〕見清·施淑儀輯，《清代閨閣詩人徵略》，卷9，收錄於王英志主編，《清代閨秀詩話叢刊》，冊3，頁2137。

〔註112〕以上見清·陳芸撰，《小黛軒論詩詩》，卷下，收錄於王英志主編，《清代閨秀詩話叢刊》，冊2，頁1606。

周錫誥之父爲周澍，與鄭祖琛爲兒女親家，道光二十五年，調任雲南巡撫鄭祖琛奏：「迤南道周澍係女夫之父，例應迴避。」從硃批可知，周澍已被調往福建。〔註113〕

　　關於周澍的相關記載，茲引如下：

　　　　周澍，字雨亭，錢塘人，嘉慶六年拔貢，知義宵州。明能燭奸，聽訟必坐。堂皇來觀者勿禁，獄將成，輒向眾曰：『公否？』眾頷之，乃決。嘗撰四言詩以諭民，刊布遠近，實心實政，至今婦孺猶能道之。〔註114〕

　　　　周澍，字旬占，號雨亭，天度孫，錢塘人。嘉慶癸酉拔貢，官雲南迤西道。《杭郡詩三輯》：『雨亭初令江右，決獄如神，有「周青天」之目。晚年歸里，居橫河橋北，咸豐甲寅，重遊泮水。』〔註115〕

將兩條記錄比較之後，可以發現對於周澍拔貢的時間是不同的，一爲嘉慶六年辛酉（1801），一爲嘉慶癸酉，嘉慶癸酉爲嘉慶十八年（1813）。另一處有關周澍的記載並未指出拔貢時間：

　　　　周澍，字雨亭，浙江錢塘人，拔貢。……皆善政也，後署迤西道。……《道光府志》列循吏。錄文一篇。〔註116〕

本則引文點出其爲善於治理之循吏，而《清代科舉人物家傳資料匯編》第五十六冊則直接寫明周澍爲「嘉慶辛酉拔貢」。〔註117〕

二、周穎芳手足

　　周穎芳有一位兄弟和一位姊妹，但不知長幼，王瑤芬〈祝澹若夫人四十壽並賀哲嗣采芹之喜〉七律一首，詩云：

　　　　天末分襟忽四年，還憑祝嘏寄新篇。欣聞驥子登雲路，待博鶯封獻

〔註113〕鄭祖琛——雲南巡撫（道光 25 年 07 月 29 日）。〔無標題〕。《數位典藏與數位學習聯合目錄》。網址：http://catalog.digitalarchives.tw/item/00/05/b4/a3.html（2013/01/22 瀏覽）。

〔註114〕見民國・李榕編纂，《（民國）杭州府志》，卷 137，民國 11 年本，頁 3668。（中國基本古籍庫）

〔註115〕見清・潘衍桐著，《兩浙輶軒續錄》，卷 27，收錄在《續修四庫全書》編纂委員會編，《續修四庫全書・集部・總集類》，冊 1686，頁 33。

〔註116〕見清・李根源輯，《永昌府文徵撰人名錄》，收錄在江慶柏主編，《清代地方人物傳記叢刊》（揚州：廣陵書社，2007 年，第 1 版），冊 10，頁 663。

〔註117〕見來新夏主編，《清代科舉人物家傳資料匯編》，冊 56，頁 132。

錦筵。詠絮簪花留妙筆，丸熊畫荻繼前賢。此時食報方基始，壽世
榮名史冊傳。〔註118〕

由此詩可見鄭貞華有一子，效法歐母畫荻教子的精神教育子弟，因爲考中秀
才，王瑤芬遂贈詩恭賀，並預言來日將壽世榮名、流芳百世。

　　據《清代科舉人物家傳資料匯編》第五十六冊記載，浙江德清徐珣子徐
鏡清，娶浙江海鹽朱昌壽女、朱昌頤侄女，又續聘周氏，於周氏下之說明文
字如下：

錢塘嘉慶辛酉拔貢雲南迤南道　欽加按察使銜　賞戴花翎名澍公孫
女，附貢生諱錫誥公女，兩淮試用鹽運通判名詒孫公胞姪女，嘉慶
甲子乙丑聯捷進士，現任廣西巡撫　賞戴花翎鄭名祖琛公外孫女。
〔註119〕

由上可知鄭貞華除了周穎芳之外，另有一女嫁與徐鏡清。

三、丈夫嚴謹家族

　　此處主要談的是周穎芳的婆家，也就是嚴家，以及以嚴家爲中心所擴散
出的人際網絡。首先要談到的，是鄭澹若的好友兼親家王瑤芬。清·施淑儀
輯《清代閨閣詩人徵略》卷九根據《桐鄉縣志》，記載王瑤芬嫁與雲南嚴廷鈺
爲妻，內容如下：

瑤芬，字雲藍，婺源人。兩淮鹽運使鳳生女，雲南順寧知府桐鄉嚴
廷鈺室。有《寫韻樓詩鈔》。

瑤芬于歸時，嚴氏富甲一鄉。夫人逮事姑蔡太淑人，乘閑言保家之
道，惟在積善。奩具中攜有前哲格言，呈之堂上勸行。育嬰恤嫠，
及施藥、施棺、施綿衣諸善舉，從此鄉里號嚴氏爲善門。晚年歸里，
又以千金助賑，奉旨建「樂善好施坊」於門。(《桐鄉縣志》) 〔註120〕

胡文楷《歷代婦女著作考》(增訂本)卷七清代一根據《桐鄉縣志》著錄，在
《寫韻樓詩鈔》條目下記錄:「瑤芬字雲藍，江蘇金陵人，兩淮鹽運使王鳳生
女，雲南順寧知府桐鄉嚴廷鈺妻。同治十年辛未（1871）京江権署重刊本。

〔註118〕見王瑤芬著，《寫韻樓詩鈔》，收錄於國家清史編纂委員會編，《清代詩文集彙
　　　　編》，冊607，頁631。
〔註119〕以上參見來新夏主編，《清代科舉人物家傳資料匯編》，冊56，頁131～132。
〔註120〕以上見施淑儀輯，《清代閨閣詩人徵略》，卷9，收錄於王英志主編，《清代閨
　　　　秀詩話叢刊》，冊3，頁2109。

前有道光己亥陸以湉序，女史孔昭蕙鄭貞華題詞，後有女永華識。凡詩二百十九首。」〔註121〕

　　前記婺源王竹嶼都轉女公子王瑤芬雲藍詩。近從友人胡寄塵處借得《寫韻樓詩鈔》一冊，則正雲藍夫人所作也。因得盡覽其詞翰。《平山堂夜歸》云：「雙堤垂柳碧毿毿，萬柄殘荷一鏡涵。添個吳娃香裏住，滿湖風露唱江南。」「葦花茭葉撲漁磯，路轉紅橋樹影稀。夜靜不聞歌吹鬧，一天涼月放船歸。」令人想見邗江全盛時風景。夫人一門風雅，冢媳汪曰杼（絢霞），女公子昭華、永華、澂華等，皆擅吟詠。嘗隨任叔子（石阡）官舍。同治乙丑，教匪數千人突至，叔子戰賊死。賊入城大哭曰：「郡守，好官也，太恭人，賢母也。」戒其黨勿犯眷屬，勿擾城中百姓，掠倉庫即日出城去。郡署後有池廣半畝，聞賊至，永華負夫人逾垣投池，嫂及妹皆從之，池水淺不得死。賊退，郡之婦女來救乃得出。此軼事之可傳者。集中與鄭澹若女史唱和詩甚多。澹若女史，爲夢白中丞之女公子。著有《綠飲樓集》。夫人《題夢白〈西園寫照圖〉，爲留別澹若女史作》云：「春光合讓西園占，旌節花和女史花。」（自注：昔有姚姥夢觀星墜地，化爲水仙花。因生女甚慧，觀星一名女史，故水仙亦名女史花，見《內觀日疏》。）〔註122〕

此處提及王瑤芬與鄭澹若之唱和，並言同治乙丑年，周穎芳之夫婿嚴謹戰死之事，嚴永華負母逾垣投池，一門婦女相從的烈行。關於此事，嚴永華以〈乙丑五月十四日，叛苗陷石阡，叔兄巷戰死節，余亟負母逾垣出，餘人從之。既聞賊將至，全家投署後荷池中，賊相謂曰：「嚴太守，清官，眷屬不可犯也。」遂得免。賊退後，奉母旋里途中紀事，得詩四首〉記錄下此時驚魂之情景與心緒。〔註123〕

　　兩淮鹽使王鳳生另有一女，名爲王玉芬。清·施淑儀輯《清代閨閣詩人徵略》卷9根據《杭郡詩三輯》的記載，有王玉芬的一段介紹：

〔註121〕以上見胡文楷編著，張宏生等增訂，《歷代婦女著作考（增訂本）》，頁245。
〔註122〕以上見清·王蘊章撰，《燃脂餘韻》，卷3，收錄於王英志主編，《清代閨秀詩話叢刊》，冊1，頁716～717。
〔註123〕見清·嚴永華著，《紉蘭室詩鈔》，收錄在胡曉明、彭國忠主編，《江南女性別集三編》（合肥：黃山書社，2012年3月，第1版第1刷），冊下，頁821。

玉芬，字華芸，婺源人。兩淮鹽運使鳳生女，南河同知仁和嚴遜繼室。有《江聲帆影閣詩稿》。

恭人以父未有子，躬代子職，志貞不字。繼母疾，嘗割股療之。後弟生且長，始歸嚴氏。逮事舅姑，如事父母；相夫教子，內政修舉。凡耽吟詠，讀《思親》諸作，純從至性中流出，足使人增天倫之重也。〔註124〕

王玉芬是兩淮鹽運使王鳳生之女，生性至孝，在家中未有男丁以侍父母的情形之下，本欲不嫁以奉父母，及至其弟長成，始歸嚴遜為繼室，並孝侍翁姑。

另根據清・雷瑨、雷瑊輯《閨秀詩話》卷十一，可得知其作品集《江聲帆影閣詩稿》之命名由來：

王華雲女士，竹嶼都轉之女。間為韻語，自然流出，皆天倫至性之言。《別姊》云：「紛紛車馬送江干，一唱《陽關》淚暗彈。此去西泠重回首，春來花柳好誰看。」「一帆風趁夕陽斜，極目江天別路賒。偏是今宵好明月，照人姊妹各天涯。」《和蘭畹姊〈楊花〉》云：「飛到楊花每惜春，斜陽無數點芳塵。而今更觸天涯感，憶煞風前詠絮人。」《聞鐘》云：「金經一卷夜焚膏，風送鐘聲落九皋。心目已空誰我相，舉頭天際月輪高。」竹嶼居江寧，有江聲帆影閣，女士即取以名其稿。〔註125〕

原來其詩集命名是因為父親有江聲帆影閣的緣故。此段文字亦見於清・王蘊章撰，《燃脂餘韻》卷一，但文字略有出入，茲引如下：

王華雲女士，竹嶼都轉之女。閒為韻語，自然流出，皆天倫至性之言。《別兩姊》云：「紛紛車馬送江干，一唱《陽關》淚暗彈。此去西泠重回首，春來花柳好誰看？」「一帆風趁夕陽斜，極目江天別路賒。偏是今宵好明月，照人姊妹各天涯。」《和蘭畹姊〈楊花〉》云：「飛到楊花每惜春，斜陽無數點芳塵。而今更觸天涯感，憶煞風前詠絮人。」竹嶼居江寧，有江聲帆影閣，女士即取以名其稿。〔註126〕

〔註124〕以上見施淑儀輯，《清代閨閣詩人徵略》，卷9，收錄於王英志主編，《清代閨秀詩話叢刊》，冊3，頁2109。

〔註125〕以上見清・雷瑨、雷瑊輯，《閨秀詩話》，卷 11，收錄於王英志主編，《清代閨秀詩話叢刊》，冊2，頁1177。

〔註126〕以上見清・王蘊章撰，《燃脂餘韻》，卷1，收錄於王英志主編，《清代閨秀詩話叢刊》，冊1，頁 644。

文字出入的部份，在字之下加上橫線以作標識。胡文楷《歷代婦女著作考》（增
訂本）卷七清代一根據《兩浙輶軒續錄》著錄，在《江聲帆影閣詩》條目下
記錄：「玉芬字華芸，安徽婺源人，兩淮鹽使王鳳生女，南河同知仁和嚴遜繼
妻。」〔註127〕從幾處她的資料看來，她的字號有「華雲」和「華芸」兩種寫
法。

關於王瑤芬，《清代硃卷集成》第二十二冊記錄浙江桐鄉嚴寶傳娶同鄉蔡
壎之女，嚴寶傳之子為嚴廷珏，娶安徽婺源王鳳生之女王覃恩，〔註128〕又民
國單士釐輯《閨秀正始再續集初編》之二有一條記錄：「王瑤芬，字雲藍，安
徽婺源人，桐鄉嚴廷鈺室，著《寫韻樓詩鈔》一卷。」〔註129〕故徐雁平認為
王覃恩與王瑤芬疑為同一人。〔註130〕

而其夫之名，亦有「嚴廷鈺」、「嚴廷珏」兩種寫法。例如：清・吳振棫
所寫〈書嚴比玉太守（廷珏）遺稿後〉，即以「廷珏」書其名。此詩之其一註
云：「君守順甯，以灣甸搆兵往勦，未幾，疾歿，余至滇，未得見也。」其二
於「莫笑使君無長物，傳家詩筆早安排」二句下註云：「哲嗣緇生孝廉工詩。」
〔註131〕又可推知嚴廷珏之子為嚴辰：

> 桐鄉嚴緇生先生辰，為清同光間名翰林。生平著述甚富，東南學者，
> 奉為斗山。其妹少藍，名永華，及猶女吟侶，名壽慈。兩女史均擅
> 詩才。少藍《賀緇生館選》云：「想像臚傳日，春風意氣揚。蛟龍得
> 雲雨，寶劍吐光芒。餅餤紅綾艷，班聯玉笋香。鳳池多際遇，珥筆
> 詠《霓裳》。」「容易三年別，牢愁百感非。離情比湘水，善病減腰
> 圍。萱室倚閭望，錦衣何日歸。封函忽惆悵，心逐雁鴻飛。」又《寄
> 懷緇生兄京師》云：「每憶聯吟日，時難別更難。西風解人意，吹夢
> 上長安。翹企蓬山路，鵬摶又滯留。君才偏小就，飛烏指何州。慈
> 母雖猶健，年華已暮時。不堪家計累，霜鬢漸絲絲。獨夜愁聞雁，
> 看雲怯倚樓。年來因病肺，消瘦怕逢秋。烽火連天起，憑誰策治安。

〔註127〕以上見胡文楷編著，張宏生等增訂，《歷代婦女著作考（增訂本）》，頁232。
〔註128〕轉引自徐雁平編，《清代文學世家姻親譜系》，頁225。
〔註129〕見民國・單士釐輯，《閨秀正始再續集初編》，民國元年（1911）活字印本，
　　　　頁16a。網址：http://digital.library.mcgill.ca/page-turner-3/pageturner.php（201
　　　　3/12/09瀏覽）
〔註130〕見徐雁平編，《清代文學世家姻親譜系》，頁225。
〔註131〕見清・吳振棫著，《花宜館詩鈔》，卷15，收錄在《續修四庫全書》編纂委員
　　　　會編，《續修四庫全書・集部・別集類》，冊1521，頁149。

重權歸大帥，世亂將才難。梧院秋風至，魂銷憶別時。寄書常不達，
鎮日動愁思。」吟侶《題緇生叔父〈嘉孝婦詩〉後》云：「繩武桐孫
迥出群，齊飛三鳳盼凌雲。阿兄故是長眠穩，替奉晨昏有縞裙。」

「豚兒愧乏碧雞才，倒用溫家玉鏡臺。孝婦并垂賢母教，羹湯妙手
定傳來。」〔註132〕

「猶女」爲姪女之意，據此則引文，可知嚴辰之妹永華及姪女壽慈之名，兩
人俱爲才女，有詩學才華。關於此處所提及之「壽慈」，說是嚴辰的姪女，胡
文楷《歷代婦女著作考（增訂本）》卷二十清代十四根據《平湖經籍志》著錄，
在《敷教錄》下記載：「壽慈字吟侶，浙江桐鄉人，石阡知府嚴謹女，舉人許
文勳妻。師吳大徵治文辭訓詁，師顧澐學畫。隨其夫自福建歸居上海。」另
有著作《白鳳吟館詩稿》。〔註133〕此處說她是嚴謹之女。但是徐雁平《清代文
學世家姻親譜系》一書根據《清代科舉人物家傳資料匯編》第八十八冊說：

沈秉成之女沈壽慈（有《白鳳吟館詩鈔》）適許惟善子許文勛（浙江
平湖）。〔註134〕

那麼，究竟其父是嚴謹還是沈秉成呢？根據嚴永華〈吟侶，余叔兄之次女也。
姿制清朗，工詩善畫，能作擘窠書。幼時，余愛之，叔兄即與余爲女，今許
嫁許孝廉文勛，就婚於余家，賦此志喜〉一詩，〔註135〕其身世始大白。而在
嚴辰《墨花吟館詩鈔》中可搜尋到其妻爲馬友蘭，有蓉、榴二女，〔註136〕「蓉」
指的是長女「蓉徵」，〔註137〕贅許丹九婿；〔註138〕「榴」指的是次女「榴徵」，

〔註132〕以上見清・雷瑨、雷瑊輯，《閨秀詩話》，卷 12，收錄於王英志主編，《清代
閨秀詩話叢刊》，冊 2，頁 1224～1225。

〔註133〕以上見胡文楷編著，張宏生等增訂，《歷代婦女著作考（增訂本）》，頁 794。

〔註134〕見徐雁平編，《清代文學世家姻親譜系》，頁 243。

〔註135〕見清・嚴永華著，《鰈硯廬詩鈔》，收錄在胡曉明、彭國忠主編，《江南女性別
集三編》，冊下，頁 837。

〔註136〕詩題爲：「十二月二十二日，偕內子馬友蘭及少藍、稚薌兩妹，攜蓉、榴兩女，
觀梅勝因寺，歸賦此篇，索少藍妹和」，見清・嚴辰著，《墨花吟館詩鈔》，卷
之二，收錄在國家清史編纂委員會編，《清代詩文集彙編》，冊 689，頁 152。

〔註137〕嚴辰有〈送別大女蓉徵五古六十韻〉一詩，見清・嚴辰著，《墨花吟館詩鈔》，
卷之十五，收錄在國家清史編纂委員會編，《清代詩文集彙編》，冊 689，頁
330。

〔註138〕此於〈辛巳子月三日得第四孫志喜九疊前韻〉其二之小注得知，見清・嚴辰
著，《墨花吟館詩鈔》，卷之十四，收錄在國家清史編纂委員會編，《清代詩文
集彙編》，冊 689，頁 320。此外，由此詩之第二首得知嚴辰之三女歸王氏。

〔註139〕於庚戌端午出生，許字沈秋帆次子沈啓雲。根據嚴辰為其妻所撰〈元
配馬宜人家傳〉之內容，得知次女榴徵於十六歲歿，長子喜元四歲死於痘殤，
〔註140〕此子於甲辰出生，丁未年亡；有三個女兒之後，於乙卯元旦夜又得一
子開元。〔註141〕並有〈錄別四首〉詳述家中兄弟六七人僅存三人，另有三女
弟。〔註142〕

關於嚴永華，施淑儀輯《清代閨閣詩人徵略》卷十有一段記載：

> 永華，桐鄉人。雲南順寧知府廷珏女，安徽巡撫歸安沈秉成繼室。
>
> 夫人幼有至性，通書史大義，十餘齡即嫻吟詠。嘗刲股療親疾。父
> 歿，隨兄謹石阡府任。謹禦叛夷，巷戰死。夫人倉卒負母逾垣避，
> 獲免，旋歸里，適沈公。自公備兵潤州至尹京，德政多資內助。光
> 緒十六年，畿輔水，夫人製棉衣以施。皖南北久不雨，公方閱兵壽
> 春，夫人躬自祈禱，應時沾足。體素羸，以勞劇遽卒，年五十五。(《兩
> 浙輶軒續錄》)
>
> 寓居吳下偶園，有聽櫓樓，有鰈硯廬。鰈硯者，仲復得一異石，文
> 理自然成魚形。剖而琢之，為二硯，硯各一魚，與夫人分用之，故
> 曰「鰈硯」，而即以顏其室云。(《春在堂楹聯錄存》) 〔註143〕

胡文楷《歷代婦女著作考》(增訂本) 卷二十清代十四根據《崑山胡氏書目》
著錄，在《紉蘭室詩鈔三卷》、《鰈硯廬詩鈔二卷》、《聯吟集一卷》下記載：

> 永華字少藍，浙江桐鄉人，雲南順寧府知府嚴廷珏女，安徽巡撫歸
> 安沈秉成繼妻。光緒二十二年丙申 (1896) 吳中刊版，經亂散失，

〔註139〕此處之「榴」指的是次女「榴徵」，有一詩題為：「以次女榴徵許字秋帆同年
之次郎，因即用庚戌端午得次女詩韻賦此奉贈」，見清·嚴辰著，《墨花吟館
詩鈔》，卷之三，收錄在國家清史編纂委員會編，《清代詩文集彙編》，冊689，
頁161。

〔註140〕見清·嚴辰著，《墨花吟館文鈔》，卷下，收錄在國家清史編纂委員會編，《清
代詩文集彙編》，冊689，頁560～561。嚴辰另有「哭亡兒喜元」一詩，見清·
嚴辰著，《墨花吟館詩鈔》，卷之一，收錄在國家清史編纂委員會編，《清代詩
文集彙編》，冊689，頁129。

〔註141〕〈舉子後戲示內子疊用庚戌端午得次女詩韻〉一詩之小注云：「余家凡連舉三
女者必得子。」見清·嚴辰著，《墨花吟館詩鈔》，卷之四，收錄在國家清史
編纂委員會編，《清代詩文集彙編》，冊689，頁171。

〔註142〕見清·嚴辰著，《墨花吟館詩鈔》，卷之三，收錄在國家清史編纂委員會編，《清
代詩文集彙編》，冊689，頁154～156。

〔註143〕以上見施淑儀輯，《清代閨閣詩人徵略》，卷10，收錄於王英志主編，《清代
閨秀詩話叢刊》，冊3，頁2157～2158。

重刻於京師。此爲一九一九年九月重刊本。前有張之萬、龔易圖、
嚴辰、朱福詵序。後有男瑞麟誌。〔註144〕

此外，《清代硃卷集成》第一百三十七冊記載，嚴寶傳孫女、嚴廷琛女、嚴辰
妹嚴永華，有《紉蘭室詩鈔》、《鰈硯廬詩鈔》、《鰈硯廬聯吟集》，適浙江歸安
沈功枚子沈秉成。〔註145〕以上資料可知嚴永華性至孝，適沈秉成爲繼室，夫
妻兩人至爲恩愛。又根據民國・單士釐輯《閨秀正始再續集》中，王瑤芬〈漢
口舟次與六女永華夜話〉一詩，〔註146〕可知嚴永華爲王瑤芬之六女，由嚴辰
之詩題〈丁卯春日得都中沈仲復前輩秉成寄懷詩疊韻奉和時已允以次妹奉巾
櫛矣〉來看，〔註147〕嚴永華爲嚴辰之次妹。

關於嚴永華與沈秉成之家族後代，據《清代科舉人物家傳資料彙編》第
八十八冊、《中國美術家人名辭典》，沈秉成子沈瑞琳娶福建閩縣龔易圖女龔
韻珊，有《漱瓊仙館詩文鈔》；女沈鳳龢，有《宜鶴樓文鈔》，適浙江歸安馮
鼎子馮壽松；女沈壽慈，有《白鳳吟館詩鈔》，適浙江平湖許惟善子許文勛。
〔註148〕關於沈瑞琳娶龔韻珊一事，嚴永華有題爲〈己丑冬十月，爲琳兒娶龔
氏，閩中龔布政易圖之女也，爲古詩四章以勖之〉之詩作記及此事。〔註149〕
據《清代硃卷集成》第二十二冊，嚴辰有另一女，適四川開縣沈西序子沈啓
雲。〔註150〕

據前所述，周穎芳嫁與嚴廷鈺之三子嚴謹，嚴謹有妹嚴昭華、嚴永華、
嚴澂華，嚴永華爲王瑤芬之六女。關於嚴昭華，胡文楷《歷代婦女著作考》（增
訂本）卷二十清代十四根據《崑山胡氏書目》著錄，在《紫佩軒詩稿二卷》
下記載：

〔註144〕以上見胡文楷編著，張宏生等增訂，《歷代婦女著作考（增訂本）》，頁793。
〔註145〕轉引自徐雁平編，《清代文學世家姻親譜系》，頁225。
〔註146〕見民國・單士釐輯，《閨秀正始再續集初編》，卷2，民國元年（1911）活字
　　　　印本，頁17b。網址：http://digital.library.mcgill.ca/page-turner-3/pageturner.php
　　　　（2013/12/09瀏覽）
〔註147〕見清・嚴辰著，《墨花吟館詩鈔》，卷之十，收錄在國家清史編纂委員會編，《清
　　　　代詩文集彙編》，冊689，頁262。
〔註148〕轉引自徐雁平編，《清代文學世家姻親譜系》，頁243。
〔註149〕見清・嚴永華著，《鰈硯廬詩鈔》，收錄在胡曉明、彭國忠主編，《江南女性別
　　　　集三編》，冊下，頁853～854。
〔註150〕轉引自徐雁平編，《清代文學世家姻親譜系》，頁225。

昭華字小雲，浙江桐鄉人，嚴錫康妹。光緒二十二年丙申（1896）
刊於吳門，前有伯兄錫康題詞，後有姪濱跋，子壻陳恩澍題詩四首。
末有姑蘇梓文閣刊版一行。〔註151〕

　　民國・單士釐輯《閨秀正始再續集初編》中，王瑤芬〈繼慈書來命，送
五女昭華于歸藉圖定省。因萬里長途，難籌膏秣，未能應命，賦此申意〉一
詩記載，〔註152〕可知嚴昭華爲王瑤芬之五女，而其長子爲嚴錫康，有《餐花
室詩稿》傳世。

　　胡文楷《歷代婦女著作考》（增訂本）卷十清代四根據《烏程縣志》著錄，
在《雕青館詩草一卷》下記載：

曰杼字七襄，號絢霞，浙江烏程人，汪延澤女，曰楨妹，桐鄉嚴錫
康妻。善畫。咸豐十一年辛酉（1861）刊本。〔註153〕

可知嚴錫康之妻爲汪曰杼，於新正六日生長女。〔註154〕又汪延澤之妻即爲才
女趙棻，有《濾月軒集》傳世，〔註155〕故嚴錫康之妻汪曰杼，也就是周穎芳
的大嫂，也是出身於詩學之家。汪曰杼有姊妹汪曰采，胡文楷《歷代婦女著
作考》（增訂本）卷十清代四根據《湖州府志》、《烏程縣志》著錄，在《醉墨
軒詩鈔》下記載：

曰采字伯荀，號于繁，浙江烏程人，汪延澤女，華亭袁修璞妻。〔註156〕

汪曰杼與汪曰采姊妹二人出身詩學之家，不僅能寫詩，汪曰杼亦能繪畫，與其
夫婿嚴錫康時有詩文贈和，例如：嚴錫康有詩題爲〈題內子畫雪梅〉、〔註157〕

〔註151〕以上見胡文楷編著，張宏生等增訂，《歷代婦女著作考（增訂本）》，頁793。
〔註152〕見民國・單士釐輯，《閨秀正始再續集初編》，卷2，民國元年（1911）活字
　　　　印本，頁17a。網址：http://digital.library.mcgill.ca/page-turner-3/pageturner.php
　　　　（2013/12/09瀏覽）
〔註153〕以上見胡文楷編著，張宏生等增訂，《歷代婦女著作考（增訂本）》，頁350。
〔註154〕此係根據嚴辰之詩，題爲「伯兄於新正六日得一女，乃初胎也，賀之以詩。」
　　　　見清・嚴辰著，《墨花吟館詩鈔》，卷之九，收錄在國家清史編纂委員會編，《清
　　　　代詩文集彙編》，冊689，頁244。
〔註155〕「趙棻，字儀姞，一字子逸，號次鴻，晚號善約老人，江蘇上海人。適烏程
　　　　汪延澤，著有詩集二卷、續集二卷、文集一卷、續集一卷、詩餘一卷，統名
　　　　《濾月軒集》。」見民國・單士釐輯，《閨秀正始再續集初編》，卷1上，民國
　　　　元年（1911）活字印本，頁22b。網址：http://digital.library.mcgill.ca/page-tur-
　　　　ner-3/pageturner.php（2013/12/09瀏覽）
〔註156〕以上見胡文楷編著，張宏生等增訂，《歷代婦女著作考（增訂本）》，頁350。
〔註157〕見嚴錫康著，《餐花室詩稿》，卷1，收錄在國家清史編纂委員會編，《清代詩
　　　　文集彙編》，冊681，頁643。

〈內子近畫山水，詩以贈之〉、〔註158〕〈湖州營次內子有詩寄懷依韻和之〉三
首詩。〔註159〕

　　關於嚴澂華，胡文楷《歷代婦女著作考（增訂本）》卷二十清代十四根據
《合眾圖書館書目》著錄，在《含芳館詩草》下記載：

> 澂華字穉薌，浙江桐鄉人，雲南順寧府知府嚴廷珏女。同治八年卒，
> 年三十。光緒十年甲申（1884）刊本，附於其兄嚴謹《清嘯樓詩鈔》
> 後。爲次妹嚴永華所刊。凡詩八十首，附《桐鄉縣志・孝女傳》，兄
> 辰撰小傳及墓誌銘、奏稿、傳略、題詩、聯語等。〔註160〕

嚴辰有〈題亡妹稚薌孝女坊詩〉一首，其中記錄了妹妹割股療親事蹟。〔註161〕
並在《墨花吟館文鈔》中撰有〈幼妹穉薌小傳〉、〈幼妹稚薌墓誌銘〉兩篇。〔註
162〕以上顯見嚴家婦女之文學素養極高，有詩集作品傳世。此外，在清・橘道
人所作《娛萱草彈詞》中，由坐月吹笙樓主人所作之序文，不僅點出彈詞小
說的脈絡發展，也暗示這位作序者與周穎芳的親戚關係，茲引述如下：

> 世傳《來生福》、《集芳圓》、《筆生花》諸作，麗句清辭，使人易入，
> 故好之者終弗棄也。攷其作者，出於閨秀居多。昔鄭澹若夫人撰《夢
> 影緣》，華縟相尚，造語獨工，彈詞之體爲之一變；迨吾嫂蕙風氏演
> 述宋岳忠武事，撰《精忠傳》，盡洗穠豔之習，直抒其忠肝義膽，雖
> 亦彈詞，而體又一變也。〔註163〕

坐月吹笙樓主人稱呼周穎芳爲「吾嫂」，可推測兩人有著親戚關係，而坐月吹
笙樓主人之所以爲《娛萱草彈詞》作序，是因爲《娛萱草彈詞》作者之母耐
冬老人爲其小姑，她說：

> 余諸小姑中，與耐冬老人交最久，所歷甘苦亦相若，茲耐冬郵示其

〔註158〕見嚴錫康著，《餐花室詩稿》，卷 10，收錄在國家清史編纂委員會編，《清代
　　　　詩文集彙編》，冊 681，頁 649。

〔註159〕見嚴錫康著，《餐花室詩稿》，卷 10，收錄在國家清史編纂委員會編，《清代
　　　　詩文集彙編》，冊 681，頁 692。

〔註160〕以上見胡文楷編著，張宏生等增訂，《歷代婦女著作考（增訂本）》，頁 794。

〔註161〕見清・嚴辰著，《墨花吟館詩鈔》，卷之十一，收錄在國家清史編纂委員會編，
　　　　《清代詩文集彙編》，冊 689，頁 282。

〔註162〕見清・嚴辰著，《墨花吟館文鈔》，卷上，收錄在國家清史編纂委員會編，《清
　　　　代詩文集彙編》，冊 689，頁 494～496。

〔註163〕見坐月吹笙樓主人著，《娛萱草彈詞・序》，收錄在清・橘道人著，《娛萱草彈
　　　　詞》，清光緒 20 年（1894）刊本，頁 3。

長子所撰《娛萱草》，索余一言，余何敢以不文辭？〔註164〕

由以上兩段文字可見，周穎芳所適之嚴家，亦有愛好彈詞並熟悉彈詞風格演變之讀者，同時，也經由親戚關係形成一個彈詞的閱讀社群。

其他在嚴永華的作品中出現的「杏徵」、「也秋從姊」、「指坤妹」又是誰呢？「杏徵」，是指「嚴杏徵」，胡文楷《歷代婦女著作考（增訂本）》卷二十清代十四根據《清閨秀藝文略》著錄，在《品簫樓詩鈔》下記載：「杏徵字蘭初，浙江桐鄉人，馬敏妻。」〔註165〕其實，嚴杏徵即為周穎芳與嚴謹之女，《精忠傳彈詞》一書中記載此書是由周穎芳之子開第恭校；其女杏徵、燕徵、祺徵，及其媳敬徵、玉徵、頤徵同校，將周穎芳之子女清楚列出。署名「蘭初」之作，出現在《娛萱草彈詞・閨閣題辭》中，題為「集句與嫂氏文涓同作竝示伯兄」，〔註166〕文涓即為《娛萱草彈詞》作者橘道人之妻，此由署名文涓所作之「題外子彈詞」可得證。〔註167〕由此亦可證明在周穎芳、嚴家及其姻親之間，存在著彈詞之閱讀交流活動。

「也秋從姊」是指「嚴鈿」，《清代硃卷集成》第三百六十五冊記載，嚴廷珏女嚴鈿，有《布衣女子詩鈔》，適浙江海寧馬思濬之子馬振元，〔註168〕胡文楷《歷代婦女著作考（增訂本）》卷二十清代十四根據《清閨秀藝文略》著錄，在《返魂香室詩稿》下記載：「鈿字也秋，浙江桐鄉人，馬蘭香妻。」〔註169〕「指坤妹」是指「嚴鍼」，《清代硃卷集成》第兩百八十八冊記載，嚴廷琛女嚴鍼，有《宜琴樓遺稿》，適浙江桐鄉周士烱子周善咸，〔註170〕胡文楷《歷代婦女著作考（增訂本）》卷二十清代十四根據《海鹽張氏涉園書目》著錄，在《宜琴樓遺稿》下記載：「鍼字指坤，浙江桐鄉人，周善成妻。光緒二十三年丁酉（1897）十月錄版。卷首題桐鄉女史歸汝南嚴鍼指坤著，末有男積蔭、積蘭、積茀敬編，並校字一行。有嚴錦公繡題四絕句。凡詩九十二首。」〔註171〕不過，此處出現了到底是「周善咸」或「周善成」的歧異。

〔註164〕見坐月吹笙樓主人著，《娛萱草彈詞・序》，收錄在清・橘道人著，《娛萱草彈詞》，清光緒20年（1894）刊本，頁4。
〔註165〕以上見胡文楷編著，張宏生等增訂，《歷代婦女著作考（增訂本）》，頁793。
〔註166〕見《娛萱草彈詞・閨閣題辭》，頁2。
〔註167〕見《娛萱草彈詞・閨閣題辭》，頁1。
〔註168〕見顧廷龍主編，《清代硃卷集成》，冊365，頁145。
〔註169〕以上見胡文楷編著，張宏生等增訂，《歷代婦女著作考（增訂本）》，頁794。
〔註170〕轉引自徐雁平編，《清代文學世家姻親譜系》，頁225。
〔註171〕以上見胡文楷編著，張宏生等增訂，《歷代婦女著作考（增訂本）》，頁795。

另外，嚴永華的姪女是嚴頌萱，胡文楷《歷代婦女著作考（增訂本）》卷二十清代十四根據《道咸同光四朝史詩》、《崑山徐氏書目》著錄，在《澹香吟館詩鈔》下記載：「頌萱字玫君，浙江桐鄉人，嚴永華姪女，李某妻。崑山徐氏藏有光緒三十四年戊申（1908）抄本。」〔註172〕

以上即為由鄭澹若之女周穎芳所適之嚴家，所展開的人際網絡。而鄭澹若之親家兼好友王瑤芬之父王鳳生，與當時廣收女弟子的陳文述亦有交遊，此可由陳文述〈奉陪王竹嶼都轉鳳生白公祠小憩〉一詩看出。〔註173〕透過這個由姻親關係所形成的網絡，可以印證本論文第二章所指出的清代才女家族性的特徵。鄭澹若與周穎芳兩位母女作家，再加上姻親關係的嚴家婦女，〔註174〕形成了一個往返唱和的群體，若再透過嚴永華與其他女性作家的交往，那麼，這個才女作家群體現的正是由家族性往外擴充，所形成的地域性現象。

〔註172〕以上見胡文楷編著，張宏生等增訂，《歷代婦女著作考（增訂本）》，頁794。

〔註173〕見清・陳文述著，《頤道堂詩選》，卷27，收錄在國家清史編纂委員會編，《清代詩文集彙編》，冊504，頁497。

〔註174〕關於本章所敘述之鄭貞華家族、以及周穎芳所適之嚴家，兩家之家族人物關係表，可見本論文之附錄一。

第四章　《夢影緣》之主題思想

　　鄭澹若《夢影緣》一書的故事情節，敘述莊淵父子三代慈孝，以及十二花神全貞之事，不僅呈現人倫至孝，書中女子還洋溢著濃厚的求仙欲望。小說男主角是由上界羅浮仙君投胎轉世的莊夢玉，女主角則為十二花神所轉世的女子，其中，由梅花神、蘭花神所轉世的林纖玉和宋紉芳兩人，與莊夢玉有夫妻之分，結爲童眞仙偶，最後全家升天歡聚，得享天倫至樂。作者鄭澹若在書中所安排的情節，究竟呈顯出怎樣的主題思想，以下將分成三節，分別從孝道觀、性別觀、宗教觀三方面加以闡述，以凸顯鄭澹若《夢影緣》一書所欲表露之心跡。

第一節　孝道觀

　　鄭澹若在《夢影緣》一書中提倡孝道，尤其重視發自內心的「心孝」。因此，安排莊淵父母雖然早已離家，但莊淵在家中擺設父母圖像並加以禮拜，不僅禮儀完備，神奇的安排是：莊淵與父母似乎能心神感應，甚至莊淵與其子莊夢玉也能相互通感。此外，書中的圖像不只一幅，多次出現圖像的文字敘述，而且具有感應能力，圖像究竟在文本中象徵著何種意涵呢？本節將著手討論的問題分別是：圖像在小說文本中的意義，以及感應說在小說中出現的目的，透過這兩個問題的釐清，將有助於明瞭作者小說創作的深層意蘊。

一、圖像的力量

　　圖像出現在小說中，除了是廳堂擺設之一，有否可能寓含暗示意義呢？曹雪芹《紅樓夢》一書，對於賈寶玉神遊太虛幻境接受警幻仙子的提點之前，

安排秦可卿引領賈寶玉到一間房子，房裡掛有一幅圖畫及一副對聯，此幅圖是「燃藜圖」，對聯則爲「世事洞明皆學問，人情練達即文章」，賈寶玉看了之後不肯留在此房間中。〔註1〕針對這一段情節，吳光正提出他的解讀，他認爲若根據「燃藜圖」之典故，出自王嘉《拾遺記》之記載：

> 劉向於成帝之末，校書天祿閣，專精覃思，夜有老人著黃衣、植青藜杖，登閣而進見。向暗中獨坐誦書，老父乃吹杖端，煙燃，因以見向，說開闢以前，向因受五行洪範之文，恐辭說繁廣忘之，乃裂裳及紳以記其言，至曙而去。〔註2〕

畫中有一持青藜杖的老人在劉向夜讀時，爲他吹杖頭出火，「這是一個奮發圖強的故事。劉向是委身於仕途經濟之道者的榜樣，那副對聯是委身仕途經濟之道者必須學會的處世之道」，而賈寶玉不肯待在這房間，秦可卿遂帶他至自己的臥室，秦可卿的臥室中掛有一幅唐伯虎繪製之「海棠春睡圖」以及掛有一副對聯，寫著「嫩寒鎖夢因春冷，芳氣襲人是酒香」，賈寶玉在這房間恍惚睡去，在夢中歡喜不已，吳光正認爲「這意味著賈寶玉放縱性情沉迷感情生活，視事功視仕途經濟之道爲畏途。」〔註3〕《夢影緣》一書共出現四幅圖，第一幅圖是莊淵父母圖（即「蘭房行樂圖」），第二幅圖是林纖玉畫像，第三幅圖是「歲寒三友圖」，第四幅圖是「心孝圖」。以下分別敘述：

第一幅莊淵父母圖，圖像內容爲一人於亭中觀魚，此人貌似莊淵；另一人則坐於湖石，此人貌似莊夫人，旁有一婢女捧花侍立，此人亦貌似莊夫人之婢女采蕚。此圖懸掛於永慕堂，鮮果佳餚時加供奉，三娘慎氏感到疑惑，詢問莊夫人爲何供奉此蘭房行樂圖時，莊夫人說：

> 心上何人無此畫，堂前誰不供斯神，卿家何必將儂問，請向尊堂去揣尋。〔註4〕

〔註1〕 見清‧曹雪芹、高鶚原著，馮其庸等校注，《彩畫本紅樓夢校注》（台北：里仁書局，1995 年 10 月，初版 4 刷），第 5 回，冊 1，頁 82。

〔註2〕 見前秦‧王嘉著，《拾遺記》，卷 6，收錄在商務印書館四庫全書出版工作委員會編，《文津閣四庫全書‧子部‧小說家類》（北京：商務印書館，2005 年，北京第 1 版第 1 刷），冊 347，頁 43。

〔註3〕 以上參見吳光正著，《神道設教：明清章回小說敘事的民族傳統》（武漢：武漢大學出版社，2012 年 5 月，第 1 版第 1 次印刷），頁 340～341。所引之《紅樓夢》原文，見清‧曹雪芹、高鶚原著，馮其庸等校注，《彩畫本紅樓夢校注》，第 5 回，冊 1，頁 82～83。

〔註4〕 見清‧囂下生著，《夢影緣》，卷 1，第 3 回，收錄在沈雲龍主編，《中國通俗章回小說叢刊 3》（台北：文海出版社，1971 年，初版），頁 40。

言下之意是父母本存於各人心中，本就應該懷抱著尊敬的心態。尤其是莊淵之父母離家，莊夫人不能夠孝侍翁姑，於是以此行為聊表心意，莊夫人對目中無舅姑，並唆夫忤逆的如簧說：

^我夫婦從來不理神，^{此是他}一對生身堂上佛，終身供養展微忱，憐儂薄福無依靠，未得晨昏侍奉勤，一瓣心香聊附祝，他生或可再依親，^{羨卿家}堂前日作斑衣戲，^{勝如儂}供奉虛呈畫上神。〔註5〕

面對如簧三番兩次詢問禮拜圖像的原因，莊夫人說出心中對於舅姑的尊敬，這一點讓如簧不以為然，內心以為不如供奉一座靈神佛像，小說在這一段情節後描寫莊淵驟然之間內心怦動，似乎對於如簧內心的不敬有所感應，於是詢問莊夫人，「御史還觀畫上神，如舊欣然無慍色」〔註6〕方才釋懷。

　　作者將莊淵父母圖設計成貌似莊淵夫婦，此為一奇，又將圖像設計成具有感應的能力，此為另一奇。莊淵於此處確認父母圖沒有轉變慍色而放下心中的疑慮，而之後莊淵欲向廬山尋父時，圖像轉作笑形：

^{莊御史}臨行更向真容禱，淵作西江探勝行，非敢膝前輕告別，要祈垂鑒諒深心，仙凡間阻難重侍，卅五年來哀慕勤，請向廬山幽勝處，仙車雙降暫居停，容兒略望慈顏色，縱使凡軀難侍親，^但一示仙容兒亦慰，敬求勿再兒拒情，虔誠默禱頻瞻望，倏又雙容作笑形，四目齊垂同視子，欣然喜色各生春。〔註7〕

這樣的情形又見於莊淵離家之後，莊夫人偶然抬頭一望，又看見畫中人物「帶笑盈盈如欲出」〔註8〕，筆者以為，作者鄭澹若將莊淵夫婦與畫中的莊淵父母設計成具有投射作用的意涵，莊淵凝視畫中的父母，實際上就是自我內心的投射，而現實中的作者，婚後離別父母，遠居千里之外的思念，藉由小說中孝子莊淵的孝思與孝行，得到了情感抒發的窗口。作者父親鄭祖琛長年在外仕宦，與子女相處時日有限，作者對於父親的孺慕之情，與小說中的孝子莊淵對於父親的隱孝追思可說是兩相符契。

　　第二幅圖是林纖玉畫像，由於莊淵夫人屢次催促夢玉成親，為了撫慰親心，莊夢玉以前生摯友梅花神之形貌為對象，憑藉著他那傳神生香之手，描

〔註5〕見清・饗下生著，《夢影緣》，卷1，第3回，頁42。
〔註6〕見清・饗下生著，《夢影緣》，卷1，第3回，頁44。
〔註7〕見清・饗下生著，《夢影緣》，卷1，第11回，頁170。
〔註8〕見清・饗下生著，《夢影緣》，卷1，第11回，頁171。

摹一幅美人圖獻給母親，﹝註9﹞惠夫人每回觀看畫中女子，都覺得彷若眞人，於是要夢玉呼喚其名，或許畫中女子可復活，夢玉擔心若一呼喚梅花神之名，恐怕導致召喚了魂魄，致使她染病喪命，﹝註10﹞因此，將畫加以焚毀，以免纖玉離魂。﹝註11﹞但是顯然爲時已晚，林纖玉此時已逐漸神魂離散，由陶慧雲診治之後，爲她「定心斂性收魂魄」、﹝註12﹞「扶杯親進養心湯」，﹝註13﹞始可保全性命。關於畫像的解讀，此處莊夢玉所繪製之美女畫像，是否就是引發作者鄭澹若內心的性別錯位意識，﹝註14﹞而她所寫的《夢影緣》一書，也正表現她內心的豪情俠氣，寫出她看破人世、登仙而去的豪邁與瀟灑。

第三幅圖是「歲寒三友圖」，莊淵欲刪聯姻舊制，遂將莊夢玉、林纖玉（改文婉書於圖上）、宋紉芳三人之年庚、姓名書於歲寒圖上，比如朋友之金蘭譜，取其地久天長、永守誓言之意。三人之年庚如下：莊夢玉，字季華，號蘭君。庚寅二月十二日午時建生。林纖玉（林文婉），字雅芬，號素君。庚寅正月十五日亥時建生。﹝註15﹞宋紉芳，與莊夢玉同年同日同時生，﹝註16﹞兩人竟然有相同的作品。﹝註17﹞二月十二日相傳是「花神」生日的日子，爲慶祝花神生日而有「花朝節」活動。清末顧祿《清嘉錄》卷二有「百花生日」一條記載：「（二月）十二日，爲百花生日。閨中女郎剪五色彩繪，黏花枝上，謂之

﹝註9﹞「夢玉揮毫展素牋，凝想意中知己客，引香攝影寫嬋娟。夫人後立頻觀看，看他將眉目容顏已繪完，不覺驚奇眞似活。再看繪香肩玉手柳腰纖，仙家裝束天然好，本色湘裙淡綠衫，雲鬟堆成螺樣巧，一枝梅萼手中拈。……惠氏夫人先一觀，欣然笑對玉兒言，果然爾有傳神手。……你眞可謂傳神生香之手。」見清・霽下生著，《夢影緣》，卷1，第11回，頁163。

﹝註10﹞參見清・霽下生著，《夢影緣》，卷1，第11回，頁171。

﹝註11﹞參見清・霽下生著，《夢影緣》，卷1，第11回，頁172。

﹝註12﹞見清・霽下生著，《夢影緣》，卷1，第12回，頁187。

﹝註13﹞見清・霽下生著，《夢影緣》，卷1，第13回，頁194。

﹝註14﹞王力堅在分析吳藻《喬影》的易裝畫像、何佩珠《梨花夢》的美人畫像時說：「這兩幀畫像，又決非簡單的道具，而是謝絮才、杜蘭仙所處的他者化場域（othering field）中別具性別錯位意蘊的觀照物。具體來說，《喬影》的易裝畫像，實質上是「男性的幻像」（male phantasm），映襯、誘導了謝絮才（亦即吳藻）的性別錯位意識；《梨花夢》的美女畫像，實質上是「男人的心像」（man's image），反襯、激發了杜蘭仙（亦即何佩珠）的性別錯位意識。」見王力堅著，《清代才媛文學之文化考察》（台北：文津出版社，2006年6月，1版1刷），頁65。

﹝註15﹞以上見清・霽下生著，《夢影緣》，卷2，第16回，頁44。

﹝註16﹞見清・霽下生著，《夢影緣》，卷1，第11回，頁160。

﹝註17﹞見清・霽下生著，《夢影緣》，卷1，第11回，頁161。

賞紅。」〔註18〕《紅樓夢》中出現了另一個名爲「餞花會」的活動，日‧合山究認爲這個活動是曹雪芹根據「花朝節」的啓發而特意虛構出的。〔註19〕《夢影緣》並未出現花朝節相關的活動敘述，但作者在出生日期的安排上，刻意將莊夢玉與蘭花神宋紉芳安排在這一天同時出生，〔註20〕不僅扣合了宋紉芳蘭花神的身分，又強調了莊夢玉與宋紉芳之間的姻緣前定；而林纖玉之出生日則安排在中國傳統重要節日元宵節這一天。三人成婚之日，竟出現百花齊放之盛大場景，〔註21〕鄭澹若此時承襲了《鏡花緣》中的百花齊放情節，卻又在之後翻寫，寫出林纖玉和宋紉芳祈求司花之神令百花齊落，以解君王「花落盡時容爾去，^{倘尚剩}一花一蕊總難還」之緩兵計，〔註22〕完成莊夢玉歸養母親之心。〔註23〕

　　作者鄭澹若秉持仙人謫生皆有異兆的傳統，安排三人出生皆有異兆，分述如下：莊夢玉之母莊夫人生產前有一陣仙音響起，天空聚集五色祥雲，滿室奇香，〔註24〕畫寢時亦得一夢：

^見天門開處放光華，天雨繽紛豔散花，樂奏八音仙女樂，幢旛寶蓋擁仙家。青巾儒雅雙飄帶，窄袖藍袍隱起花，臂挽寶弓儀秀整，手持美玉絕無瑕，笑容可掬拋來疾，五彩輝煌似落霞，投入懷中驚夢醒，紅光豔豔照窗紗，悠揚仙樂聲疑鳳，馥郁奇香味若花，祖德宗功修得到，山靈水秀聚來賒，……從今即改羅浮號，^{入莊門}夢玉爲名字季華。〔註25〕

〔註18〕見清‧顧祿撰，王邁校點，《清嘉錄》，收錄在薛正興主編，《江蘇地方文獻叢書》（南京：江蘇古籍出版社，1999年8月，第1版第1刷），冊7，頁49。

〔註19〕見日‧合山究著，陳曦鐘譯，〈《紅樓夢》與花〉，《紅樓夢學刊》，2001年第2輯，頁106。

〔註20〕《紅樓夢》中的林黛玉也是在二月十二日出生，日‧合山究說：「黛玉誕生於百花的生日，這就明白地表示她是花的化身。至於襲人與黛玉一樣生於二月十二日，或許可以認爲在她的身上也有作爲花的化身的一面。……在某一方面，她意味著是黛玉的分身。」見日‧合山究著，陳曦鐘譯，〈《紅樓夢》與花〉，《紅樓夢學刊》，2001年第2輯，頁125。

〔註21〕參見清‧疊下生著，《夢影緣》，卷3，第31回，頁103。

〔註22〕見清‧疊下生著，《夢影緣》，卷3，第32回，頁122。

〔註23〕宋紉芳對林纖玉說：「可喜韶華果盡刪，萬片落紅齊著地，枝頭只剩綠陰寒。這番可遂莊君念，定博君恩許返山。」見清‧疊下生著，《夢影緣》，卷3，第35回，頁187。

〔註24〕參見清‧疊下生著，《夢影緣》，卷1，第2回，頁29～30。

〔註25〕見清‧疊下生著，《夢影緣》，卷1，第2回，頁30。

宋紉芳之母亦曾提及紉芳降生異兆：

> 太夫人點首頻頻稱正是，芳兒才豈世人能，四歲成詠天生慧，萬卷羅
> 胸學更深，但看降生徵異兆，同心蘭萼有如根，我家弄玉能誰匹，
> 蕭史重生配始應。〔註26〕

夢中有一仙子付與她品字同心蘭一箭，同樣是仙樂齊揚：

> 見碧霧綺霞紛四散，一群仙女下凡間，手中各把花枝執，中有仙姑
> 貌愈妍，將品字同心蘭一箭，付他母手使相懷，覺來音樂空中奏，更
> 堪奇一院幽蘭萼盡開。〔註27〕

林纖玉之降生場景，與莊夢玉一樣是五色雲開，一樣是仙樂飄飄：

> 淳化庚寅春正月，元宵奇兆月華鮮，恰占吉夢非常異。見五色雲開
> 降眾仙，半執笙簧諸樂器，半持花卉各爭妍，霓霞雲袂皆仙子，中
> 擁風流美少年，豔服金冠容似玉，手拈綠萼一枝鮮，含歡欲遞夫人
> 手，陡覺驚心出夢來，生下無雙才貌女，名為纖玉表其妍。〔註28〕

此三人之關係，顯然作者特意安排莊夢玉與宋紉芳兩人是天造地設的一對，不僅出生時辰相同，就連精神上也是靈性相通，而有相同的作品，但從小說情節的發展，可知莊夢玉是鍾情於林纖玉的，就連吟詠詩歌，隱約都在歌頌林纖玉。〔註29〕欲了解莊夢玉與林纖玉緣份之深，要從小說開頭說起，莊夢玉的前生本為羅浮仙君，羅浮仙君本為一蝶，因受日月精華得成人體，自號夢隱真人，曾入粵東之羅浮山煉製丹藥救助凡人，而受封為羅浮仙君。林纖玉的前生為梅花神，曾點化羅浮仙君，使其得以返本歸真。〔註30〕小說在第一回開頭特別詳述羅浮仙君與梅花仙子之一段前緣，而宋紉芳之前生蘭花仙子則與眾仙子並列，並未提出說明，因此，作者是刻意深化莊夢玉與林纖玉兩人之緣份，強調這份前緣是其他十一位仙子不能超越的。這樣的安排不免使人聯想起曹雪芹《紅樓夢》的三角戀情，曹雪芹將賈寶玉與薛寶釵安排成金玉良緣，而林黛玉相較之下並無相配之物，但是賈寶玉是鍾情於林妹妹的，兩人的木石前盟超越了物質，成為精神上的匹配對象。鄭澹若身為官宦千金，自小家學薰陶涵泳極深，對於小說的接受吸收與運用，此為一例。

〔註26〕見清・霽下生著，《夢影緣》，卷1，第10回，頁151。
〔註27〕見清・霽下生著，《夢影緣》，卷1，第11回，頁159。
〔註28〕見清・霽下生著，《夢影緣》，卷1，第12回，頁173〜174。
〔註29〕見清・霽下生著，《夢影緣》，卷2，第14回，頁9。
〔註30〕參見清・霽下生著，《夢影緣》，卷1，第1回，頁1。

　　第四幅圖是「心孝圖」，宋曦以所錄之莊淵事蹟，交付其女宋紈芳，期許她「須用深文曲筆，細細傳其至孝之心，此傳此人，當同垂不朽。」〔註31〕寫成〈心孝子傳〉以警世人。除了宋曦，林武亦思念莊淵至深，恍惚之間，彷彿莊淵形影出現於眼前，欲下筆繪出莊淵小像懸掛室內瞻仰，卻又恨無寫真妙手，怏怏不樂的他想到女兒纖玉妙筆如神，但不可能要她憑空繪出莊淵圖像，於是，只好令纖玉臨摹武侯遺像，林纖玉善體親心，「借酒消除魂礨懷，摹取隆中真面目，要思巧合此公顏，我須仰體親私念，把羽扇綸巾細寫來。一舉兩得真美事，臥龍真相亦應傳。」〔註32〕纖玉果真妍筆細描，寫出臥龍真相，林武觀看後認為此畫分明是莊淵形貌，並非如纖玉所云是武侯顏貌，其後，此幅圖像遭林武夫人湘月焚毀，原來是從前纖玉被他人繪製圖像，以致於勾魂攝魄而生重病，因此林武夫人非常忌諱替生人作畫。〔註33〕此處，如果作者選取的元素皆有其背後意涵，而非任意選擇的結果，那麼莊淵不選擇其他古人，而選擇武侯的形象，自有其不可忽略的意味。關於此處以諸葛武侯與莊淵之像相似，筆者以為作者有表彰父親之用意，若如前所闡述，小說中的莊淵，其實就是現實中父親的隱喻，那麼，此處便是以諸葛武侯的形象表彰父親的忠義精神。亦即，父親形象對於作者而言，如同武侯的忠義精神長存世人心中一樣，具有崇高偉大、不可磨滅的意義。

　　其後，《夢影緣》一書第二十六回，纖玉命侍女設置香案，林武夫人湘月要纖玉再次寫真，在梅花書室內畫出似葛仙（莊淵之母）的圖像，〔註34〕之後畫成一幅「天倫行樂圖」，此即「心孝圖」，關於此圖有詳盡描寫：

> 再寫莊仙對坐身，伉儷手談於石上，如聞落子響琤琤，要思摹擬莊風憲，^{竟難道}與父無差一二分，步出房來觀對句，忽然又得此公神，畫他侍立萱親後，塵尾低垂逗鶴興，^{待遣其}為母掃除將敗局，莊仙笑指欲開聲，葛仙拈子還回視，六目盈盈互盼勻，一幅天倫行樂畫，果然占斷古今春。〔註35〕

　　纖玉此畫一成，使得園中梅樹綻放撲香，後將此畫供於中室，與韻仙二人虔誠拜禱，祈求畫中真人為其父林武消除心中鬱悶之情，林纖玉遂將畫好

〔註31〕見清・篸下生著，《夢影緣》，卷2，第25回，頁200。
〔註32〕見清・篸下生著，《夢影緣》，卷2，第25回，頁204。
〔註33〕見清・篸下生著，《夢影緣》，卷2，第25回，頁210。
〔註34〕見清・篸下生著，《夢影緣》，卷2，第26回，頁223。
〔註35〕見清・篸下生著，《夢影緣》，卷2，第26回，頁224。

的圖像供於揖芬齋內，使眾人得以虔誠敬拜，〔註36〕此心孝子圖其後由莊夢玉補上莊夫人之形貌，永留人間。〔註37〕畫中的「鶴」，在中國傳統意象中早已是「長壽、登仙」的象徵，在《夢影緣》一書中多次出現，以視爲靈禽之「鶴」來襯托仙人的身分。筆者以爲此幅莊淵與父母的「天倫行樂圖」，正是作者鄭澹若心中所投射出的期望，期盼家中也能行此天倫之樂，它所反應的正是現實生活中的空缺，父親因仕宦而離家在外，她因出嫁遠居夫家，於是，對於鄭澹若來說，同享天倫是不可企求的渴盼。尤其她出嫁未久即守寡撫子，寡婦的身分卻又與夫家同住，與娘家相隔遙遠，內心對於原生家庭的追尋，藉由小說的情節安排，或可稍微撫慰孤寂的心靈。其後，林武要夫人也來拜此三仙圖，「夫人道我何須拜，方寸之間自有神。但作足恭何所益，不如敬奉在於心。」〔註38〕夫人所強調的心孝，將於後文再作討論。

二、心神感應離魂

　　《夢影緣》一書中安排了多人曾經離魂的劇情，不僅是莊淵、莊夢玉，甚至連林武、林纖玉亦有離魂經驗。書中第七回當莊淵思親哀痛至極而離魂時，莊夢玉移父疾於身，引發心痛失神之心病。「季華倏又心如刺，促額哀吟不自禁，父愈心傷兒愈劇，^{只剩}一絲微氣半猶溫。」〔註39〕、「一語愈傷孤子念，莊君慘絕不能應，季華心似遭千刃，酷痛難禁伏枕吟，倏爾玉容凝若雪，如絲氣塞竟離魂。」〔註40〕莊淵微動思念雙親之念頭時，其子夢玉似乎能心神感應，例如：

> 御史聞言連應諾，心頭一動又傷情。季華又覺心無主，告退忙歸內室門。〔註41〕
>
> ^{莊御史}一輪明月心重掩，立起身來慘動顏，夢玉遽然心亦感。〔註42〕
>
> （莊淵）悲慮交縈欲斷魂，夢燕即來哀懇父，乞垂憐弱弟減哀情。
>
> 〔註43〕

〔註36〕參見清・囂下生著，《夢影緣》，卷2，第26回，頁226。
〔註37〕見清・囂下生著，《夢影緣》，卷4，第48回，頁235。
〔註38〕見清・囂下生著，《夢影緣》，卷2，第26回，頁228。
〔註39〕見清・囂下生著，《夢影緣》，卷1，第7回，頁104。
〔註40〕見清・囂下生著，《夢影緣》，卷1，第7回，頁109。
〔註41〕見清・囂下生著，《夢影緣》，卷1，第8回，頁110。
〔註42〕見清・囂下生著，《夢影緣》，卷1，第9回，頁123。
〔註43〕見清・囂下生著，《夢影緣》，卷1，第10回，頁151。

以上諸例，皆是父子心神相通，夢玉不忍其父受此苦痛，遂移父疾於自身，以求緩解父親所受之苦。其後，莊夢玉看父親三十年舊疾復發，於是告訴父親：「有路堪通於碧落，三千功行已圓成，祈毋再惹塵氛擾，定力牢持始可行。……何必遍求於四海，羅浮山內是家門，祖先慈駕雙雙在。……仙祖逍遙樂趣盈，但是凡軀難以入，不堪攜帶俗人們。大人何可單身往，必得孩兒引導行。」〔註44〕夢玉明白告訴莊淵尋親的目的地是羅浮山，以撫慰其父思親之痛。

　　林武之離魂是由於過度思念莊淵，懷友真切所致。第二十二回寫林武於夢中尋到凝香室去見莊淵，在旁偷聽到莊淵與莊夫人的對話：

御史低回長太息，卿猶未識我深心，^{他見我}布帆一挂腸應斷，^{忍教他惆}倒湖濱淚滿襟。^{況總然}千話叮嚀無所益，^{倒不若}忍心決絕冷其心，^{又誰知}他還念我如斯切，恨我負其情罪實深。知我無如卿最甚，豈知世更有斯人，相憐相諒情何至，三月交情海樣深。松友同予心曠達，雖然憶我可排情，此君愁重盈千斛，^{縱日弄}明珠豈易輕？^{我待將}二字平安遙寄慰，^{又無奈}心酸下筆怎成文，迢迢千里成暌隔，^歎兩地相思一樣勤。〔註45〕

林武於門外欲呼莊淵卻驚醒，方才知曉此為夢境一場，於是想要再度入夢相會，無奈此夢難續，次日纖玉一見父親，「心驚暗自揣其情，夢中定有神魂越，覺後相思倍不禁。」〔註46〕作者鄭澹若在第二十二回末尾云：

得情之正林梅嶼，合受群芳供奉虔。^歎二字相思千口說，歸於正道有誰躭？情癡誰似將軍甚，情感誰如御史專，兩片真心通夢境，相思新案此初翻。〔註47〕

鄭澹若創作《夢影緣》之目的本為另翻新案，此處明白點出創作初衷之外，又提示了本書最後的結局，下凡之十二花神俱歸林武夫婦膝下，而透過莊淵與林武這一對摯友夢中離魂相尋，重新詮釋了「情」真之最高境界。

　　林纖玉離魂是夢玉繪其畫像所致，此點已見於上文，此不贅述。以小說創作的手法來看，鄭澹若在《夢影緣》中的離魂劇情並非首創，《牡丹亭》中

〔註44〕見清・糵下生著，《夢影緣》，卷2，第24回，頁188。
〔註45〕見清・糵下生著，《夢影緣》，卷2，第22回，頁143。
〔註46〕見清・糵下生著，《夢影緣》，卷2，第22回，頁143。
〔註47〕見清・糵下生著，《夢影緣》，卷2，第22回，頁157。

杜麗娘離魂的情節，也不是湯顯祖的首創，其中基本的故事情節，可以追溯至話本《杜麗娘慕色還魂》。《夢影緣》第十二回回末，作者鄭澹若云：

> 麗娘昔日離魂事，佳話千秋豔羨稱，試與碧華仙子較，此中輕重可分明。^羨芳心一點清如水，^{羞煞他}春感秋悲說豔情，如此言情應不俗，曲終奏雅感天倫。〔註48〕

鄭澹若也讀過風行一時，使江南女性讀者閱讀之後傷情至死的《牡丹亭》，並加入了與作品閱讀對話的行列中。「《牡丹亭》所具有的感人的力量，在於它強烈地追求幸福，反對宗法禮教的積極浪漫主義理想。」〔註49〕女性讀者在《牡丹亭》中看見了自身遭壓抑的情感，「而《牡丹亭》的『夢』正好呼應了女性的情感訴求，填補了女性的現實缺憾，撩撥著她們關於理想愛情和美滿婚姻的憧憬。」〔註50〕作為對於《牡丹亭》的接受與反應者，鄭澹若從「情」的角度切入，思考何謂「情」之真義。相較於《牡丹亭》之男女豔情，鄭澹若經由林纖玉永侍椿萱、願守北宮貞的表白，揭示了她對於林纖玉清明本心的欣羨，她對於「情」的追尋，並不是男女之情，而是與父母之天倫至情。胡曉真說：

> 鄭澹若必然熟悉《牡丹亭》，但是認為作品所產生的影響只是令世人紛紛豔羨風流韻事，誤解了情的真義，因而使『情場』大壞。將《牡丹亭》作此解釋，可以算是一種誤讀，至少是一種不完整的閱讀。不過我們必須注意的是，這種閱讀或許不應視為鄭澹若個人的詮釋，而應該看作在她觀察之下，《牡丹亭》這個作品在當世的接受情況。……《夢影緣》在『論情』這個層面上，於是與《牡丹亭》形成了正反照應的對話關係。〔註51〕

胡曉真在此並未呈現世人對於《牡丹亭》的接受情況，〔註52〕因此是否不該視為鄭澹若個人的解釋，這一點尚未能夠確定。但筆者以為此處對於「情」

〔註48〕見清・霽下生著，《夢影緣》，卷 1，第 12 回，頁 193。

〔註49〕見徐朔方著，《古代戲曲小說研究》（杭州：浙江大學出版社，2008 年 11 月，第 1 版第 1 刷），頁 246。

〔註50〕見董雁著，〈明清江南閨閣女性的《牡丹亭》閱讀接受〉，《東方叢刊》，第 4 期，2009 年 4 月，頁 221。

〔註51〕見胡曉真著，《才女徹夜未眠——近代中國女性敘事文學的興起》（台北：麥田出版社，2003 年 10 月，初版 1 刷），頁 345。

〔註52〕關於《牡丹亭》的閱讀與接受，可參見董雁著，〈明清江南閨閣女性的《牡丹亭》閱讀接受〉，《東方叢刊》，第 4 期，2009 年 4 月，頁 216～230。

的詮釋，正與她的人生經歷相合，與丈夫婚後沒幾年即守寡，鄭澹若在夫家
含辛茹苦獨自撫養子女，存在她心中的，是對於「家」的渴望，對於天倫之
樂的期盼，也或許是對於娘家父母的擔憂與思念，而這份感念也唯有透過小
說創作方能稍微抒發。

三、心孝

　　鄭澹若爲掃除世人塵穢之心，另翻新案作《夢影緣》一書，寫出至情心
孝，以正是非。如第一回所云：

> ^{且把}三寸毛錐當舌尖，寫出無窮奇幻事，別開生面出新裁，雖奇卻又
> 無奇處，^{卻正是}舉世人人有此懷，赤子之心憨且執，未經道破覺新鮮，
> 事雖似還非幻，^{又何嘗}蹈襲聊齋述異端，淡淡言情情自至，微微寓意
> 意無偏，^{但只是}是非未必全無謬，又還慮綺語仍難一例刪，^{敢妄稱}敷衍梓
> 潼心孝語，^{只無非}掃除薄俗濫情言。〔註53〕

此處點明鄭澹若寫作用意，目的是刪除綺語、濫情之言，並傳揚梓潼心孝之
論。關於「梓潼心孝」一點，夏紅梅、朱亞輝兩人分別從儒家孝道文化的自
身及外在機制兩方面，認爲儒家無法完成中國的孝道文化，中國的孝道文化
是由於道教孝道文化的蓬勃發展，因而解決了儒家的孝道困境。而道教的孝
道文化著作，例如：《文昌帝君勸孝文》、《文昌帝君陰騭文》、《文昌帝君勸孝
歌》、《文帝孝經》等，相較於儒家的《孝經》，不僅顯現出孝道的權威性，更
提出「至孝」的觀念以及如何「辨孝」，並以道教理論說明孝子「守身」是守
法，同時也以神佑鬼懲手段來約束世人的行爲。〔註54〕針對「至孝」的問題，
《文帝孝經・辨孝章第三》：

> 親存不養，親歿不葬，親祚不延，無故溺女，無故殺兒，父母客亡，
> 骸骨不收，爲大不孝。養親口體，未足爲孝。養親心志，方爲至孝。
> 生不能養，歿雖盡孝，未足爲孝。生既能養，歿亦盡孝，方爲至孝。……
> 奉行諸善，不孝吾親，終爲小善。奉行諸善，能孝我親，是爲至善。
> 孝之爲道，本乎自然，無俟勉強，不學而能，……因心率愛，因心率敬。
> 於孝自全，愚氓愚俗，不雕不琢，無乖無戾，孝理自在。……〔註55〕

〔註53〕見清・孌下生著，《夢影緣》，卷1，第1回，頁5。
〔註54〕參見夏紅梅、朱亞輝，〈文昌信仰與孝道文化的完善〉，《洛陽師範學院學報》，
　　　　2005年第1期，頁95～97。
〔註55〕見藏外道書編委會編，《藏外道書》（成都：巴蜀書社，1992年8月，第1版

由此可見，所謂「至孝」是指不論生前或死後均能發自內心眞誠奉養，不只做到物質生活的供給，更做到精神生活上的敬奉。所謂心孝，林纖玉認爲在日常生活中的焚香祝禱就可以加以實踐，她認爲世人只知爲一己之私念燒香祝禱，應該眞心爲母病父災祈禱方爲是。〔註56〕

《夢影緣》中的孝子莊淵，七歲父逝，未及終喪，母又逝，由伯父莊鞏撫養，即使如此，他仍然供奉父母圖像於中堂，不僅拜獻鮮花素果，更早晚禮敬膜拜。對他來說，父母如在世一般，當他注視著父母圖像時，父母形貌會有所變化，彷彿與他有著心神感應。此外，莊翁將死，莊淵以移花接木方式求天延長其壽命，「哀誠一點天心格，^{也爲他}祿注長生可借年。」〔註57〕陶慧雲拜莊淵爲師，鍊成返魂丹，莊翁立刻病癒。此事見於第九回：

> ^但自悲早歲椿萱逝，伯父劬勞撫育全，^今疾在垂危應挽救，生機一線想重延。縱然祿命雙逢絕，願以微軀代棄捐，^爲伯父再延三紀壽，^可移花接木捐臣年，^{倘然臣}餘年未及垂三紀，^有夢玉雙兒可並捐，伏乞皇天后土鑒，許臣伯父得生全。〔註58〕

但陶慧雲對於自己能救助莊翁抱持存疑的態度，猜想應有神仙暗中相助，她對於莊淵袖手旁觀的態度感到不以爲然，認爲莊淵或許是因爲心緒紛亂而無法一展其才，「^{可嘆你}固然孝思盈於內，太不彰形也枉然，心孝雖然勝面孝，^{也難把}盡心竭力作兩途看。」〔註59〕即使無法一展救人之才，仍然應該表現出盡心竭力之面孝。

莊淵的孝心孝行影響了莊夢玉，父子心神有所感應，在其子莊夢玉身上更是明顯，如前文所述，莊夢玉因爲父親思親至痛，移父疾心病於自身，〔註60〕承襲了父親的至孝德行。這樣的父子心神感應，莊翁起初不相信，莊翁說：

> ^{可怪你}居然父子一條心，^我初猶不信他們話，此刻方才看得明，你若哀深他病劇，^{但勸你}消哀他自病能輕。〔註61〕

第1刷），冊4，頁303～304。
〔註56〕「神天但向心頭奉，何必朝朝禮拜虔。歎世人只解燒香兼念佛，豈知佛在爾堂前。」見《夢影緣》，卷2，第20回，頁121。
〔註57〕見清‧罍下生著，《夢影緣》，卷1，第9回，頁126。
〔註58〕見清‧罍下生著，《夢影緣》，卷1，第9回，頁126。
〔註59〕見清‧罍下生著，《夢影緣》，卷1，第9回，頁127。
〔註60〕「怎知他一點哀誠通化境，竟移父疾上於身，只覺心疼如絞難回答，容似凝霜四體冰。」見清‧罍下生著，《夢影緣》，卷1，第7回，頁102。
〔註61〕見清‧罍下生著，《夢影緣》，卷1，第7回，頁109。

但是連莊淵之女弟子陶慧雲都能一眼看出父子心神相通的情形，同時，陶慧雲也識出此心病須由心上人來醫治才行：

> ^我冷眼察他雙父子，分明暗合一條心。但逢叔父悲哀極，^{季華兄}心痛難禁遽失神，怪道諸公無法治，者般奇疾治何能，他人怎救華兄命，心病須求心上人。……克順深深施一禮，所求叔父莫傷心，親心傷極兒心痛，天下從無此病因。〔註62〕

在莊夢玉的引導之下，莊淵參透因果：

> ^{從此後}墨亭已作地行仙，前因後果參能透，明鏡何從更染埃，更不思親重墮淚，靈臺每每晤雙仙，修行不藉金丹鍊，^卻暗喜蒼蒼巧作全，塵俗人誰知此故，觀來未免有譏彈，^{又何能}尋源究本思其理，^把抱恨終天四字參，終古有誰名稱實，^但相傳萬口作虛談，^{必若}此君處此方無愧，哀慕情深卅五年，^致天使多情梅與蝶，巧相接引度升天，成全孝子尋親志，^更曲折宣其隱孝懷。〔註63〕

參透因果之後的莊淵，在夢玉的指引之下尋親升天，宋紉芳為其傳寫心孝事蹟為心孝子傳，〔註64〕君王原本不信莊淵之事，待看完聖功呂相所呈之心孝傳，不禁拍案讚其「誠然至孝通天地，今古奇聞實駭人。」〔註65〕粵東節度使回報，君王深受感動，封莊淵為「正情心孝真君」，本欲建廟並塑其父母真像，林武建議改以救貧方式，簡樸以安其志。〔註66〕其後，契丹入侵，夢玉請纓，降旨拜為招討元戎職，軍事交由其運籌。〔註67〕北邦蕭太后、隆緒放棄暗殺計畫投降。君王論功，夢玉歸功於寇準。〔註68〕君王追諡莊淵為文成公，封宣化侯，加贈三代，世襲侯爵，賜祭心孝真君廟。〔註69〕

　　由以上所述可知，《夢影緣》一書重視推崇心孝，與當時社會上孝女以割股療親的方式迥然不同，〔註70〕鄭澹若本身的親友圈中，就有以此方式表達

〔註62〕見清・饕下生著，《夢影緣》，卷1，第7回，頁107。
〔註63〕見清・饕下生著，《夢影緣》，卷1，第13回，頁203。
〔註64〕見清・饕下生著，《夢影緣》，卷2，第25回，頁200。
〔註65〕見清・饕下生著，《夢影緣》，卷3，第28回，頁12。
〔註66〕參見清・饕下生著，《夢影緣》，卷3，第28回，頁13。
〔註67〕參見清・饕下生著，《夢影緣》，卷3，第29回，頁29。
〔註68〕參見清・饕下生著，《夢影緣》，卷3，第29回，頁30。
〔註69〕參見清・饕下生著，《夢影緣》，卷3，第29回，頁31。後以莊淵「至性至情成正果」，因此以「情正廟」三字表示，參見《夢影緣》，卷3，第30回，頁58。
〔註70〕割股療親之事，被列入孝女、孝婦之事蹟，在地方志中屢見不鮮。可參見清・

孝道精神，例如：其女婿嚴謹之妹嚴永華。而女詩人也曾在作品中記錄有關孝女割股之事，例如：蔡捷〈滿江紅〉一詞之題目爲「弔仁和沈孝女剕股殞命」、〔註71〕張傳「天性純孝，母疾篤，曾剕股療之。」〔註72〕而《夢影緣》書中，莊夢玉祈求以己身代替父親受病，以己壽換取父齡的方式，也曾在女詩人之作品中見到相關文字，例如：吳絹「事親至孝，水蒼公常篤疾，刺血書表默禱於天，願損己壽以益父齡，而病遂愈，其誠格於天者如是，後謝絕繁華，希麻姑之煉藥，學毛女之修眞，結茆翠岫，探芝碧岑，年九十得道，端坐而化，有《嘯雪菴稿》。」〔註73〕

第二節　性別觀

　　本小節欲探討的是鄭澹若《夢影緣》一書的性別觀，此書與他本彈詞小說有一個歧異點，便是作者本人非常排斥舊有彈詞中充斥男女之情的描寫，她認爲那些是殘害本性的流殃之作。因此，書中由十二花神所降世的女子雖然均具備美貌，卻並未如舊有彈詞小說發展出一段金童玉女的情節，相反地，書中的十二位女子都極度重視全貞守節一事，也都展現出抗拒婚姻，一意求道的決心。這樣的安排，是否正投射出作者的個人心理呢？以下將分別從全貞守節與拒婚求道兩方面，一窺鄭澹若所欲表白的心跡。

一、全貞守節

（一）明清貞節觀

馬步蟾修，夏鑾纂，《安徽省徽州府志・人物志・列女》，卷13之1，據清道光7年刊本影印，收錄在《中國方志叢書・華中地方・第235號》（台北：成文出版社，1975年，台1版），冊5，頁1399～1404。

〔註71〕蔡捷，字羽仙，晉安人。徽州司理林西仲室，有《把奎樓詞》。其〈滿江紅〉詞：「廢寢忘飧，但指望，萱堂起色。猛聽得，醫人耳語，夜來當絕。酬地誓將遺體代，呼天暗把香爐爇，按金刀，良藥腕中尋，親調燮。　耐不起，瘡中裂，流不住，樓頭血。向攙扶老父那堪聲說，白髮春迴雙鬢短，蛾眉魂逐三更月。謝夫君，莫怨暫歸寧，成長別。」見清・徐樹敏、錢岳同選，《眾香詞・禮集》（台北：富之江出版社，1997年，初版），頁17。

〔註72〕「張傳，字汝傳，江蘇婁縣人，明經張止鑒女，詩人慧曉妹。」見清・徐樹敏、錢岳同選，《眾香詞・射集》，頁40。

〔註73〕「吳絹，字素公，一字冰仙，又字片霞，江蘇長洲人。別駕水蒼公女，常熟許文玉進士室。」見清・徐樹敏、錢岳同選，《眾香詞・射集》，頁17。

明清女性貞女、烈婦在明清婦女史上佔據了龐大的數量，形成了一個特殊現象。這個現象的背後意義，隱藏著何種文化意涵？以下分別從明清女性的全貞行為表現來勾勒出史書、地方志有關此類女性的形象；其次，以之與《夢影緣》中女性的全貞行為作一比對，以見鄭澹若此一小說與當時社會背景的關連；最後，以心理學的角度來詮釋此一全貞現象，以探討明清女性的心理，或者說，也藉此關注作者鄭澹若將此現象寫入小說的心理意涵。

首先，傳統的貞節觀念演變至明清兩代，有了不同於前朝的改變。明代，《大明會典》卷六〈吏部〉五〈誥勅〉：

> 凡婦人因夫子得封者，不許再嫁，如不遵守，將所授　誥勅追奪，
> 斷罪離異。〔註74〕

此則規定，與前所述之元代規定大體相同，對於因丈夫而受封之婦女，基本上持不得再嫁的主張。不過值得注意的一點是它所針對的對象均是因夫而受封之女性，宋清秀根據以上所引各條，即認為朝廷對於貞節制度所實施的對象，基本上是針對上層女性，而不是下層女性。雖說是針對上層女性而實施，但上層女性仍然能不守節，只要她放棄因亡夫而受到的賞賜追封。〔註75〕溫文芳則認為：

> 真正給予程朱理學發揮的空間並不是宋朝，而是在宋以後明、清兩
> 朝，並被推向極端，造成了中國歷史上堪稱空前絕後的婦女節烈風
> 氣。〔註76〕

也就是說，宋朝的貞節觀提供了其後的明清兩朝一個思想的基礎，而得以大力發揚，進而箝制了兩朝的婦女。

明代前期，由於朱元璋重視重建倫理秩序，大加崇尚婦女節烈，《明史》卷三百零一〈列女一〉中說：

> 明興，著為規條，巡方督學歲上其事。大者賜祠祀，次亦樹坊表，
> 烏頭綽楔，照耀井閭，乃至僻壤下戶之女，亦能以貞白自砥。其著

〔註74〕見明‧申時行等修、明‧趙用賢等纂，《大明會典》，收錄在《續修四庫全書‧史部‧政書類》（上海：上海古籍出版社，2002年3月，第1版第1刷），冊789，頁121。
〔註75〕參見宋清秀著，〈試論明清時期貞節制度的積極意義〉，《中國典籍與文化》，2004年第3期，頁67。
〔註76〕見溫文芳著，〈晚清時期貞女烈婦盛行的原因及狀況——建立在《申報》（1899～1909）上的個案分析〉，《甘肅行政學院學報》，2003年第3期（總第47期），頁119。

> 於實錄及郡邑志者，不下萬餘人，雖間有以文藝顯，要之節烈爲多。
> 嗚呼！何其盛也。豈非聲教所被，廉恥之分明，故名節重而蹈義勇
> 歟。〔註77〕

到了明代中期，由於商品經濟活躍，改變了人們的思維，出現了挑戰程朱理學的思想，例如：李贄主張的「童心說」。「由於商業經營盈虧不定禍福無常的不穩定性，又必然使家庭紐帶鬆弛，社會關係轉型，傳統倫常淡漠，婦女的社會地位有所提高」，隨著風氣的改變，開始走出家門。〔註78〕明代中後期，「士大夫從傳統的封建主義思想桎梏中得到解放，他們反對封建主義的絕對權威，倡導張揚個性，肯定人的正常欲望和天賦智慧，主張男女平等、婚戀自主，公開向傳統的婦女貞節觀挑戰，出現了反對傳統禮教的新思想。」〔註79〕例如：萬曆時，呂坤《呻吟語》卷五〈治道〉指責禮教：

> 嚴於婦人之守貞，而疎於男子之縱慾，亦聖人之偏也。今輿隸僕僮，
> 皆有婢妾娼女小童，莫不淫狎，以爲丈夫之小節而莫之間。凌嫡失所，
> 逼妾殞身者紛紛，恐非聖王之世所宜也。此不可不嚴爲之禁也。〔註80〕

謝肇淛《五雜組·卷之八·人部四》也說：

> 古者輕出其妻，故夫婦之恩薄，而從一之節微。……父子之恩，有
> 生以來不可移易者也；委禽從人，從無定主，不但夫擇婦，婦亦擇
> 夫矣。〔註81〕

歸有光〈貞女論〉則認爲已許而未嫁的室女不必替未婚夫守節，所謂「未成婦，則不繫於夫也。」〔註82〕以上所述之反傳統禮教貞節觀的聲音，持續影響了清代的學者。

到了清代，有兩種不同聲音出現，一派是宋明理學的守護者，另一派則

〔註77〕見清·張廷玉等著，《明史》（北京：中華書局，1987 年 11 月，湖北第 1 版第 3 次印刷），冊 25，頁 7689～7690。

〔註78〕見劉長江著，〈明清貞節觀嬗變述論〉，《西南民族大學學報（人文社科版）》，第 24 卷 12 期，2003 年 12 月，頁 214～215。

〔註79〕見劉長江著，〈明清貞節觀嬗變述論〉，《西南民族大學學報（人文社科版）》，第 24 卷 12 期，2003 年 12 月，頁 215。

〔註80〕見明·呂坤著，《呻吟語》（台北：河洛圖書出版社，1975 年 10 月，台再版），頁 281～282。

〔註81〕見明·謝肇淛著，《五雜組》（上海：上海書店出版社，2001 年 8 月，第 1 版第 1 刷），頁 146～147。

〔註82〕見明·歸有光著，《震川先生集》（台北：台灣商務印書館，1967 年，台 2 版），冊 1，頁 53。

因爲商業經濟的發展，鼓吹反禮教、反貞節觀，婦女獲得了解放與自由。清代統治者對於婦女貞節的要求，《大清律例》卷十：

> 凡（男女）居父母及（妻妾居）夫喪而身自（主婚）嫁娶者，杖一百。若（男子）居（父母）喪（而）娶妾；妻（居夫喪）女（居父母喪而）嫁人爲妾者，各減二等。若命婦夫亡（雖滿服），再嫁者，罪亦如之，（亦如凡婦居喪嫁人者擬斷），追奪（勅誥）並離異。

又於其下之條例規定：

> 一孀婦自願改嫁，翁姑人等主婚受財，而母家統眾強搶者，杖八十。其孀婦自願守志，而母家、夫家搶奪強嫁者，各按服制照律加三等治罪。〔註83〕

由以上所引兩條《大清律例》條文，可知清朝政府對於命婦再嫁，是持反對的態度，這一點和元、明兩朝相同；但對於孀婦的改嫁或守志，則尊重孀婦自身的選擇。而下層貧寒婦女爲了生活，通常不得不選擇再嫁。而清代士大夫階層出現了一批反對貞節觀的文人，例如：毛奇齡、錢泳、錢大昕等人。毛奇齡說：

> 自古無室女未婚而夫死守志之禮，即列代典制所以襃揚婦節者，亦並非室女未嫁而守志被旌之例，則直是先聖之禮，後王之制兩所不許者。〔註84〕

錢泳《履園叢話》卷二十三〈雜記上·改嫁〉說：

> 余謂宋以前不以改嫁爲非，宋以後則以改嫁爲恥，皆講道學者誤之。〔註85〕

錢大昕《潛研堂文集》卷八〈答問五〉說：

> 先儒戒寡婦之再嫁，以爲餓死事小、失節事大，予謂全一女子之名，其事小，得罪於父母兄弟，其事大，故父母兄弟不可乖，而妻則可去，去而更嫁，不謂之失節。〔註86〕

〔註83〕 以上見清·徐本、三泰等奉敕纂，清·劉統勳等續纂，《大清律例》，收錄清·紀昀等奉敕撰，《景印文淵閣四庫全書》，冊672，頁554。

〔註84〕 見清·毛奇齡著，〈禁室女守志殉死文〉，《西河文集》之二，收錄在國家清史編纂委員會編，《清代詩文集彙編》，冊88，頁343。

〔註85〕 見錢泳著，《履園叢話》，收錄在《續修四庫全書》編纂委員會編，《續修四庫全書·子部·雜家類》，冊1139，頁343。

〔註86〕 見清·錢大昕著，《潛研堂文集》（台北：台灣商務印書館，1967年，台2版），冊1，頁72。

對此，杜芳琴說：

> 明清兩代盛行的以明代尚死烈清代倡守節爲特徵的要求婦女接受的
> 貞節道德，主要是出於齊家治國的倫理需要，而不是由於對人欲特
> 別是婦女欲望的控制。國家、社會、家庭共同在貞節道德方面塑造
> 婦女，婦女也在接受塑造、適應需要而犧牲自己以成全家國。〔註87〕

在這樣兩種觀念的激盪之下，重視貞節而主張守寡，與反對貞節主張再嫁，使得清代的婦女有更多的抉擇。

　　陳東原《中國婦女生活史》一書闡述了貞節觀由漢至清代的演變，並將中國婦女史解讀爲一部婦女受壓迫的歷史。對此，西方漢學家高彥頤（Dorothy Ko）提出不同見解，他認爲：

> 受害的『封建』女性形象之所以根深蒂固，在某種程度上是出自一
> 種分析上的混淆，即錯誤地將標準的規定視爲經歷過的現實，這種
> 混淆的出現，是因缺乏某種歷史性的考察，即從女性自身的視角來
> 考察其所處的世界。〔註88〕

董家遵將各朝代之節烈婦女作一數量統計，提出宋代是強化中國節烈觀念的關鍵朝代。〔註89〕王傳滿〈明清節烈婦女問題研究綜述〉一文，針對明清的貞節觀念、節烈的旌表制度、貞節教育、節烈婦女的行爲、區域節烈婦女等五點，將各家說法作一論述整理，他認爲明清婦女研究在研究理念及領域的拓展、研究方法的更新，取得不凡成就，但在材料和觀點上呈現了脫節，史料的挖掘和對婦女實際生活的關注是不足的。〔註90〕宋清秀認爲學者站在婚姻的現代意義的角度，就將強迫寡婦守節或殉夫的表現視爲一種負面的作用是不夠全面的，更應該了解明清貞節制度其實具有正面的意義，「因爲貞節觀念在明清時期已經形成了一種完善的制度，包括政治上的旌表制度、等級上的規定以及在法律層面上保護節婦的措施等方面，它對女性在政治上、宗族

〔註87〕見杜芳琴著，〈明清貞節的特點及其原因〉，《山西師大學報（社會科學版)》，第 24 卷 4 期，1997 年 10 月，頁 45～46。

〔註88〕見〔美〕高彥頤（Dorothy Ko）著，李志生譯，《閨塾師──明末清初江南的才女文化》（南京：江蘇人民出版社，2005 年 1 月，第 1 版第 1 刷），頁 4。

〔註89〕見董家遵著，〈歷代節烈婦女的統計〉，收錄於鮑家麟編，《中國婦女史論集》，頁 111～117。

〔註90〕參見王傳滿著，〈明清節烈婦女問題研究綜述〉，《廣播電視大學學報》（哲學社會科學報），2008 年第 3 期，總第 146 期，頁 96～100。

內部、家庭中地位的提高有一定的積極意義。」〔註 91〕也就是說，並不能將明清婦女的節烈行為完全歸因於婦女受到宋儒的影響而備受情慾上的壓抑，從史料的挖掘及社會情形的分析，才能夠更客觀且全面地看待明清婦女節烈的行為及風氣。

推論寡婦守節、殉節的人數之所以在明清如此龐大，張彬村說：「這種風氣的流行決不是反映當時執著夫妻感情的婦女特別多，而是反映寡婦的其他選擇受到了前所未有的限制，使得一般並未執著於夫妻感情的寡婦比較難以不去守節或殉節；同時也反映寡婦的守節或殉節的選擇得到前所未有的方便，使得這種選擇容易被採行。限制主要是來自婚姻的遊戲規則的改變，方便則為明清人文環境的改變所造成。」〔註 92〕也就是說，明清兩代的寡婦之所以選擇守節，是因為環境因素，而不是因為夫妻感情較前代為佳。這個環境因素指的是一個適合守節的社會環境，「從十三世紀末起寡婦守節的風氣開始形成，以後愈演愈烈，在十九世紀達到最高峰。在這個時間的過程中，我們看到明清社會不斷地給寡婦守節創造出有利的人文環境：一方面是道德的說服，一方面是社會經濟條件的配合。……道德的說服來自兩方面：政府的提倡和民間的教化。社會經濟條件的配合主要表現在寡婦的救助和寡婦經濟機會的增加。」〔註 93〕也就是說，寡婦在明清兩代，有良好的救助及獲得經濟的機會，因此提高了她們守節的意願。「除了某些修正之外（例如收繼婚、公婆主婚權），明清時代大體繼承了蒙元時代的婚制，守節依然是符合寡婦利益的最適選擇。政府的提倡、民間的教化、經濟的變遷以及救助機構的設置，也替明清時代的寡婦創造前所未有的有利於守節的人文環境。在流風效應和道德壓力的作用下，寡婦守節的風氣不斷地自我強化，愈演愈烈地持續了六個世紀。」〔註 94〕由以上可以得知，明清兩代婦女守節，並不是因為夫妻更恩愛，也不是因為對於慾望的壓抑較大。

除了社會環境有利於守節之外，倫理制度及宗教因素，也是影響並造成

〔註91〕 見宋清秀著，〈試論明清時期貞節制度的積極意義〉，《中國典籍與文化》，2004年 3 月，頁 66～67。

〔註92〕 見張彬村著，〈明清時期寡婦守節的風氣──理性選擇（rational choice）的問題〉，《新史學》，10 卷 2 期，1999 年 6 月，頁 33～34。

〔註93〕 見張彬村著，〈明清時期寡婦守節的風氣──理性選擇（rational choice）的問題〉，《新史學》，10 卷 2 期，1999 年 6 月，頁 52～53。

〔註94〕 見張彬村著，〈明清時期寡婦守節的風氣──理性選擇（rational choice）的問題〉，《新史學》，10 卷 2 期，1999 年 6 月，頁 74。

明清兩代守節婦女人數較多的原因，「主流文化中理學的齊家正倫的需要，禮義廉恥忠孝節烈的道德提倡，既要求婦女擔負家庭倫理責任——事親盡孝、育子繼後，從而爲守節婦女提供了價值依據和道德標準，又爲她們輕生喪命增添了動力。越是接受儒文化較多的婦女節烈越堅定不移，可以作爲證據。在殉夫的勇氣與摯著上，佛教和道教的靈魂不滅、因果報應思想起了推波助瀾的作用，那些隨夫而去的婦女常在夫死後三七日之內殉命，就與當時的信仰與葬俗有關。」〔註95〕關於倫理制度方面，劉東超認爲「明清時期儒家價值觀展現出『僵化』、『求新』和『轉型』三種態勢。」〔註96〕他所謂的「僵化」是指明清時期的腐儒對於婦女所主張的守節；「求新」則是針對正面肯定情、欲，典型的代表人物爲李贄、湯顯祖，因此產生了一批寫男女之愛及情色的小說，前者如明末孟稱舜所作之《嬌紅記》，後者如《金瓶梅》、《肉蒲團》等情色小說。「轉型」則是指儒家在從僵化走向求新之路後，展現出走向近代及整合的最終歸趨。

以上所述，即爲明清兩代的貞節觀，以及爲何造成守節婦女人數眾多的原因。由於社會提供一良好環境，以及對於寡婦的照顧政策，遂使寡婦願意選擇以守寡終其一生，這無關乎對於情欲的限制與壓抑，純粹是個人一己之選擇，也因此造成明清兩代一股守節風潮，形成一個迥異於前朝的社會現象。

若將明清未婚、已婚的節烈婦女加以區分，則有未婚之貞女、烈女及已婚之節婦、烈婦之別。在明清地方志的記載中，可以看到已字而未婚之女性，替未婚夫守節而終身不嫁，稱爲「貞女」〔註97〕；或者未婚之女性在未婚夫死後，亦追隨地下，稱爲「烈女」。〔註98〕也可以發現，已婚之婦女在丈夫死

〔註95〕見杜芳琴著，〈明清貞節的特點及其原因〉，《山西師大學報（社會科學版）》，第24卷，第4期，1997年10月，頁46。

〔註96〕見劉東超著，〈明清時期儒家價值觀的嬗變〉，《江西社會科學》，2009年10期，頁120。

〔註97〕例如：「程貞女，東溪頭程廷選女，許字休邑溪西俞聰。聰作客在外，歿，女聞訃欲殉，母固止之。適不改適，守貞以終。」、「貞女江氏，旃坑江光兆女，幼許字本里吳天壽，壽飄蕩不歸，寄語他適，女封髮矢志，後壽客死，守貞以終。」、「鄭貞女，鄭乾女，許字詞坑王鴻璇，未歸璇歿，女聞訃，毀容變服，誓死不二，守貞終。」見清·馬步蟾修，夏鑾纂，《安徽省徽州府志·人物志·列女》，卷13之3，據清道光7年刊本影印，收錄在《中國方志叢書·華中地方·第235號》（台北：成文出版社，1975年，台1版），冊5，頁1512。

〔註98〕例如：明朝之「李烈女，休寧流口人，許字沱川余坡，將歸，坡卒。聞訃，女痛絕不食，母強起之，踰年，父母欲再許汪姓，遂自盡。」、清朝之「江富

後，選擇不再嫁，而寡居奉養舅姑、教養子女，稱爲「節婦」〔註 99〕；選擇
絕食或自盡方式以從夫於地下黃泉，〔註 100〕也有在面臨戰亂威逼到個人貞節
時，以激烈手段結束生命者，稱爲「烈婦」。〔註 101〕以上情形在明清史書及地
方志中屢見以〈列女傳〉的方式傳揚於後代。董家遵指出：「節婦只是犧牲幸
福或毀壞身體以維持她的貞操。而烈女則是犧牲生命或遭殺戮以保她底貞
潔。前者是『守志』。後者是『殉身』。」〔註 102〕除了一人殉節之外，明清尚
有集體殉節的情形發生，例如：趙吉士所編之《徽州府志》，卷十六〈列女〉
記載：

> 吾村汪鉅妻俞氏、妾宋氏，正德八年俱爲盜所獲，驅迫令前，俞知
> 不免，行經深潭，投水死；宋娩子方五日，亦抱子繼投死，詔建雙
> 烈坊。

> 碧桃康正諫爲和州學正，崇禎八年流賊破州城，與妻汪氏同投泮池
> 死，長子士亮妻章氏，早寡守節，隨任和州，亦赴井死。

國聘妻汪氏，江，旃坑人，氏，曉起人。未嫁夫歿，投河死。」、「汪尚祥未
婚妻詹氏，汪，鳳砂人，氏幼適汪門，未合巹，夫歿，哀慟絕粒以殉。」見
清・馬步蟾修，夏鑾纂，《安徽省徽州府志・人物志・列女》，卷 13 之 3，據
清道光 7 年刊本影印，收錄在《中國方志叢書・華中地方・第 235 號》，冊 5，
頁 1513。

〔註 99〕例如：「汪慶悅妻洪氏，夫歿，奉翁撫孤，守節終身。」、「詹瑞蓁妻汪氏，夫
歿，事姑撫子，盡勞盡瘁。」、「胡永鵲妻詹氏，胡，清華人，歿，氏清貧苦
節，孝敬翁姑，撫孤成立。」見清・馬步蟾修，夏鑾纂，《安徽省徽州府志・
人物志・列女》，卷 13 之 3，據清道光 7 年刊本影印，收錄在《中國方志叢
書・華中地方・第 235 號》，冊 5，頁 1518。

〔註 100〕例如：明朝之「江晁陽妻宋氏，江村人，夫歿，殉烈死。」；清朝之「吳永騰
繼妻汪氏，昌溪人，年十六于歸，孝嬬姑和妯娌。次年，夫客死臨清，氏候
櫬歸葬畢，懇伯姒奉養嬬姑，絕粒九日死。」、「胡象法妻馮氏，年十八于歸，
越七年，夫歿，絕粒十日以殉。」見清・馬步蟾修，夏鑾纂，《安徽省徽州府
志・人物志・列女》，卷 13 之 1，據清道光 7 年刊本影印，收錄在《中國方
志叢書・華中地方・第 235 號》，冊 5，頁 1387。

〔註 101〕例如：程廷域妻吳氏，「程，龍山人。氏，名淑英。夫歿，順治五年遇亂殉節。」；
王光範妻程氏，「王，中雲人，氏，名淑弟。順治己亥，寇至，夫戰歿，氏聞，
遂投火死。」；汪門雙烈，「諸生汪大有妾馮氏，夫亡與媳呂氏坐臥一小樓，
適亂兵至，恐被污，俱投繯死。」見清・馬步蟾修，夏鑾纂，《安徽省徽州府
志・人物志・列女》，卷 13 之 3，據清道光 7 年刊本影印，收錄在《中國方
志叢書・華中地方・第 235 號》，冊 5，頁 1510。

〔註 102〕見董家遵著，〈歷代節烈婦女的統計〉，載於鮑家麟編，《中國婦女史論集》，
頁 113。

> 程鈺妻畢氏，程鎰妻吳氏，妯娌也，順治五年，土賊焚劫，同赴火
> 死。〔註103〕

> 畢之英妻孫氏，南溪南人，己亥海寇起，逃兵四出，橫掠淫污，氏
> 為所獲，投井死，又一女躍身繼之。〔註104〕

關於明清女性殉節的情形，以徽州地區最為嚴重，趙吉士《寄園寄所寄》卷
上之〈鏡中寄・孝〉云：

> 新安烈節最多，一邑當他省之半。而休寧孝女胡壽英因兄亡，乃孝
> 養父母，終身不嫁，至六十而卒，葬二親側，尤稱奇女焉。〔註105〕

究其原因，可分成內因和外緣兩方面。大部分學者都論及外緣因素，而王傳
滿認為還應該探究其內因因素，也就是婦女本身的主體性，兩者綜合來看，
方能完整論述明清徽州婦女群體性的節烈行為。以下先敘述大多數學者所持
之外緣因素說法，其後再接續王傳滿之內因說法。

外緣方面，封建旌表制度、宋明理學、宗法制度、婦女社會經濟地位、〔註106〕
地理環境、徽商的推崇，〔註107〕以及戰亂、豪強流氓等暴力因素。〔註108〕
內因方面，王傳滿從主體性因素切入，認為明清婦女基於守護貞節、承擔家

〔註103〕以上兩則引文，見《安徽省徽州府志》，據清・丁廷楗修，趙吉士纂，清康熙
三十八年刊本影印，收錄在《中國方志叢書・華中地方・第237號》（台北：
成文出版社，1975年，台1版），冊7，頁2122～2123、2151、2182。

〔註104〕見清・馬步蟾修，夏鑾纂，《安徽省徽州府志・人物志・列女》，卷13之1，
據清道光7年刊本影印，收錄在《中國方志叢書・華中地方・第235號》，冊
5，頁1388。

〔註105〕見清・趙吉士著，《寄園寄所寄》（台北：文星書店，1965年1月，初版），
冊1，頁38。

〔註106〕以上參見周致元著，〈論明清徽州婦女節烈風氣的綜合動因〉，《徽州社會科
學》，1995年，第1～2期，頁76～79；周致元著，〈明清徽州婦女節烈風氣
探討〉，收錄於周紹泉、趙華富主編，《'95國際徽學學術討論會論文集》（合
肥：安徽大學出版，1997年10月，第1版第1刷），頁159～174。有關封建
旌表制度對於明清徽州婦女的影響，可參考王傳滿著，〈節烈旌表——明清徽
州節烈現象的重要因素〉，《阿壩師範高等專科學校學報》，第26卷4期，2009
年12月，頁61～64。

〔註107〕陳九如在封建旌表制度、宋明理學、宗法制度之外，再加上地理環境、徽商
的推崇兩因素。以上見陳九如著，〈明清徽州婦女節烈觀的成因〉，《淮南師範
學院學報》，第4期3卷（總第12期），2001年，頁44～45、114。

〔註108〕參見王傳滿著，〈明清時期戰亂等暴力因素與徽州節烈婦女〉，《寶雞文理學院
學報（社會科學版）》，第28卷6期，2008年12月，頁38～41。

庭重任、逃避困窘生活以及希望能名傳後世，使得貞節觀在徽州地區呈現宗教化的現象，徽州婦女在面臨夫死或被侵害的情況，群體性地表現爲守節養家，或以身殉節。〔註 109〕西方漢學家曼素恩（Susan Mann）則認爲「以清人的批評眼光看，寡婦殉夫其實更經常地是因絕望而不是受貞節的驅使。」〔註 110〕因此當遭逢這些壓力時，不論是經濟的困窘，抑或是爲了不被玷污貞節，多數人只能選擇走向自殺一途，殉節方式除了絕食、投繯上吊之外，還有投井或投水自盡者；而選擇全貞而寡居的孀婦，就得承擔侍奉舅姑、撫養子女的重責大任。

　　李停停在分析明清擬話本小說後指出：此時期擬話本小說大量出現貞女，深入探討此現象，可以看出明清貞節觀的變化。明代中後期的作者多爲落第文人，他們多站在儒家教化立場，所寫之貞女多半是爲了勸化人心；明清易代之際，由於時局動盪，小說中所出現的貞女，多半在爲了守貞而自殺時，會被神力所救；清代初期，由於統治階級提倡宋明理學，因此，貞女現象又回歸到說教、勸化目的，只不過與明代中後期不同的是，此時期的貞女形象缺少人情，顯得較爲不豐滿、不立體。〔註 111〕而貞節觀不僅會隨著時代之政治與文化而演變，同時也牽涉到話本小說創作者的寫作態度和個人的審美觀。〔註 112〕雖然小說爲作者之想像文本，無法以之印證真實史實，但文本觀點之孕育，可能來自於社會現實，亦可能影響了社會實踐。〔註 113〕以此觀諸《夢影緣》一書中的節烈情節，可以作爲作者對於社會現象的解讀，也可以藉此一窺作者內心之真意。

〔註 109〕參見王傳滿著，〈明清徽州婦女群體性節烈行爲之主體性因素探究〉，《山東科技大學學報（社會科學版）》，第 10 卷 5 期，2008 年 10 月，頁 64〜72。相同論述亦見於氏著，〈明清徽州婦女節烈行爲的主觀因素〉，《大連大學學報》，2009 年第 2 期，頁 14〜18。

〔註 110〕見〔美〕曼素恩（Susan Mann）著，定宜莊、顏宜葳譯，《綴珍錄：十八世紀及其前後的中國婦女》（南京：江蘇人民出版社，2005 年 1 月，第 1 版第 1 刷），頁 28。

〔註 111〕以上參見李停停著，〈芻議明清擬話本小說中的貞女形象〉，《淮北師範大學學報（哲學社會科學版）》，第 33 卷 2 期，2012 年 4 月，頁 75〜78。

〔註 112〕以上參見李停停著，〈從明清擬話本小說貞節烈女形象看明清貞節觀的變化〉，《湖南人文科技學院學報》，第 5 期，2012 年 10 月，頁 58〜62。

〔註 113〕此觀點來自於〔美〕艾梅蘭（Maram Epstein）著，羅琳譯，《競爭的話語——明清小說中的正統性、本真性及所生成之意義》（南京：江蘇人民出版社，2005 年 1 月，第 1 版第 1 刷），頁 2。

（二）《夢影緣》中的貞烈情節

　　《夢影緣》第三十回，十六歲的陶慧雲爲罹患飛災的通判之女開正心靈藥，「傳揚烈女神情話，凜凜生風氣蓋天，^那小姐頓然心自愧，渾身汗下病全捐。」〔註114〕此處陶慧雲對於通判之女所開之正心靈藥，正是傳揚節烈之鼓吹。陶慧雲本人對於節烈之堅持，在這一回以最激烈的行爲加以回應。浙江巡察使欲買陶慧雲爲妾，陶媼欲騙慧雲去莊公廟，慧雲說：「^況佛在心頭何待拜，^我心香一瓣日常燃。」〔註115〕陶媼怒罵，慧雲表明「終身但願依慈蔭」之念，後以術亡身。〔註116〕雖然，梁松友告訴浙江巡察使「壓良爲賤」萬萬不可，巡察使遂放棄娶慧雲爲妾的念頭，但爲時已晚。後來，陶泰截髮投野寺，陶媼誣慧雲有私行事，最後死於雷劈，額上砆書八字：「誣衊清貞，罪在不赦」，節度使馬公爲建「醫仙貞烈陶姑之墓」。〔註117〕陶慧雲所堅持的終身奉母，正是作者鄭澹若心中最大的願望，面臨即將成爲小妾的命運，她選擇以死來守護自己的堅貞，而陶媼終因污衊慧雲而遭雷劈的下場。從小說中節度使馬公爲其所建墓之題名，可見對於慧雲醫術之推崇，以及對於其貞烈行爲之肯定。

　　綜觀《夢影緣》一書中，諸媛之詩作顯現其貞、靜之情懷，〔註118〕林纖玉之詩作更是處處揭露其堅貞心志，例如：

> 湘簾半掩爐烟裊，深院無人自啼鳥。添香永晝寫黃庭，不管閒花落
> 多少。〔註119〕

此外，林纖玉所作〈明妃曲〉，著重在王昭君的堅貞心志，林武看了之後說：

> ^{歎明妃}清貞忠烈心如見，墓草青青志永堅，千載但誇傾國貌，投河殉
> 志事誰傳。^{寫出他}肝腸鐵石眞堪敬，^{寫出他}冰雪胸襟亦可憐，我欲呼其
> 泉下起，^{謝你這}知音異代替興懷。〔註120〕

林纖玉所作之梅花律詩兩首，〔註121〕顯露其孤高之志，茲引如下：

〔註114〕見清・囂下生著，《夢影緣》，卷3，第30回，頁53。
〔註115〕見清・囂下生著，《夢影緣》，卷3，第30回，頁54。
〔註116〕見清・囂下生著，《夢影緣》，卷3，第30回，頁55。
〔註117〕參見清・囂下生著，《夢影緣》，卷3，第30回，頁59。
〔註118〕見清・囂下生著，《夢影緣》，卷1，第9回，頁143。
〔註119〕見清・囂下生著，《夢影緣》，卷1，第12回，頁179。
〔註120〕見清・囂下生著，《夢影緣》，卷2，第21回，頁135。
〔註121〕見清・囂下生著，《夢影緣》，卷2，第26回，頁226。

離奇一樹在庭階，生趣悠然滿小齋。造就也知天有意，開來衹覺世無儕。冰霜煉骨香俱潔，水月傳神影亦佳。豈屑塵凡聯眷屬，孤山位置太詼諧。

吹噓端不藉東皇，先占春光獨自芳。清友來剛風雪夜，癯仙居稱水雲鄉。更無餘緒憐楊柳，那有閒情聘海棠。我愧酬君佳句少，負君詩債最難償。

另有詠羅浮之夢一詩：

羅浮夢裡春，回首成幻境。空山寂無人，孤月弄花影。〔註122〕

林纖玉不僅自我要求，在第十二回，寫林武夫人湘月相中婢女瓊笙，欲納她爲林武之妾，替林武生子以傳宗接代。纖玉對她告誡一番，針對此番言論，第十二回記載：

從來相法深難測，況相本從心屢改顏。豈必見長於美貌，女孩家端莊貞靜始堪觀。夫人深把卿憐愛，勸你但東丹心侍奉虔，主母主人如父母，漫將別念動於懷。緊守你貞心一片堅如石，莫放那春感秋悲作美談。你粗識詩書還敏慧，須先把清貞二字識來全。雖則你微嫌命比儂家薄，身價千金總一般。女子在閨何所憶，須索要心如止水不生瀾。願卿領略儂言語，持重莊嚴定改觀。還要你方寸時存方便念，昆蟲草木護當全。一絲一粟休輕覷，須體貼他人造就難。更莫拈針輕弄巧，把聖賢遺蹟綉巾衫。但能依我終無咎，須認心田是福田。〔註123〕

纖玉告誡丫鬟瓊笙要守貞、持重、護生，不要將聖賢字刺繡在巾衫上，並要她心存善念。林纖玉的這一番話，其實就是《夢影緣》一書的中心思想：貞、靜、護生、惜字以及重視心念的良善，發揚心孝。

爲了保持女性之貞，《夢影緣》一書中的女性生病不能招男醫治病，只能由女醫來醫治。在第十二回中，纖玉病重，瓊笙說：

若然女病遭男手，教死何如送死安。此臂污來何可涴，怎及似潔身瞑目入重泉。〔註124〕

這個傳統保守的觀念，有可能正是當時社會現象之一，爲了保持傳統男女之間的份際，以至於有此情形。關於貞節意識，鄭澹若在書中一直極力強調女

〔註122〕以上三首詩，見清・爨下生著，《夢影緣》，卷2，第26回，頁225。
〔註123〕見清・爨下生著，《夢影緣》，卷1，第12回，頁177～178。
〔註124〕見清・爨下生著，《夢影緣》，卷1，第12回，頁180。

子守貞，例如：

> 絕世無雙自此媛，^若不遇悲秋情種子，肯垂青眼顧凡才，孤貞獨抱
> 終無玷，比似文君自絕懸，女子守貞原合爾，^{我尤愛}蘭臺雅勝長卿懷。
>
> 〔註125〕

筆者以為除了是時代背景因素使然，也可以說正是她個人意識型態的投射，
同時，也與她出身仕宦家族有關。自小受到良好的家庭教育，深受儒家禮教
薰陶，重視女子守貞之事，在作品中表露無遺。

二、拒婚求道

《夢影緣》一書敘述十二花神受青帝之命降世，以佐羅浮仙君度親出世。
花神在小說中是常見的題材，常用來象徵女性之美貌及命運，從《詩經》至
《鏡花緣》、《紅樓夢》，有其演變承衍的痕跡。鄭澹若在設立小說的故事架構
時，是如何在先前的文學基礎上加以改變或承續花神謫凡的框架；花神回歸
天庭對女作家來說又代表著何種隱喻呢？又女作家們如何在作品中做著屬於
她們的求仙夢呢？以上幾個問題將是所要探討的重點，但本節將側重於女作
家們對於女性身分所受到的局限與嗟嘆，與想要永伴娘家父母這一點，而與
求道相關的宗教思想則於下一節討論。

（一）花神：花與女性的象喻系統

從《詩經》開始，中國抒情傳統中就有以花寫女性的表現手法，《詩經·
國風·桃夭篇》：「桃之夭夭，灼灼其華。之子于歸，宜其室家。」將女性比
擬作綻放的桃花，盛讚女性之美好，此種表現手法持續沿用，宋·釋惠洪《冷
齋詩話》指出：「前輩作花詩，多用美女比其狀。」〔註126〕可見此種表現方式
直至唐代仍然不輟，歐麗娟說：「而由詩歌旁及小說，諸如《鏡花緣》、《聊齋
誌異》等作品亦都可見花與美人互喻為說之現象，可見女性（尤其是美人）
與花朵相提並論的孿生現象已牢不可破。浸假至《紅樓夢》一書，其中所刻
劃的諸多女性，也在這樣悠久的抒情傳統下被納入到『人花一體』的表述系
統中。然而，花與女性的關係乃隨著文學家觀物擬人的心態與角度而出現迴

〔註125〕見清·霤下生著，《夢影緣》，卷1，第1回，頁17。
〔註126〕見宋·釋惠洪著，《冷齋夜話》，收錄在《叢書集成初編》（北京：中華書局，
　　　　1985年，北京新1版），冊2549，頁18。

然的差異。」〔註127〕吳光正認爲曹雪芹《紅樓夢》一書中,「賈寶玉詠花實際上就是詠群釵,群釵詠花實際上就是自詠,大觀園的花開花落也就成了群釵命運的象徵。」〔註128〕女性作家在處理花與女性的關係時,與男性作家是不同的,「雖然男性基於自身情色慾望的幻想在文學中首創了花與女性的結緣,但李清照卻是第一位在文學傳統中眞正實現具體化花與女性的關係,並且擺脫男子閨音的邏輯,創造女性現身說法的花文本的女性作家。」〔註129〕而此花文本才眞正進入以花來寄託女性的深刻寓意,而非早期僅以花來代指貌美之女性。〔註130〕

鄭澹若《夢影緣》一書寫青帝要羅浮仙君與以梅花神魁芳仙子爲首之十二花神下塵凡,助成羅浮仙君度脫父親莊淵出世並感化人心,使世人皆知莊淵之隱孝情懷。《夢影緣》開頭第一回:

> 本來世道人心壞,誰把綱常禮義談。巾幗之中無傑出,關雎風化最宜先。諸卿今向塵中去,^須廣勸凡人學古賢。^使江漢蘋蘩風再振,功成定召爾回天。〔註131〕

十二花神分別是梅花神及「芳蘭仙、碧桃女、牡丹貴客、芍藥娘、蓮君子、秋海棠神、桂郎君、菊處士、芙蓉娘子、黃梅媛、水仙子。」〔註132〕由赤帝親生之巫山女擔任總領花神一職,亦是絕世美顏,作者鄭澹若於敘述巫山女之美貌與玉潔冰清時,加入個人心聲:「^恨後世紛紛邪說廣,^{致使這}無瑕美玉受譏彈。」〔註133〕對於後世的誤解提出看法。數字在小說中有其秘密存在,數字在文學範疇中更是超越其本身的實存意義,例如:三、七、十二等。《夢影緣》與《鏡花緣》二書皆出現了十二花神,《紅樓夢》一書安排了十二金釵,同時,這十二金釵又有正冊及副冊暗示其命運起落。「十二」這個數字在文學上有什麼特殊寓意呢?歐麗娟根據葉舒憲、田大憲所著之《中國古代神祕數

〔註127〕見歐麗娟著,《紅樓夢人物立體論》(台北:里仁書局,2006年3月,初版),頁249。
〔註128〕見吳光正著,《神道設教:明清章回小說敘事的民族傳統》,頁20。
〔註129〕見張淑香著,〈典範、挪移、越界——李清照詞的「雙音言談」〉,收錄於廖蔚卿教授八十壽慶論文集編輯委員會編輯,《廖蔚卿教授八十壽慶論文集》(台北:里仁書局,2003年2月,初版),頁58~59。
〔註130〕參見歐麗娟著,《紅樓夢人物立體論》,頁250。
〔註131〕見清·囈下生著,《夢影緣》,卷1,第1回,頁2。
〔註132〕見清·囈下生著,《夢影緣》,卷1,第1回,頁3。
〔註133〕見清·囈下生著,《夢影緣》,卷1,第1回,頁4。

字》一書，指出：「……都可以看出『十二』這一數字乃是一個計時的尺度，建立在日月星辰之時空運行的天文現象上，而與神話思維具有內在的聯繫。」〔註134〕由於與天文現象、神話思維有關，此一數字被賦予神祕性，成為一種文化現象。《夢影緣》一書顯然是沿用中國古代十二花神之傳說，因此，「十二」是「十二個月」之意，與《紅樓夢》一書中的「高經十二丈」之意相同，姚小鷗、李陽則認為是屬於自然屬性的意義，而不是宗教信仰的意義。〔註135〕

關於花神的傳說，是由花卉經由人格化，再走向神格化的一個演變過程。「花神」可分為月令花神和總花神，月令花神分別代表十二個月，而總花神則是負責管理。十二花神是流傳於民間的說法，因此代表的花卉和人物有不同的版本，〔註136〕此外，花神不限定為女性，也有男性花神。會被選為女性花神者多半具有美貌，例如：楊貴妃、西施、王昭君、李夫人等。而被選為男性花神者，主要以愛花的文人雅士，有留下詠花名作之人，例如：李白、歐陽脩、周敦頤、陶淵明等；又或者因流傳與花相關之典故，而被選為花神，例如：林逋、董奉。另有男性花神不具備前所述之條件，但因其所表現之事蹟，展現了人們賦予花卉的高尚德行，因而也被選入花神，例如：戍衛邊疆的楊延昭；教子有功的竇禹鈞。因此，「花神形象的變遷是一個由神話形象演變為生活形象、由少至多的變化過程，而所對應的花卉種類，也由籠統的『百花』，逐漸具體化為幾種傳統名花、十二月令花卉，乃至於種類更多的深受廣大人民群眾所喜愛的花卉。」〔註137〕廖明君則認為在原始先民的生殖崇拜文化中，植物的花被認為除了美感欣賞外，又象徵著延續生命力的展現。〔註138〕因此，十二花神的信仰「始自萬物有靈的觀念，或是自然崇拜、精靈信仰，再加上一些早早深植於中華民族內心深處的觀念（如各司其職、生生不息

〔註134〕見歐麗娟著，《紅樓夢人物立體論》，頁201。

〔註135〕參見姚小鷗、李陽著，〈《牡丹亭》「十二花神」考〉，《文化遺產》，2011年第4期，頁19。

〔註136〕民間所流傳的十二花神版本之整理表格，見李菁博、許興、程煒著，〈花神文化和花朝節傳統的興衰與保護〉，《北京林業大學學報（社會科學版）》，第11卷3期，2012年9月，頁58。

〔註137〕見李菁博、許興、程煒著，〈花神文化和花朝節傳統的興衰與保護〉，《北京林業大學學報（社會科學版）》，第11卷3期，2012年9月，頁59。

〔註138〕參見廖明君著，《生殖崇拜的文化解讀（插圖本）》（南寧：廣西人民出版社，2006年10月，第1版第1刷），頁215。

等）。」〔註139〕花便成為與「生命」相關的符號。〔註140〕

「花神」的登場，增添了小說作品的浪漫色彩，例如：《鏡花緣》以百花隱喻百位才女，日後武后開女科，描寫百位才女入朝參與政事的故事；《聊齋誌異》一書〈葛巾〉、〈香玉〉兩篇是描寫花神與書生所展開的愛情故事。而湯顯祖《牡丹亭》中〈驚夢〉一折，「在虛幻和理想相結合的夢境中成全杜麗娘姻緣的不是才子中狀元之類的世俗力量，也不是金童玉女式的上天旨意，而是由於作者別出心裁所虛構的花神的助力。」〔註141〕花神在《牡丹亭》中成為推動愛情的助力，是使有情人終成眷屬的助成者，更是使杜麗娘這一位「有情之人」，〔註142〕在夢中實現追求愛情的強烈渴望，「花符號的生殖本質象徵著杜、柳二人的重生，是美好生命力的昭示和彰顯。」〔註143〕因此，花神是使杜麗娘再度獲得重生的重要力量。《紅樓夢》第七十八回寫到晴雯死後，成了芙蓉花神，賈寶玉替她作了《芙蓉女兒誄》。從第一百回開始，歷經第一百零二回、一百零四回、一百零八回、一百零九回等，頻繁出現林黛玉有可能是天界仙女的猜測，第一百一十六回林黛玉便以花神身分出現，而且是與晴雯一樣，都是芙蓉花神。日・合山究認為《紅樓夢》一書對於花神的架構安排是「天界的仙女降凡為世上的美女，她們在備嘗種種悲歡離合和艱難苦辛之後，最終又返回天界。」〔註144〕是以天界仙女下凡為塵世薄命佳人的模式展開的。

相較於此，《夢影緣》中的花神，不具有催化愛情的效力，反而是上天派來重振蘋蘩的代表，由十二花神降凡的女性，在小說中雖具花之美貌與德行，也都各具才能，但每一位都不似先前的小說作品所安排的女性那樣，對愛情

〔註139〕見鄭芷芸著，《中國花神信仰及其相關傳說之研究》，台北：國立台北大學民俗藝術研究所碩士論文，2008 年，頁 42。

〔註140〕參見鄭芷芸著，《中國花神信仰及其相關傳說之研究》，台北：國立台北大學民俗藝術研究所碩士論文，2008 年，頁 68～69。

〔註141〕見徐朔方著，《湯顯祖評傳》，收錄在匡亞明主編，《中國思想家評傳叢書》（南京：南京大學出版社，2001 年 6 月，第 1 版第 2 次印刷），冊 131，頁 33。

〔註142〕見明・湯顯祖著，〈牡丹亭記題詞〉：「如麗娘者，乃可謂之有情人耳。情不知所起，一往而深，生者可以死，死可以生。生而不可與死，死而不可復生者，皆非情之至也。」收錄在洪北江主編，《湯顯祖集》（台北：洪氏出版社，1975年，初版），冊 2，頁 1093。

〔註143〕見姚小鷗、李陽著，〈《牡丹亭》「十二花神」考〉，《文化遺產》，2011 年第 4期，頁 21。

〔註144〕見〔日〕合山究著，陳曦鐘譯，〈《紅樓夢》與花〉，《紅樓夢學刊》，2001 年第 2 輯，頁 129。

充滿渴望，相反地，這群具有婦才、婦德、婦容的女子卻一心求道，不願進入婚姻，最後一個個功成返天。雖然這些小說作品都將花神降世為美女，也都必須在塵世間經歷一個過程，但《夢影緣》一書賦予十二位佳人不同的才能，不僅只是容貌美而已，這自然是與清代對於女子才德之品評取向有極大的關係。

（二）「何苦人間作女孩」──女性的求仙夢

清代女作家群的集體無意識，不論是詩或小說，都表現出對於求仙的熱切，被視為閨閣之音的彈詞小說亦是如此。《筆生花》中的謝雪仙，選擇獨身不嫁，立志求道修行，終於飛昇登天。謝雪仙的不婚選擇，違逆了封建社會中對於女大當嫁的安排，但對於苦於婦職的邱心如來說，或許這也提供了一個解脫的方式。以此觀諸《夢影緣》一書，鄭澹若筆下的十二花神，全部都未婚而死，不必進入婚姻，當然就沒有所謂婦職的牽絆。她們與莊夢玉成為童真之偶，不必承受傳統傳宗接代的責任，兩家父母同歸天上，也就沒有世間女子出嫁後所必須面對的與家人分離的痛楚。可以說，鄭澹若為女性安排了一個最理想的婚姻方式，替女性消除了傳統婦職的侷限。對她而言，女性的這個角色多少帶有一點束縛，第一回回首云：

> 我亦久思遺世事，隱名遁跡入深山。偏教身困於巾幗，義在難行祇歎嗟。看得破來逃不過，總難脫此一重圈。層層魔障消難淨，冰雪為懷只自憐。〔註145〕

第十六回回末云：

> 兩字達觀原易易，只愁跳出此圈難。徒然看透人間世，肯放登場傀儡間。石火光中聊碌碌，本來豈有入山緣。^恨蒼蒼困我於巾幗，^{更不}合時宜處世難。〔註146〕

從以上兩則引文可以看出，鄭澹若對於身困於巾幗的無奈，以及因為身分而無法入山修行的嗟嘆。其實，不獨鄭澹若受限於性別限制中，在其他女作家的作品中，也常常出現同樣的嗟嘆。舉例如下：

> 朱若樸：「每恨身屬女流」〔註147〕

〔註145〕見清・薲下生著，《夢影緣》，卷1，第1回，頁1。
〔註146〕見清・薲下生著，《夢影緣》，卷1，第16回，頁53。
〔註147〕清・朱若樸著，〈寄妹〉，見王秀琴編集，胡文楷選訂，《歷代名媛書簡》（上海：商務印書館，1941年，初版），頁11。

張昊：「自恨作女身」〔註148〕

袁棠：「堪嗟儂不是男兒」〔註149〕

管筠：「（汪端）每嘆曰：『身非男子，不能盡師門之誼，以為平生憾事。』」〔註150〕

與《夢影緣》同樣屬於彈詞小說發展史中期的李桂玉《榴花夢》，題詞之三云：

無端屈作女兒身，生未逢時志莫伸。滿紙雲烟隨筆起，不知誰是個中人。〔註151〕

乾隆時的才女王筠撰寫《繁華夢》傳奇，以發洩自己身列巾幗之恨，《繁華夢》卷上第二齣〈獨歎〉云：

閨閣沉埋十數年，不能身貴不能仙。讀書每羨班超志，把酒長吟李白篇。懷壯氣，欲沖天，木蘭崇嘏事無緣。玉堂金馬生無分，好把心事付夢詮。〔註152〕

對才女而言，女性這個身分使她們受到束縛限制，她們在這個封建體制裡企圖衝破藩籬，表達內心真正想法，在現實中，有女子以男性裝扮出現，例如〈顧英小傳〉：

（顧英）少慧，父安愛之，常被以男子服出揖親友，吐辭驚長者。

〔註153〕

但畢竟現實生活中有著太多的窠臼與困難，於是只好轉而以文學作品來發洩，因此作品中出現了一批女扮男裝的「擬男」風潮。例如：陳端生《再生緣》的孟麗君、邱心如《筆生花》的姜德華、吳藻（1799～1862）〔註154〕的

〔註148〕清‧張昊著，〈與五妹玉霄〉，見王秀琴編集，胡文楷選訂，《歷代名媛書簡》，頁13。

〔註149〕清‧袁棠著，〈寄香亭二兄〉，見氏著，《繡餘吟稿》，頁11b，收錄在清刻《隨園三十種》本。資料來源：McGill 與 Harvard 大學之「明清婦女著作網站」。（瀏覽日期：2013/11/09）

〔註150〕見管筠著，〈自然好學齋詩鈔序〉，收錄在胡曉明、彭國忠主編，《江南女性別集二編》（合肥：黃山書社，2010年11月，第1版第1刷），冊上，頁324。

〔註151〕見清‧李桂玉著，《榴花夢》（北京：中國文聯出版公司，1998年10月，第1版第1次印刷），冊1，頁13。

〔註152〕見清‧王筠著，《繁華夢》，收錄在華瑋編輯、點校，《明清婦女戲曲集》（台北：中央研究院中國文哲研究所，2003年7月，初版），頁33。

〔註153〕見清‧王昶著，《春融堂集》，卷65，收錄在《續修四庫全書》編纂委員會編，《續修四庫全書‧集部‧別集類》，冊1438，頁307。

〔註154〕其生卒年之資料，係根據 McGill 與 Harvard 大學之「明清婦女著作網站」。

雜劇《喬影》中的謝絮才等。吳藻本人對於女性的性別也有嘆惋之氣，根據清・梁紹壬〈花簾詞〉云：

> 作文士裝束，蓋寓「速變男兒」之意。〔註155〕

於是吳藻藉由雜劇《喬影》的謝絮才女扮男裝，「描出三生小影來」，〔註156〕以消此性別遺憾，被陳文述推崇爲「曠世嬋娟第一流」。〔註157〕鄭澹若曾有〈題吳蘋香女士《飲酒讀騷圖》〉一詩，詩云：

> 激楚聲聲木葉風，蛾眉色相本來空，懷沙多少無名淚，只在當筵一哭中。碧茝紅蘅寄怨深，賈生去後少知音，美人獨有千秋感，傾倒湘纍一片心。豪情奇氣凌今古，痛飲悲呼不諱狂，卻笑陳宮諸學士，競隨時世鬭新妝。翩翩裙屐自半神，刻翠裁紅著手春，我欲呼天天又醉，女蘿山鬼總愁人。畫餅何人負盛名，其間半是餤虛聲，凌雲才調凌雲志，合讓延陵女長卿。銅絃數闋寫烏絲，我亦臨風醉玉巵，他日倘從萍水憶，芎花香裏拜名師。〔註158〕

吳藻身著男裝飲酒、讀《離騷》之行爲，顯然本於六朝名士，《世說新語・任誕》記載王恭曾說：「名士不必須奇才。但使常得無事，痛飲酒，熟讀《離騷》，便可稱名士。」〔註159〕鄭澹若之題詩，表達出她對於吳藻凌雲才調的崇拜，其中「蛾眉色相本來空」一句，除了可以看出作者鄭澹若受佛家思想的影響之外，更點出她對於紅顏女子的悲歎。除了陶慧雲之外，《夢影緣》中的女子皆未婚、拒婚而死，這是他們全貞的終極表現，也因此，形成《夢影緣》一書的獨特現象。這些女子欲效法北宮之志，手段也極其激烈。例如：第五回描寫婢女采藼不願嫁給受祿作妾，而蕊香願意，采藼的心願便是效法北宮之志，而且對於死亡是毫不畏懼的。茲引如下：

網址：http://digital.library.mcgill.ca/mingqing/search/details-poet.php?poetID=199&showbio=&showanth=&showshihuaon=&language=ch。（瀏覽日期：2013/09/30）

〔註155〕見清・梁紹壬著，《兩般秋雨盦隨筆》，卷 2，收錄在《續修四庫全書》編纂委員會編，《續修四庫全書・子部・小說家類》，冊 1263，頁 45。

〔註156〕此爲歸懋儀〈喬影題辭〉，見蔡毅編著，《中國古典戲曲序跋彙編》（濟南：齊魯書社，1989 年 10 月，第 1 版第 1 刷），冊 2，頁 1134。

〔註157〕見蔡毅編著，《中國古典戲曲序跋彙編》，冊 2，頁 1131。

〔註158〕見清・丁申、丁丙輯，《國朝杭郡詩三輯》，卷 98，光緒十九年癸巳，1893，錢塘丁氏刻本，頁 4b～5a。

〔註159〕見南朝宋・劉義慶著，梁・劉孝標注，《世說新語》，冊下，收錄在王雲五主編，《國學基本叢書》（臺北：臺灣商務印書館，1968 年 9 月，臺 1 版），冊 142，頁 187。

白駒過隙光陰驟，已把人生富貴忘，早識離塵雙主意，^倘三山採藥
願從行。^昔北宮曾有嬰兒子，婢學夫人亦不妨，言盡於斯無別語，^請
恩深雙主共猜詳，若逢意外從相逼，^{敢求將}三尺龍泉賜我亡。〔註160〕

除了采蕁，其實書中對於不願出嫁、欲效北宮志一事反應最為激烈的，便是
女主角林纖玉，書中不斷頻繁地出現林纖玉對於永奉父母、不願出嫁的心意
表白。例如第十四回，當林武告知夫人，已與莊淵聯成絕妙姻緣時，鄭澹若
描寫林纖玉的反應：

將軍瞥見兒纖玉，兩淚盈盈已欲傾。〔註161〕

將軍又視嬌兒面，無限淒淒楚楚形，淚下如珠頻掩袖，低頭侍坐悄
無聲。〔註162〕

林武深知女兒抱持孤貞之心，但身為父親的他，不忍女兒「飄然一鶴獨蜚鳴」，
欲使纖玉與莊夢玉「^{聯一對}無雙鸞鳳永傳名」。〔註163〕又如第二十五回，纖玉
說：

母親慈念慮來全，^但謂他人父兒何肯，怎把重生二字談，今日將言
明稟告，此身畢世奉椿萱。

母親說：

生女終當歸別姓，^{誰望你}效他萊子永承歡，你言來非禮令人惱，勸爾
癡心趁早刪。〔註164〕

纖玉說：

^{懇雙親}垂念癡愚赤子心，惟願終身依膝下，桑田可變志難更，他年倘
遇疑難事，有妹堪承文婉名，此念藏胸今剖白，敢求天地廣施恩。

〔註165〕

纖玉之母抱持著傳統思想，認為生女終將他姓，女子不嫁為非禮之行為，但
在纖玉看來，只願終身在家奉養父母，不願出嫁。承上文，林武後來答應讓
纖玉守北宮貞，他要明白告訴莊淵此事，並打算取消林纖玉與莊夢玉兩人婚
事，若不能取消婚事，願以他女代嫁。第二十五回：

〔註160〕見清・囊下生著，《夢影緣》，卷1，第5回，頁71。
〔註161〕見清・囊下生著，《夢影緣》，卷2，第14回，頁8。
〔註162〕見清・囊下生著，《夢影緣》，卷2，第14回，頁9。
〔註163〕以上見清・囊下生著，《夢影緣》，卷2，第14回，頁8。
〔註164〕以上見清・囊下生著，《夢影緣》，卷2，第25回，頁208。
〔註165〕見清・囊下生著，《夢影緣》，卷2，第25回，頁212。

^{林素君}接木移花心已遂,桃僵李代計堪成,天生絕代傾城色,別有冰

清玉潔心,肯效鶼鶼雙比翼,願爲菜子永依親,承歡非獨斑衣戲,

思念還思度二人,第一流人心自異,^{笑煞那}紅顏鏡裡嘆青春。〔註166〕

以他女代嫁的情節,早在第十四回中就已經出現,當時林纖玉本欲以陶慧雲
代嫁,林纖玉心想:「^這一琴一劍終身定,更有何方挽救能。父母之心何可逆,
^{也難}曲意慰親心。忽然想入非非處,李代桃僵法可行。屬意慧雲陶氏妹,<sup>且待
我</sup>緩尋妙策告於親。」〔註167〕她將己意告知慧雲時,「纖碧聞言微一笑,回言
深感姊多情。自傷薄命難邀蔭。」〔註168〕林纖玉能體諒陶慧雲的心意,於是
轉而尋求蘇韻仙代嫁,韻仙亦不願,也想永侍父母,林武夫婦不同意,她欲
吞戒指自殺,林武於是決定,找莊夢玉談論此婚事。〔註169〕夢玉心想:纖玉
必歸莊門始可返天,因此他說若纖玉不嫁,亦不娶宋紉芳。夢玉於是假託陶
慧雲之名,寫了一書札請林武轉交纖玉,露出封套上「夢隱子手緘、碧華仙
友親啓」十一字,纖玉收到後立即撕毀,反應極爲激烈,「兩痕怒氣上眉尖,
一霎濃霜罩玉顏。膽敢以書傳入閨,^{可知道}閨中品行若何嚴,^{倚仗我}父親愛爾如
珍寶,竟向尊前自獻函。」〔註170〕待看到書函中露出莊夢玉爲救林武所上之
半幅陳情表血書,林纖玉受到感動,方才答應與莊夢玉之婚事。而另一位與
莊夢玉有婚約的宋紉芳,她也像林纖玉一樣,表明不願出嫁的心意。宋紉芳
點明莊淵父子孝順,接引雙親之事。在第十五回借題寓意表明不願出嫁之決
心,〔註171〕雖然宋曦夫人謝氏要宋紉芳遵守三從,但屈太夫人答應宋紉芳「許
女貞畢世傍椿萱」,〔註172〕宋紉芳欣喜拜謝。

　　《夢影緣》一書中的女性人物,雖然仍然有著傳統上對於女性的才德要
求,因此,書中依然流露出女子才德、才貌雙全的觀念,〔註173〕但仍然有與
作者鄭澹若的心聲相互呼應,試圖衝破傳統的女性,那便是女主角林纖玉,
她衝破體制,一再表達不婚的決定,在「婚」與「不婚」的衝突拉扯中堅持

〔註166〕見清・纍下生著,《夢影緣》,卷2,第25回,頁213。
〔註167〕見清・纍下生著,《夢影緣》,卷2,第14回,頁10～11。
〔註168〕見清・纍下生著,《夢影緣》,卷2,第14回,頁11。
〔註169〕參見清・纍下生著,《夢影緣》,卷3,第31回,頁97。
〔註170〕見清・纍下生著,《夢影緣》,卷3,第31回,頁99。
〔註171〕參見清・纍下生著,《夢影緣》,卷2,第15回,頁26～27。
〔註172〕見清・纍下生著,《夢影緣》,卷2,第15回,頁28。
〔註173〕「才德兩全」見《夢影緣》,卷1,第10回,頁145;「才貌雙全」見《夢影
　　　　緣》,卷1,第11回,頁160。

自我，曾經試圖找尋代嫁者而未能，最後只好與莊夢玉成爲童眞佳偶。

在閱讀《夢影緣》一書時，會發現人物的命名與《紅樓夢》一書有相似之處，兩書的男主角名中都帶有「玉」，《夢影緣》女主角林纖玉與《紅樓夢》林黛玉又僅差一字。米克・巴爾說：「當人物被賦予名字時，這就不僅確定其性別（作爲一條規則），而且還有其社會地位、籍貫，以及其他更多的東西。名字也可以是有目的的（motivated），可以與人物的某些特徵發生聯繫。」〔註174〕歐麗娟認爲：「事實上，這些名中帶玉的人物，都可以算是文學創作手法中的『隱性替身』（latent double），而且這些替身的複製所根據的乃是「重疊複製」（doubling by multiplication）的原則，也就是同一個概念由數個形體重複呈現。在全書中，與賈寶玉分享此一性靈世界的人，最主要的當然是林黛玉。」〔註175〕關於文學作品中的替身方式，劉紀蕙曾引用羅傑士（Robert Rogers）於其《文學中之替身》（A Psychoanalytical Study of the Double in Literature）一書，以佛洛依德解析夢中象徵符號時所用之區分方式，將文學作品中的替身手法分爲顯性替身和隱性替身。〔註176〕歐麗娟此處指出在解讀《紅樓夢》一書時，亦可將「double」一詞譯爲「重像」。〔註177〕根據以上說法來看《夢影緣》中的「歲寒三友」——莊夢玉、林纖玉、宋紉芳，三人之命名與《紅樓夢》有類似之處，《紅樓夢》一書中與賈寶玉分享性靈的並不是薛寶釵，而是同樣名中帶玉的林黛玉；而《夢影緣》中與莊夢玉最爲匹配，感情最篤者亦是名中帶玉的林纖玉，兩人自在天上時便是好友，只因並未投生在同一家成爲兄弟姊妹，因此林纖玉頗有微詞，再加上莊夢玉作畫以致於她失魂幾死，更加深林纖玉不願嫁與他的念頭。於此，可看出《夢影緣》一書對於《紅樓夢》一書的學習。

若對照鄭澹若的遭際，雖貴爲官宦千金，但丈夫早逝，對於年紀輕輕即守寡的她來說，是否對於婚姻家庭有了另一番的詮釋與見解，造成《夢影緣》一書出世思想非常濃厚，鮑震培說：「明清女性的出世思想的另一根源在於她

〔註174〕見〔荷〕米克・巴爾（Mieke Bal）著，譚君強譯，萬千校：《敘述學：敘事理論導論（第 2 版）》（Narratology：Introduction to the Theory of Narrative）（北京：中國社會科學出版社，2005 年 5 月，第 2 版第 2 次印刷），頁 145。

〔註175〕見歐麗娟著，《紅樓夢人物立體論》，頁 9。

〔註176〕參見劉紀蕙著，〈女性的複製：男性作家筆下二元化的象徵符號〉，《中外文學》，第 18 卷 1 期，1989 年 6 月，頁 118。

〔註177〕見歐麗娟著，《紅樓夢人物立體論》，頁 43。

們生存狀態的窘迫。現實對待女性苛刻、殘酷、不公平，她們苦難深重，而又無力改變這種現實，深感悲哀和絕望，轉而對仙界充滿無限的嚮往。」〔註178〕或許可以說這一本小說是她的心境投射，展現出她對於婚姻家庭束縛的掙脫。但值得注意的是，《夢影緣》中時時展現出對於父親的孺慕之情，推崇心孝的孝道觀，這看似矛盾的存在，其實透露出的正是作者最深層的幽微心意，筆者認為，作者鄭澹若對於原生家庭是極為眷念的，她時常懷想未出嫁前的歲月，包含家中詩社、聚會的歡樂場景，對於知心好友天涯四散感到傷懷，對於婚姻的不自由感到束縛，所以她亟欲掙脫的是婚姻，卻極度想回歸到父母膝下承歡的日子，因此，在作品中安排了天上和樂歡聚、女子不婚而死後得道升天的情節。

觀諸明清兩代，與作者鄭澹若同為寡婦身分的女作家，皆透過作品抒發對於婚姻及個人遭遇的苦悶。例如：紀映淮、薄少君、凌緒等人，以下分別將記載列出：

> 紀映淮，字冒綠，小字阿男，江蘇上元人，蘗子詩人妹，莒州諸生杜李妻也。壬午城破，夫被難，淮與姑先避深谷中，毀面覓食供姑得不死，身與六歲兒皆忍飢凍，柏舟三十餘年，以節孝旌閭。〔註179〕

> 薄少君，江蘇太倉人，沈君烈室，早寡，作悼凶詩百首，旋以身殉，見列朝詩閨集，而詞不多見，二闋練水徐汝言手授。〔註180〕

> 凌緒，字理之，江蘇華亭人，明經凌元舜女，適嘉定徐德輿，年二十四而寡，家素貧，遺孤僅四齡，斷機畫荻以教子。〔註181〕

寡婦女作家遭逢生命巨大之苦痛，在心靈上承受無盡之憂怖，有的寡婦女作家因承受不了，選擇以激烈方式結束生命，有的寡婦女作家將這份情緒在作品中發抒出來。她們在作品中想像飛昇成天的仙女，在仙界得以脫離現世的苦海。因此，若我們從心理層面去探究或推測作者安排書中女子飛昇的原因，或許可以說，這是女性對於婚姻的恐懼與排斥的反應。

筆者認為《夢影緣》表面上雖寫孝子求道故事，但實際上卻是女作家對於婚姻的思考。書中父權的失落、追尋父親的情節，正是出嫁的女兒對於父

〔註178〕見鮑震培著，《清代女作家彈詞研究》，頁 202。
〔註179〕見清・徐樹敏、錢岳同選，《眾香詞・射集》，頁 10。
〔註180〕見清・徐樹敏、錢岳同選，《眾香詞・御集》，頁 31。
〔註181〕見清・徐樹敏、錢岳同選，《眾香詞・御集》，頁 37。

親的思念；最後安排兩家同歸天界同享天倫，亦是作者對於出嫁的女兒最佳的慰藉。因此，此書可視爲代表世間出嫁女兒的心聲，尤其是缺少丈夫可以倚靠的寡婦的心聲。書中勸人要達觀，要看破聚散離合、生死富貴，其實亦是自我勸解之詞。陳寅恪說：「再生緣一書之主角爲孟麗君，故孟麗君之性格，即端生平日理想所寄託，遂於不自覺中，極力描繪，遂成爲己身之對鏡寫眞也。」〔註182〕如同《再生緣》之女主角孟麗君爲作者陳端生之翻版，鄭澹若亦將自身心緒投射於書中人物，因此，不能將《夢影緣》一書只看成是求道的小說，它所反應的正是身爲官宦千金的作者，在出嫁面臨喪夫經歷之後，對於人生的一種反省與對於原生家庭的回歸渴望。

第三節　宗教觀

　　承續上一節的拒婚求道思想，若從鄭澹若本人時常在書中流露宗教思維來看，她所寫的女子拒婚求道故事，是否就是從《香山寶卷》所得到的啟發？《香山寶卷》中描寫妙善公主拒婚求道，她說：

> 奴願今身至佛身，……一心要做出家人。……富貴難買生死路，莫令輕忽悞前程。忽地無常難可測，便應立志習修眞。……三塗地獄令人怕，誓不將身去嫁人。〔註183〕

《夢影緣》一書中的女子與妙善公主一樣，都有著拒婚求道不畏懼死亡的決心，這意味著作者深受佛教思想影響，但是妙善公主之後割股療親一行爲，則未被鄭澹若所認同，如前所述，她本人提倡的是心孝。由於作者鄭澹若「自身深受佛道思想影響，使這部彈詞小說成爲清代女性彈詞小說中少有的雜揉神仙類作品。」〔註184〕鄭澹若在《夢影緣》一書中，加入許多宗教性的元素，例如：神仙降世及返回天界、善書感應之說、因果輪迴等，這些構成了《夢影緣》這本小說的特殊語境。而這些宗教描寫透露出何種意義呢？吳光正曾針對明清章回小說不斷出現的宗教描寫進行研究，他指出：「明清章回小說中

〔註182〕見陳寅恪著，《論再生緣》（香港：友聯出版社，1959年6月，初版），頁77。
〔註183〕見中國宗教歷史文獻集成編纂委員會編纂，《民間寶卷》（合肥：黃山書社，2005年10月），冊10，頁166。
〔註184〕見胡麗心著，〈最後的盛宴：晚清前期女性彈詞小說的創作與探索〉，《內蒙古民族大學學報（社會科學版）》，第34卷2期，2008年3月，頁24。

的大量宗教描寫其實是為作者的藝術構思和哲理表達服務的。」〔註185〕以此觀諸《夢影緣》一書，似乎也有類似的表現意圖。其實，《夢影緣》之書名即已對讀者產生了暗示作用，胡曉真說：「小說的題名清楚指陳作者所受佛道思想的影響，然而，《夢影緣》的創作，其實另有一個特殊的思想框架。這個框架帶動了一連串的術語、經典、價值觀，乃至於意識形態，形成了一個完整的象徵語境，也引出了一個重要的文化傳統。小說人物的行動、情節的推展，無一不透過此一象徵語境的媒介而發生。《夢影緣》最重要的語境，當屬明清時代特別流行的善書文化以及連帶而來的求仙渴望。」〔註186〕觀諸明清兩代的戲曲、小說作品，書名與「夢」或「緣」相關的有：明代湯顯祖《臨川四夢》、李汝珍《鏡花緣》、張令儀《夢覺關》、陳端生《再生緣》、曹雪芹《紅樓夢》等書。

清代才女張令儀（1668～1752）更在其雜劇作品《夢覺關》之題辭中，闡述了戲曲與「夢」的關係，《蠹窗詩集》卷十四云：

> 蓋夢生於情，人孰無情，豈能無夢？……雖在夢中，不為夢所苦耳。其間顛顛倒倒，困殺多少英雄，空陷百世之迷途，誰識三生之覺路，良可悲夫！……吾願世之讀者，要當知夢幻泡影，水月空花，本來無著。佛經有云：「無我相，無眾生相，無受者相。四大本空，情生何處？」〔註187〕

雖然張令儀此段文字表述的是戲曲中「夢」的意涵，是與佛教相關，但卻能與《夢影緣》這本彈詞小說作一呼應，鄭澹若所命書名，可拆解為「夢」、「影」、「緣」三字或者「夢影」、「緣」兩組文字，〔註188〕佛教經典中對此有相關說明，《摩訶般若波羅蜜道行經》卷五〈分別品〉云：

> 諸法空，諸法無有，想諸法无有處，諸法無有識，諸法无所從生，諸法定，諸法如夢，諸法如一，諸法如幻，諸法無有邊，諸法无有，

〔註185〕 見吳光正著，《神道設教：明清章回小說敘事的民族傳統》（武漢：武漢大學出版社，2012 年 5 月，第 1 版第 1 次印刷），頁 24。

〔註186〕 見胡曉真著，《才女徹夜未眠——近代中國女性敘事文學的興起》，頁 318。

〔註187〕 見清・張令儀著，《蠹窗詩集》，冊 6，清雍正 2 年姚氏澄碧樓刻本，頁 21a～21b。現藏哈佛大學哈佛燕京圖書館，資料來源：古漢籍善本數位化資料庫。（2013/11/09 瀏覽）網址：http://140.109.137.15/rarebook/Search/Search/General.jsp

〔註188〕 「可知飲啄皆前定，夢影之緣怎得深？」見《夢影緣》，卷 3，第 30 回，頁 83。

是皆等無有異。〔註189〕

《金剛般若波羅蜜經集註》亦云：

一切有爲法，如夢幻泡影，如露亦如電，應作如是觀。〔註190〕

又李文會曰：

一切有爲法者，生老病死，貧富貴賤，……皆是妄心起滅有爲之法

也，如夢幻泡影，不得久長。〔註191〕

不論是何者拆解方式，佛經中的「夢」和「影」皆指向「虛幻」之意，而「緣」
字則指涉人生聚散之因緣，佛教認爲世間萬事、萬物的變化皆指向「空」，所
謂「四大皆空」，「從因緣聚散變化的角度對人生虛幻本質的揭示，是佛教的
人生哲學最深刻的地方之一。」〔註192〕由此看來，鄭澹若命此名之背後意涵，
顯示了她對於人生短暫、虛無的看法，揭露了她的人生觀，與張令儀所言世
事皆如夢幻泡影、水月空花，在意義上是一致的。《夢影緣》第一回云：

^{歎人生}窮通天壽難參理，離合悲歡莫究緣。世界大千空復爾，春光九

十豈長鮮。秋風容易斑雙鬢，人壽焉能享百年。那及仙家常快樂，

遨遊三島十州間。……我亦久思遺世事，隱名遁跡入深山。偏教身

困於巾幗，義在難行祇歎嗟。看得破來逃不過，總難脫此一重圈。

層層魔障消難淨，冰雪爲懷只自憐。何者堪爲消遣法，且搖柔翰作

新編。〔註193〕

正如她在小說中所指出，人生因緣聚散、壽命長短皆是前定，對於這些冥冥
定數，她一再強調要達觀看待，方能拋開運命前定的無奈感。本章欲透過小
說中的謫凡框架、善書感應、因果輪迴的討論，透過與其他小說作品作一個
橫向及縱向的比較，了解作者鄭澹若的宗教觀念，藉此與作者本人的生命際
遇作一連結，以驗證小說作品在某個層次上可說是作者心靈的述說。

〔註189〕見後漢・沙門支婁迦讖譯，《摩訶般若波羅蜜道行經・分別品》，收錄在中華
大藏經編輯局編，《中華大藏經（漢文部分）》（北京：中華書局，1985 年 5
月，上海第 1 版第 1 刷），冊 7，頁 945。

〔註190〕見明・朱棣集注，《金剛般若波羅蜜經集註》（台北：文津出版社，1986 年 7
月，初版），頁 287。

〔註191〕見明・朱棣集注，《金剛般若波羅蜜經集註》，頁 290。

〔註192〕見祁志祥著，《佛學與中國文化》（上海：學林出版社，2000 年 12 月，第 1
版第 1 刷），頁 2。

〔註193〕見清・餐下生著，《夢影緣》，卷 1，第 1 回，頁 1。

一、善書及感應

　　魯迅曾說：「以意度之，則俗文之興，當由兩端，一為娛心，一為勸善，而尤以勸善為大宗。」〔註194〕雖然這一番話是針對宋話本而言，但在閱讀《夢影緣》一書時，卻可發現它亦是一本以宣揚忠孝精神、勸善為主旨的彈詞小說，全書充滿善書的相關經典敘述，例如：《太上感應篇》、功過格、文昌信仰等。這樣的現象並未見於其他本彈詞小說作品，其他彈詞作品多半描寫家庭生活，並未如《夢影緣》一書，似乎以另一番新語境企圖營造勸善氛圍，胡曉真說：「《夢影緣》最重要的語境，當數明清時代特別流行的善書文化以及連帶而來的求仙渴望。」〔註195〕的確，書中以善書之內容，規勸眾人修德行善以積累福份，進而得以升天。這樣的概念，不僅是當時社會觀念的反映，也有可能是作者本人思想的展現。本節所欲討論的便是形成善書現象的時代背景究竟為何？另外，書中的勸善觀念又有哪些具體的實踐呢？這些具體的實踐行為又形成哪些文化現象呢？以上便是本節所欲撰寫的理路脈絡，希望藉由本節的析論，能夠使小說內容所反映出的文化現象更加明晰。

（一）《夢影緣》中的善書描寫

　　《夢影緣》一書提及的善書敘述分別有：《太上感應篇》、功過格、《文昌帝君陰騭文》、《關王覺世真經》等。透過善書的勸善思想引導，以及功過格、文昌信仰、惜字風俗的提倡，實踐這些善書中所規定之善行，以便得福，並進而庇佑後代子孫。例如：書中第五回出現行善會有功名的記載：

　　　　季華笑道談何易，^{固然是}伯父持家事事能，積善行仁三四代，自應白

　　　　戶出公卿。^但其間細事難全察，未必全能格帝心，若是母親心不信，

　　　　定然旦夕有新聞。〔註196〕

積善行仁之人，將使後代子孫獲得功名，這固然帶有功利思想的成份，但不可否認，的確對於廣大的平民階層而言，是莫大的鼓舞與動力來源，因此在小說中多處宣揚此種思想，勸民眾遵循善書中的善行，以使福澤恩及後代子孫，也許是獲得功名，也許是獲得錢財，更甚者，行善將能延年長壽進而登

〔註194〕見魯迅著，《魯迅全集》（北京：人民文學出版社，1989年，北京第1版第4
　　　　次印刷），卷9，頁110。

〔註195〕見胡曉真著，〈凝滯與分裂——女性的仙山世界〉，收錄於《才女徹夜未眠—
　　　　—近代中國女性敘事文學的興起》，頁318。

〔註196〕見清‧餐下生著，《夢影緣》，卷1，第5回，頁75。

仙。為一窺小說中的善書現象，以下擬分成善書、功過格及文昌信仰、惜字四方面來論述：

1. 善書

《夢影緣》第九回，莊淵之二姊丈屠冀福說起前年妻子病重時，為她誦念善書《本願經》卻反而病情加重，經岳父指點必須由外孫來誦念，果然有效而痊癒之事。但不知道為何岳父病重時，替他到廟中磕頭念經卻越發病重？屠冀福對於此情形，深表不解。莊淵說：

> 固然姊丈誦經虔，^但徒然口誦心無念，怎得精誠上格天。^{須要你}細細
> 參觀文帝意，^{須要你}行行字字用心觀，^{須要你}遵依聖訓全無跡，^{須要你}
> 中夜捫心自勵懷，^{平日間}言行全能無點謬，但行善事不論財，持經那
> 比愚僧道，^{豈要你}信口叨叨誦聖言，^{若不}心體力行徒口誦，反生罪孽
> 戒除難。〔註197〕

莊淵提點二姊丈，口誦之餘更要化為實際行動，在日常生活中身體力行，遵循聖言訓示，方能精誠感天。除此之外，婢女秋棠在鼓勵惡人胡稠之妻胡吉氏自盡成為烈婦之後，莊淵「念爾癡心情曲至，^{我授你}梓潼本願一經篇，^但虔誠持誦終能驗，隨爾祈求能總諧。」〔註198〕但林武對此不以為然，他認為傳經雖是美意，但化俗為難，世人恐將之誤解為釋道教，無法體會聖賢之意。莊淵說：

> ^{須知道}同心三教總無偏，從來孝子方成佛，惟有仁人始作仙。無奈世
> 人不達理，^{但只曉}燒香念佛眾斯顛，^{你可知}普陀大士何功行，證果西方
> 極樂天。〔註199〕

秋棠後來改名為倩兒，〔註200〕林纖玉看倩兒終日誦經，說出她的看法：

> ^{須知道誦}經要字字詳其理，參破真如始可言，^你勵節酬恩何等志，迥
> 然高出萬裙釵，^但也非絕等聰明者，^{也難能}最上之乘緊著鞭，豈得全
> 知精妙旨，^{只效那}俗人持誦太難堪，^你心間私念濃雖曉，^也未便輕輕
> 啟口談，^你義篤鶼鶼心似石，^{是何難}幽冥感格動神天，^{只辦取}至誠一點
> 當空禱，豈有蒼天不見憐，慎勿誦經趨習俗。〔註201〕

〔註197〕見清·囊下生著，《夢影緣》，卷1，第9回，頁132。
〔註198〕見清·囊下生著，《夢影緣》，卷2，第20回，頁112。
〔註199〕見清·囊下生著，《夢影緣》，卷2，第20回，頁112。
〔註200〕見清·囊下生著，《夢影緣》，卷2，第20回，頁117。
〔註201〕見清·囊下生著，《夢影緣》，卷2，第20回，頁120。

林纖玉同樣提到誦經時要保有誠心，千萬不要隨俗盲從，若是至誠默禱，參破真如，才是達到最高境界。以上兩例，都見到作者於小說中直接提到善書《本願經》。

2. 功過格

《夢影緣》第九回，莊淵勸屠冀福行功過格：

^{只勸你}扶危濟困休圖報，捨藥施財莫論錢，損己益人心勿悔，恕人責己意無偏，力行感應篇中事，謹奉文昌武帝言，念念不存凶惡意，時時但勵義仁言，^{保你}真經一誦天神降，凡有祈求總自來。〔註202〕

第二十一回，林武對莊淵說：

^你慣以胡言取笑人，未免也愁傷口德，^{恐誤你}三千功行莫蜚升。墨亭答道何妨礙，戲語難招上帝嗔，功過格中無此款，^也不能破例爲將軍。〔註203〕

此則非常清楚地說明功過格的最終目的，人們依照功過格中的規定來施行，也依照功過格書中的規定計算功過得失，來決定可得福報之多寡，而最終是以登仙爲最終目標。

3. 文昌信仰

莊夢玉做兩個夢，夢境一：要他「功成方可此中來」、「萬里前程須努力，毋貽後悔誤仙緣。」〔註204〕夢境二：文昌帝君要莊夢玉讓賢給一位父親惜字、勸薄俗的青州人，即狀元王曾。於是，科舉結果是宋璨得了榜眼，莊夢玉得到探花。〔註205〕

文昌星的信仰起源於先秦，本爲星官之名，屈原《楚辭·遠游》卷五：「後文昌使掌行兮，選蜀眾神以並轂。」〔註206〕司馬遷《史記·天官書》：「斗魁戴匡六星曰文昌宮：一曰上將，二曰次將，三曰貴相，四曰司命，五曰司中，六曰司祿。」〔註207〕司馬貞《索隱》解曰：「《春秋元命苞》曰：上將建威武，

〔註202〕見清·囊下生著，《夢影緣》，卷1，第9回，頁132。
〔註203〕見清·囊下生著，《夢影緣》，卷2，第21回，頁124。
〔註204〕見清·囊下生著，《夢影緣》，卷3，第28回，頁5。
〔註205〕見清·囊下生著，《夢影緣》，卷3，第28回，頁5。
〔註206〕見宋·朱熹著，《楚辭集註》（台北：華正書局，1974年7月，台1版），頁208。
〔註207〕見漢·司馬遷著，《史記（附考證）》（台北：台灣中華書局，1966年3月，台1版），冊4，頁3a～3b。

次將正左右，貴相理文緒，司祿賞功進士，司命主老幼，司災主災咎也。」
〔註208〕《隋書》卷十九〈志十四・天文上〉：「文昌六星，在北斗魁前，天之
六府也，主集計天道。」〔註209〕孔令宏認為「魏晉以前，民間對文昌的信仰
主題是側重『司命』；隋唐科舉制度實施後，人們開始看重文昌宮第三星『貴
相理文緒』和第六星『司祿賞功進士』的職能，逐漸把它們視為『文壇之星』、
『科舉之神』。」〔註210〕

　　梓潼神的信仰起源於東晉，〔註211〕認為雷神是梓潼神的最初形象依托，
此說見於東晉常璩《華陽國志・漢中志》卷二所載「梓潼縣」的資料；亦有
另外一說，梓潼神是晉代一位名為張惡子的蛇神。

　　關於第一種梓潼神是雷神的說法，龍吟認為「梓潼七曲山神廟最初為雷
神廟」的說法是可信的，其後論述了梓潼神之名由「張惡子」到「張亞子」
的演變過程。關於第二種梓潼神為蛇神的說法，梁其姿說：「傳說中這個蛇神
在四川地區屢次以顯靈方式幫助不同帝皇立國或平亂，到了唐後期梓潼地方
人開始建立張相公廟，唐朝政府甚至封這個神為濟順王，北宋時再被封為英
顯王。」〔註212〕

　　至於梓潼神成為道教神祇之一是唐末以後的事，關於道教選擇梓潼神加
以包裝、神化的原因，龍吟認為是基於梓潼神早已納入道教神系、梓潼縣為
梓林發祥之地、又有靈應顯現而受士子歡迎，因此道教利用民間文學、神諭、
降筆等方式，將張亞子的身世加以神化，並將他衍化為忠孝仁義之士、文豪
及思想家，逐步提升張亞子的神權地位。〔註213〕根據林中麟〈修建文昌祠碑
記〉：「梓潼報母之讎則孝，仕而戰沒則忠。忠孝彰彰，在人耳目，橫天塞地，

〔註208〕見漢・司馬遷著，《史記（附考證）》，冊4，頁1b。

〔註209〕見唐・魏徵等著，清・楊守敬考證，清・錢大昕考異，《隋書》，頁284。

〔註210〕見孔令宏著，〈從文昌信仰看道教的文化哲學及其意義〉，《杭州師範學院學報
　　　　（社會科學版）》，第6期，2006年11月，頁12。

〔註211〕關於梓潼神之研究，可參考景志明、張澤洪著，〈中國民間信仰中的梓潼神〉
　　　　以及蔣宗福著，〈梓潼文昌帝君靈應故事輯考〉，兩篇論文均收錄於項楚編，《中
　　　　國俗文化研究》第四輯，頁91～102、103～112。

〔註212〕見梁其姿著，《施善與教化：明清的慈善組織》（台北：聯經出版社，1997年，
　　　　初版），頁133。

〔註213〕參見龍吟著，〈文昌信仰源流與文昌文化〉，《中華文化論壇》，1996年第2期，
　　　　頁52～56。馮珺亦有提及梓潼神之最初起源為雷神，見馮珺，〈論文昌信仰
　　　　的起源〉，《北方文學》，2012年第8期，頁228。

萬載不磨。天下後世，曉然知有忠孝，不至晦盲錮蔽，皆有以倡明之。」〔註214〕
夏紅梅、朱亞輝認爲是因爲張亞子的生平，「他爲母報仇、爲國獻身，這種忠
孝兼顧的行爲是很合統治者的心意的。」〔註215〕於是，梓潼神取代了文昌星，
〔註216〕或有另一種說法，元政府於延佑元年（1314）恢復科舉考試，兩年後，
將梓潼神正式冊封爲輔元文昌司祿宏仁帝君。梓潼神與文昌星合流，成爲了
後代的文昌帝君，受到士子的普遍供奉。《道藏》的《清河內傳》一書，相傳
是由梓潼神降筆所寫成，書中歷敘梓潼掌握科舉考試及各代之顯化情形。

　　龍吟認爲文昌信仰形成了文昌文化，文昌文化「淡化『修道成仙』之說，
而代之以『學而優則仕』、『爲國救民』的人生理想追求；文昌文化主張苦讀
寒窗、題名金榜的同時，又宣揚功名、祿位是神主宰和富貴在天，積善可以
中舉入仕等說教。……脫胎於道教文化，富有儒家特色，融有佛教意蘊。」
〔註217〕梓潼神由地方神演變爲國家層次的神祇；也由傳說爲蛇神或雷神演變
成爲掌管科舉文運的神祇。

　　雖然文昌信仰在明代受到了反對與排擠，明政府甚至在弘治元年（1488）
下令拆毀文昌祠、取消文昌帝君的封號，但是明中葉的文人間卻頗爲流行陰
騭思想，也就是以文昌帝君爲中心的善書信仰。「陰騭」一詞出自《尚書正義·
洪範》：「惟天陰騭下民，相協厥居。」〔註218〕本意表明天不言而默定人民，
後引申爲默默行善的德行，亦作「陰德」。道教中有《文昌帝君陰騭文》，簡
稱爲《陰騭文》，即勸人要多積陰功陰德，這樣就會得到暗中庇佑。根據日人
酒井忠夫研究指出，現存最早之陰騭文爲《丹桂籍》一書，此書是由1454年
進士及第的松江人顏廷表所編，他在書中表明士子若要高中科舉，就必須行

〔註214〕林中麟著，〈修建文昌祠碑記〉，見龍顯昭、黃海德主編，《巴蜀道教碑文集成》
　　　　（成都：四川大學出版社，1997年12月，第1版第1刷），頁340。
〔註215〕見夏紅梅、朱亞輝，〈文昌信仰與孝道文化的完善〉，《洛陽師範學院學報》，
　　　　2005年第1期，頁96。
〔註216〕梓潼神並非順利取代文昌星，明弘治元年曾有反對聲音出現，據《明史》卷
　　　　五十〈志第二十六·禮四〉：「夫梓潼顯靈於蜀，廟食其地爲宜。文昌六星與
　　　　之無涉，宜敕罷免。其祠在天下學校者，俱令拆毀。」見清·張廷玉等著，《明
　　　　史》，冊5，頁1308。
〔註217〕見龍吟著，〈文昌信仰源流與文昌文化〉，《中華文化論壇》，1996年第2期，
　　　　頁58。
〔註218〕見漢·孔安國傳，唐·孔穎達等疏，《尚書正義》（台北：台灣中華書局，1972
　　　　年3月，台2版），頁1b。

善積德，具體行爲則是濟貧救危、造橋鋪路，另外還有兩項《太上感應篇》系列相關的善書不提及的善行──建立社倉、敬惜字紙。

4. 惜字

「惜字」是對於漢字及聖賢經典敬畏珍惜的行爲表現，一開始是針對漢字而非紙張，後來擴大層面，凡是有漢字的載體，不論是紙張、布匹或瓷器，一律都在敬畏珍惜的範圍。而所謂的聖賢經典，並不限於儒家，佛道二教亦包含在內。「惜字」思想是從文昌信仰而來，出自《文昌帝君陰騭文》，明代一開始是個人的惜字行爲，至清代康熙年間，出現了提倡惜字的組織──惜字會。〔註 219〕惜字的意義從一開始對於文字的敬畏心理，〔註 220〕到清代以後，「已經轉變爲與科舉考試密切相關的文昌帝君信仰，以及由因果報應說鞏固而成的陰騭思想了。」〔註 221〕

爲何善書要勸人惜字呢？梁其姿推論主要理由有二：其一是字的神聖性和神祕性，其二是字爲儒士的謀生工具、官宦的統治工具。〔註 222〕基於以上兩個原因，善書中普遍存在惜字思想。又關於惜字盛行的原因，除了楊梅、王于飛、桑良至所言之外，〔註 223〕程宇錚提出還有以下幾個原因：首先，印刷術發明之前，字紙、書籍難以輕易獲得；其次，自隋唐實行科舉考試後，世人入仕功利思想的推動；再次，士人們爲了維護其社會地位，對字紙、書籍的神聖化；最後，國家政權強力的維護。以上幾個因素造成惜字信仰由最

〔註 219〕梁其姿主張惜字會出現的時間，最晚在清康熙時。見梁其姿著，《施善與教化：明清的慈善組織》，頁 137。

〔註 220〕桑良至認爲「惜字」代表中國人們對人文信息的崇拜，而朱彝尊祭書、李如一得書焚香肅拜、紅樓夢中黛玉焚稿之諸多事例，皆代表古人對於自己的心血之珍重，因而建惜字林、設拾字僧、開鑿敦煌石窟。參見桑良至著，〈中國古代的信息崇拜──惜字林、拾字僧與敦煌石窟〉，《北京大學學報（哲學社會科學版）》，1996 年第 3 期，頁 86。

〔註 221〕見周慶著，〈敬惜字紙：略談清代惜字思想〉，《科學大衆（科學教育）》，2011 年第 8 期，頁 51。

〔註 222〕參見梁其姿著，《施善與教化：明清的慈善組織》，頁 135～136。

〔註 223〕參見楊梅著，〈敬惜字紙信仰論〉，《四川大學學報（哲學社會科學版）》，2007 年第 6 期（總第 153 期），頁 57～65；王于飛著，〈字紙崇拜、捨經入寺與敦煌變文寫卷的生成〉，收錄在項楚編，《中國俗文化研究》第四輯（成都：巴蜀書社，2007 年 8 月，第 1 版第 1 刷），頁 168～173；桑良至著，〈中國古代的信息崇拜──惜字林、拾字僧與敦煌石窟〉，《北京大學學報（哲學社會科學版）》，1996 年第 3 期，頁 81～86。

初對文字的敬畏，嬗變爲對文德的敬畏。〔註224〕

　　宣揚敬惜字紙的思想，不僅存在一些儒士文人的著作中，〔註225〕釋、道兩教均有字紙的崇拜現象。〔註226〕現在看到關於敬惜字紙的最早文字，楊梅指出是南北朝時顏之推《顏氏家訓》一書，〔註227〕《顏氏家訓》卷第一〈治家第五〉：「吾每讀聖人之書，未嘗不肅敬對之；其故紙有《五經》詞義及賢達姓名，不可穢用也。」〔註228〕清人潘榮陛《帝京歲時紀勝》二月「惜字會」條記錄盛況：「香會，春秋仲月極勝，惟惜字文昌會爲最，俱於文昌祠、精忠廟、金陵庄、梨園館及各省鄉祠，獻供演戲，動聚千人。」〔註229〕

　　惜字思想在明清不僅出現在眾多善書中，也出現了一批善書體小說。〔註230〕關於前述惜字的原因，小說中亦有提及。明・凌濛初《二刻拍案驚奇》卷一〈進香客莽看金剛經，出獄僧巧完法會分〉：

> 話說上古倉頡制字，有鬼夜哭。蓋因造化秘密，從此發洩盡了。只這一哭，有好些個來因。假如孔子作《春秋》，把二百四十二年間亂臣賊子心事闡發，凜如斧鉞，遂爲萬古綱常之鑑。那些奸邪的鬼，豈能不哭？又如子產鑄刑書，只是禁人犯法；流到後來，奸胥舞文，酷吏鍛罪，只這筆尖上邊幾個字，斷送了多多少少人。那些屈陷的

〔註224〕參見程宇錚著，〈惜字信仰嬗變原因探析〉，《蘇州教育學院學報》，第28卷3期，2011年6月，頁31～33。

〔註225〕例如：明代劉宗周著，《人譜》，收錄在《續修四庫全書》編纂委員會編，《續修四庫全書・子部・儒家類》，冊717，頁182。

〔註226〕關於儒、釋、道三家的字紙崇拜，參見楊宗紅、蒲日材著，〈敬惜字紙信仰的嬗變及其現實意義〉，《重慶郵電大學學報（社會科學版）》，第21卷5期，2009年9月，頁129～130。

〔註227〕見楊梅著，〈敬惜字紙信仰論〉，《四川大學學報（哲學社會科學版）》，2007年第6期（總第153期），頁57。

〔註228〕見北齊・顏之推著，王利器集解，《顏氏家訓集解》（台北：明文書局，1984年1月，再版），頁66。

〔註229〕見清・潘榮陛著，《帝京歲時紀勝》，收錄在《續修四庫全書》編纂委員會編，《續修四庫全書・史部・時令類》，冊885，頁611。

〔註230〕「明清時期出現了大量勸人敬惜字紙的善書，如《惜字律》、《惜字徵驗錄》、《文昌帝君惜字律》等。這些著作被視爲文昌帝君制定的天條聖律，並結合佛教因果報應的理念，輔以故事傳言，說明敬惜字紙之重要。除此之外，各類佛經、家訓以及筆記小說，都有類似的勸諭故事。清末還出現了大量宣揚敬惜字紙的善書體小說，如：《青雲梯》、《桂宮梯》等。」見萬晴川、李冉著，〈明清小說中的「敬惜字紙」信仰〉，《明清小說研究》，2012年第4期（總第106期），頁40。

鬼，豈能不哭？至於後世以詩文取士，憑著暗中朱衣神，不論好歹，只看點頭。他肯點點頭的，便差池些，也會發高科、做高官；不肯點頭的，遮莫你怎樣高才，沒處叫撞天的屈。那些嘔心抽腸的鬼，更不知哭到幾時，纔是住手！可見這字的關係，非同小可。況且聖賢傳經講道，齊家、治國、平天下，多用著他不消說；即是道家青牛騎出去，佛家白馬馱將來，也只是靠這幾個字，致得三教流傳，同於三光。那字是何等之物，豈可不貴重他？

每見世間人不以字紙為意，見有那殘書廢葉，便將來包長包短，以致因而揩檯抹櫈，棄擲在地，掃置灰塵污穢中。如此作踐，真是罪業深重！假如偶然見了，便輕輕拾將起來，付之水火，有何重難的事，人不肯做？這不是人不肯做，一來只為人不曉得關著禍福，二來不在心上的事，匆匆忽略過了。只要能存心的人，但見字紙，便加愛惜，偶有遺棄，即行收拾，那個陰德可也不小哩！〔註231〕

清末《青雲梯・敬字說》：

> 字誠天地之靈機，萬世之法則也。……天經地義，無字不顯；聖賢教訓，無字難遵；經史流傳，無字不遠；三綱五常，無字不達；忠孝廉節，無字不彰；一技一術，無字不傳。後人當敬先聖之書，更宜重前賢之字。木有本，水有源，古人所謂一字一珠，敬惜如此，庶不負前賢之至意也。〔註232〕

〈惜字要言〉云：

> 從來字乃聖賢之精，天地之寶。……蓋字也者，可以富人貴人，生人殺人，榮人辱人，予人奪人者也。……若一日無字，則天下亂矣。

〔註233〕

明清小說中出現的惜字行為，有以下幾項：廢棄字紙裝入惜字簍集中焚燒、列惜字為家訓、設立惜字會、官府發佈行政命令等，〔註234〕而《夢影緣》中

〔註231〕見明・凌濛初著，魏亦珀校點，《二刻拍案驚奇》，收錄在魏同賢、安平秋主編，《凌濛初全集》（南京：鳳凰出版社，2010年，第1版），冊3，頁3～4。
〔註232〕見王見川、林萬傳主編，《明清民間宗教經卷文獻》（台北：新文豐出版公司，1999年，初版），冊11，頁292。
〔註233〕見王見川、林萬傳主編，《明清民間宗教經卷文獻》，冊11，頁303～304。
〔註234〕參見萬晴川、李舟著，〈明清小說中的「敬惜字紙」信仰〉，《明清小說研究》，2012年第4期（總第106期），頁42～43。

出現的惜字行為，則是毀壞有字的物品、惜物、製藥行醫救人、護生等。陶
慧雲惜字，不僅剪壞枕上繡字，連帳冊都予以燒毀：

> 陶女丟開便出門，各處房中都去找，但逢隻字不留情。^{不管你}巾邊枕
> 角俱施剪，眾婦心慌盡與爭。……祖爺惜字曾為會，那曉閨中字跡
> 盈，呈上素羅衣一幅，^請祖爺仔細看分明。〔註235〕

陶慧雲所剪壞的物品，《青雲梯》中也同樣述及：「一勸婦女，灑掃庭除留心
拾字，不將字紙廢書為托鞋剪樣，插針夾線等用，自有善報。」〔註236〕此外，
由此段文字中可見家中祖爺曾經組織惜字會，根據梁其姿的統計，惜字會的
組織真正普及，應晚至嘉慶道光之際，而且普及化的原因是與惜字會結合著
其他善舉有關，惜字會到了乾隆晚期，已經不單純實施惜字而已，還結合其
他多項義舉，而更接近其陰騭的本意。〔註237〕其他義舉有：施米、施粥、施
棺、施藥、施衣、憐嫠、育嬰、放生、清節、掩骼、義塚、燒淫書等。這些
義舉，在《夢影緣》一書中也有出現，例如：第二回製藥行善：

> ^他女兒出閣多年矣，膝下難能得一郎。^因立誓神前行善事，^{故欲}求方
> 製藥救災殃。〔註238〕

第十回陶慧雲行醫救人：

> 良醫原本同良相，^他積德行仁稱福田，定獲彼蒼他日報，許教福慧
> 慶雙全。〔註239〕

第五回惜物，陶慧雲請母親顧氏到廚房一看：

> 陶女且行兼且視，椿椿指點與娘親，三娘便向溝中看，飯顆星星暗
> 裡停，泥地之間時見米，拋殘餘物更豐盈。^{又聽}豬號聲與雞啼雜，慘
> 殺之聲不忍聞，顧氏惻然心亦動，^把庖丁喚過細叮嚀，天家五穀休
> 遭蹋，^{好替我}溝壑之中細細尋，^{更有這}斷柴殘蔬拋擲滿，^怎不知可惜半
> 毫分。〔註240〕

第十二回護生：

> 何氏夫人微一笑，果然彩蝶最堪憐。^{你何妨}輕執紈扇將他撲？夾在書

〔註235〕見清・霋下生著，《夢影緣》，卷1，第5回，頁76。
〔註236〕見王見川、林萬傳主編，《明清民間宗教經卷文獻》，冊11，頁293。
〔註237〕參見梁其姿著，《施善與教化：明清的慈善組織》，頁140。
〔註238〕見清・霋下生著，《夢影緣》，卷1，第2回，頁33。
〔註239〕見清・霋下生著，《夢影緣》，卷1，第10回，頁147。
〔註240〕見清・霋下生著，《夢影緣》，卷1，第5回，頁79。

中仔細看。纖玉逡巡回母話，教兒何忍運齊紈。^他花間栩栩情何適，^{亦如人}訪水尋山樂趣間。鳥困樊籠魚困網，^嘆世人全不解垂憐，^{願慈顏}仁心廣及纖維物，^{勿教他}興盡悲來頃刻間。〔註241〕

林纖玉不忍鳥被困樊籠、魚被困網中，對於世間萬物，有著垂憐之心，也表達希望母親能有此仁心，愛護眾生。對於此點，第三十回劉令娟對於惠希光也同樣有護生之勸，此時惠希光四十三歲，有伯牙傷逝之感，「永拋筆硯永拋琴，此心本願同生死，欲往從之恨未能。^已看透世情如水淡，^只愁縈內體難輕，憑誰指點升天路，總仗奇兒引導行。」劉令娟勸惠夫人「人生百歲終如夢，……消愁始可證長生，但依感應篇中語，師母天仙定可成，無善不為全無過，一千三百易於盈，^{但只是}眼前一事儂當諫，不合樊籠困此禽。」惠夫人說是鸚鵡不願飛去，「既去還來殊戀戀」，〔註242〕並非是她刻意捕捉此禽。

　　惜字有何好處，因而獲得儒士們的提倡呢？根據余治《得一錄》記載，康熙時大臣趙申喬（1644～1720）未中舉前即惜字，中秀才後組織惜字會，後來在 1670 年中舉發達，其子趙熊詔追隨其父行惜字之舉，亦在 1709 年中舉，常州科甲鼎盛，當地人認為應該歸功於惜字組織的普及。〔註243〕與此相仿的情形，亦見於彭定求（1645～1719）、彭啟豐（1701～1784，1727 狀元）、彭紹升（1740～1796，1769 進士）一家三代，〔註244〕彭定求為康熙時儒士，鼓吹惜字會的創設，〔註245〕有一傳說，彭啟豐於 1727 年殿試本居第十名，後被雍正皇帝親選為狀元，輿論認為之所以能勝過第一名的莊柱（1670～1759），是因為彭啟豐敬惜字紙，因而積德有福，後來彭、莊聯姻，莊家也開始惜字，後代子孫也因而高中。〔註246〕像這樣惜字能積德有福的思想，在《夢

〔註241〕見清・籜下生著，《夢影緣》，卷 1，第 12 回，頁 177。

〔註242〕惠希光云：「我四十三年生已足。」以上見清・籜下生著，《夢影緣》，卷 3，第 30 回，頁 49。

〔註243〕參見清・余治著，〈惜字會分別緩急說〉，《得一錄》，卷 12，收錄在官箴書集成編纂委員會編，《官箴書集成》（合肥：黃山書社，1997 年 12 月，第 1 版第 1 刷），冊 8，頁 654。

〔註244〕三人生卒起迄年代，轉引自梁其姿著，《施善與教化：明清的慈善組織》，頁 138。

〔註245〕「惜字建會，貲費不多，貧富皆可行之。」見清・余治著，〈彭南畇先生惜字說〉，《得一錄》，卷 12，收錄在官箴書集成編纂委員會編，《官箴書集成》，冊 8，頁 654。

〔註246〕見清・呂相燮著，俞增光校刊，《科場異聞錄》，卷 4，清光緒二十四年順成書局石印本，收錄在文清閣編，《歷代科舉文獻集成》（北京：燕山出版社，

影緣》的莊淵也可見到，他認爲陶慧雲惜字的行爲，是在替莊翁廣種福田：

> 此女所爲眞不俗，且非人力可能行，此中天意分明在，何惜囊傾數萬金。昔且曾聞彈鋏客，今朝又見掃眉英，爲翁廣種心田福，^{堪聽}三姪今秋折桂音，^况伯父豈虧阿堵物，疎財仗義亦當行。〔註247〕

陶慧雲自己內心亦是如此認爲：

> 財散須知能聚福，^{好听聽}三兄折桂報佳音。〔註248〕

此書第二十八回也出現父親惜字，福延子孫的情形。《夢影緣》中的王曾因父親惜字而得中狀元，巧合的是，在此之前亦有多部作品中記載宋朝王曾之父惜字而得福報。《太上感應篇》卷二十三云：「傳曰：『……昔王沂公之父雖不學問而酷好儒士，每遇故紙必掇拾，滌以香水收之。嘗發願曰：「願我子孫以文學顯。」一夕，夢宣聖拊其背曰：「汝敬吾教何其勤與！恨汝已老，無可成就，當遣曾參來生汝家。」晚年果得一子，乃沂公也，因以曾字名之，竟以狀元及第，官至中書侍郎門下平章事。』」此故事在後代屢次出現，據楊梅言：「這個故事在明清文獻中頻頻出現，如劉宗周《人譜類記》卷下、郎瑛《七修類稿》卷四十九「奇謔類」條、陳耀文《天中記》卷三十九、施潤章《學餘堂文集》卷二十五「勸同志勿用壽字緞說」條、趙如升《陰騭文像注》卷三「勿棄字紙」條等。」〔註249〕除此之外，北宋・張舜民《畫墁集》、南宋・俞文豹《吹劍錄外集》、明・凌濛初《二刻拍案驚奇》卷一也有相關故事記載。關於這個現象的背後意義，萬晴川、李冉說：「王曾乃科舉史上連中『三元』的狀元，但他幼年喪父，靠仲父掬養成人，可見這個後世廣爲流傳的故事乃無稽之談。作者爲這個科舉英雄編造出這一故事，就是爲了增加敬惜字紙的號召力。」〔註250〕

這一類的故事，在明清的筆記、小說或善書中記載尤多，例如：清・梁恭辰《北東園筆錄》有三處記載皆與此相關。首先，《北東園筆錄初編》卷四「勸人惜字」條：

2006年8月，第1版第1刷），第6卷，頁3159。

〔註247〕見清・餐下生著，《夢影緣》，卷1，第5回，頁78。

〔註248〕見清・餐下生著，《夢影緣》，卷1，第5回，頁78。

〔註249〕見楊梅著，〈敬惜字紙信仰論〉，《四川大學學報（哲學社會科學版）》，2007年第6期（總第153期），頁61。

〔註250〕見萬晴川、李冉著，〈明清小說中的「敬惜字紙」信仰〉，《明清小說研究》，2012年第4期（總第106期），頁40。

朱坎泉者，錢塘諸生。客游他省，有某官延課二子。見其居民不知惜字，糊窗抹桌踐踏穢污，惡習相沿，恬不爲怪，乃力勸居停，捐貲收買。或有不潔之紙，必手自洗滌焚之。逢人勸諭，竟移其俗。不數年間，所收之字以百億萬計。及其歸也，長子名瀾，以嘉慶丁丑成進士、入翰林，次子瀛亦以某科登鄉薦矣。夫一人惜字，爲善有限，能使人人惜字，則其善大矣，宜其獲報之隆也。〔註251〕

其次是《北東園筆錄初編》卷五「廖氏陰德」條：

閩縣廖氏積有陰德，……廖氏兄弟之父，群稱廖太翁者，……生平又最敬惜字紙。每自背一籃於窮街僻巷檢之，其受污穢不堪著手者，亦必拾回洗淨焚化。行之數十年不倦，蓋文人學士之所難者。……彼時廖家尚未發祥，今則兄弟相繼而登科第。〔註252〕

最後是《北東園筆錄續編》卷六「黃琴農述三事」條：

林星航錫廣，家甚貧，每質物催人撿拾字紙，並力邀同志鳩集工貲，每日以收得百斤爲率。不及數，必於次二三日力補足之。行之僅三四年，而星航即於癸卯科登鄉薦，甲辰科連登進士。〔註253〕

也有出現行善會有功名的善報論，「這些故事一般受到佛教三世因緣論及道教『承負說』的影響，認爲敬惜字紙既關乎個人今生來世，又影響到子孫後代。」〔註254〕如前文所述，莊夢玉夢見文昌帝君命他讓賢給青州人王曾，文昌帝君云：「其親惜字功勞大，本世無人與比肩。非獨廣爲薄俗勸，^{躬自把}聖賢遺蹟護能全。遍求藩溷香湯浴，行奉終身志不衰。使子作三元酬父德，蒼蒼警世始昭然。」〔註255〕後天子召見夢玉，夢玉言：「文帝示夢於臣，蓋欲使世人知惜字之爲急務，而勇以行之。」〔註256〕於是天子連連點首讚其能參破文昌帝君

〔註251〕見清・梁恭辰著，《北東園筆錄初編》，據上海進步書局刊本校訂重印，收錄於廣陵書社編，《筆記小說大觀》（揚州：廣陵書社，2007年12月，第1版第1刷），冊14，頁11224。

〔註252〕見清・梁恭辰著，《北東園筆錄初編》，據上海進步書局刊本校訂重印，收錄於廣陵書社編，《筆記小說大觀》，冊14，頁11232。

〔註253〕見清・梁恭辰著，《北東園筆錄續編》，據上海進步書局刊本校訂重印，收錄於廣陵書社編，《筆記小說大觀》，冊14，頁11271。

〔註254〕見萬晴川、李舟著，〈明清小說中的「敬惜字紙」信仰〉，《明清小說研究》，2012年第4期（總第106期），頁44。

〔註255〕見清・囊下生著，《夢影緣》，卷3，第28回，頁5。

〔註256〕見清・囊下生著，《夢影緣》，卷3，第28回，頁9。

之聖心。由此看來,《夢影緣》一書對於惜字能使後代子孫有所福報,是抱持肯定不疑的態度。

除了惜字能有功名之外,明清小說中還出現惜字能治病延壽、致富、免災、延嗣的說法。〔註257〕延嗣的例子,《桂宮梯》卷一〈惜字功律〉引用《陰騭文箋註》,「汪某收埋磁器字跡艱嗣得子之報」條:

> 杭城汪姓,年五十無子,讀陰騭文,因至誠發願建字紙會、立字紙爐,每月望日,約會友至廟,焚化一次,見磁器有字,俱收埋淨土,行甫數年,連生二子。〔註258〕

致富的例子,可見於清・梁恭辰《北東園筆錄初編》卷五「惜字速報」條:

> 籤曰:「此惜字之功也,事方創始,而已有食其報者,可以勸矣。」按惜字局中有司事孟姓者,其人向不讀書而偏知惜字,……每年於所檢字紙中輒有所得,或銀錢,或首飾,數雖不多而貧家則不無少補。一年於小除日合計本年,卻無所得,亦不以為意。次日除夕,值各家掃除之殘紙,沿街堆積,孟耐心尋檢,果有字紙,持歸審視,則中有錢票一紙,載錢五千文云。〔註259〕

延壽之例,見於明・朱國禎《湧幢小品》卷二十「僕惜字紙」條:

> 馮南江恩,有僕馮勤,其父傭者也。素多病,日者謂其短造,甚憂之,問一道士何以延年,道士曰:「若為傭,不能積德,惟勤灑掃,惜字紙,乃可延耳。」傭乃市箕帚,徧歷所居村巷,凡有穢惡,悉為掃除。見一字,則取置於筒,至暮焚之。歲以為常。壽至九十七,無疾而終。〔註260〕

反之,若對字紙不敬,則會遭災釀禍,《清河內傳・勸敬字紙文》:

> 瀘州楊百行坐經文而舉家害癩,昌郡鮮于坤殘《孟子》而全家滅亡。果報昭昭,在人耳目。楊全善亦百行之兄,埋字紙而五世登科,李

〔註257〕參見萬晴川、李冉著,〈明清小說中的「敬惜字紙」信仰〉,《明清小說研究》,2012 年第 4 期(總第 106 期),頁 45～48。

〔註258〕見明・徐謙輯案,《桂宮梯》,收錄在王見川、林萬傳主編,《明清民間宗教經卷文獻》,冊 11,頁 334。

〔註259〕見清・梁恭辰著,《北東園筆錄初編》,據上海進步書局刊本校訂重印,收錄於廣陵書社編,《筆記小說大觀》,冊 14,頁 11234～11235。

〔註260〕見明・朱國禎著,《湧幢小品》,收錄在《續修四庫全書》編纂委員會編,《續修四庫全書・子部・雜家類》,冊 1173,頁 255～256。

子才葬字紙而一身顯官，既能顧惜陰報豈無可不敬畏哉？〔註261〕

清・錢泳《履園叢話》卷十七〈報應〉下分德報、冤報、孽報、忤逆報、刻薄、殘忍及折福幾個小標題，每個小標題下均羅列幾則記載，其中「孽報」有下引之文：

> 康熙四年六月十四日，嘉定西門外有一徐氏婦荷鋤往田，忽為暴雷震死。其子甫垂髫，亦為雷火所焚而未死，擊其履粉碎。人爭拾視，則以字紙置其子之履也。此慢褻字紙之報。〔註262〕

《聊齋志異》中有生前不敬字紙，以致於死後被罰之例，卷八「司文郎」條記載：

> 要冥司賞罰，皆無少爽。即前日瞽僧，亦一鬼也，是前朝名家。以生前拋棄字紙過多，罰作瞽。〔註263〕

杜桂萍論述清代度脫劇時說：「作者的興奮點顯然不是為了寫度脫過程，而是將筆觸處處落在抒發憤世嫉俗的情緒方面……作品已不單純地寫佛寫仙，而增出了勸世的內容，加入了嘆世的感慨，融入了憤世的悲涼，抒發了罵世的激憤。可以說，濃重的現世情感基本上代替了本有的宗教情感，成為這類雜劇的一個突出特徵，所謂的宗教義理之類逐漸演化為一個故事外殼，變成了一種有意味的形式。」〔註264〕中國古代社會中，普通民眾的宗教信仰也是混雜的，「佛教在中國史上，一直與儒道兩家，互相消長，此起彼落，形成中國文化思想儒釋道三家的巨流。」〔註265〕因此，民眾替道教神祇慶賀生日，也並不妨礙日後參加浴佛節的活動，遇到祈福或喪葬場合，可以請和尚或道士來進行作法、誦經、超渡亡靈、收驚、打鬼、捉妖、畫符念咒等儀式。〔註266〕而小說《紅樓夢》一書中，作者安排太虛幻境之對聯「假作真時真亦

〔註261〕見元・不著撰人，《清河內傳》，《道藏》，據原涵芬樓影印本影本（北京：文物出版社，1988年，影印本），冊3，頁290。

〔註262〕見清・錢泳著，《履園叢話》，收錄在《續修四庫全書》編纂委員會編，《續修四庫全書・子部・雜家類》，冊1139，頁258。

〔註263〕見清・蒲松齡著，江九思注，《聊齋誌異會校會注會評本》（台北：九思出版有限公司，1978年7月，台1版），冊2，頁1104～1105。

〔註264〕見杜桂萍著，《清初雜劇研究》（北京：人民文學出版社，2005年3月，第1版第1刷），頁119～121。

〔註265〕見南懷瑾著，《中國佛教發展史略》（上海：復旦大學出版社，1996年8月，第1版第1刷），頁97。

〔註266〕參見侯杰、范麗珠著，《世俗與神聖——中國民眾宗教意識》（天津：天津人民出版社，1994年2月，第1版第1刷），頁49。

假，無爲有處有還無」，「上聯中的「眞」和「假」，是佛家的概念。……下聯中的「無」和「有」，乃是道家的概念。」〔註267〕由以上所述，可見在中國民間百姓的宗教信仰，早已是儒釋道三教雜揉的現象，因此，《夢影緣》一書中，既有佛教人生如夢的感慨，又充斥著道教善書的勸善思想，同時，又見儒家孝道精神的傳揚提倡，正是小說反映社會現象的一次印證。

（二）《夢影緣》中的宗教活動

根據上文所述，《夢影緣》一書充滿著善書勸善意識，時時刻刻提醒世人要行善積德，那麼在小說中，呈現出哪些宗教儀式或現象呢？這些宗教儀式或現象代表著那個時代的文化，因此透過小說的儀式，可以一窺清代流行於民間的宗教活動，以下擬分成扶乩扶鸞、占卜算命、收驚召魂、相經曆書四方面來論述。

1. 扶乩扶鸞

《夢影緣》一書中多次出現林纖玉扶乩扶鸞的敘述，而這樣的活動也出現在明代葉紹袁家，金聖嘆在吳中一帶進行十多年的扶乩降神活動，他將才女葉小鸞之魂召來，並有一段使其父葉紹袁聞之悲泣不已的對話，〔註268〕關於扶乩的記載，明·鄭敷教〈乩仙〉一文有云：「長篇大章，滔滔汩汩，縉紳先生及人士之有道行者，無不惑於其說。……儒服道冠，傾動通國者年餘。」〔註269〕信者、不信者參半，但不可否認，扶乩扶鸞的確是流傳於民間的一種宗教活動。《夢影緣》第三十回，克誠告訴莊夢燕在閩中發生一件駭人之事，證明莊淵靈感無比，非同木偶神。克誠扶鸞，「道者之言不我誑，言此仙眞非別比，豈能輕易到兒方，尚然不受天庭祿，肯爲凡人逐走忙，^{但堪疑}入廟祈求多應驗，^{也只有}眞心一點致禎祥，妄求許願翻遭譴，第一求財最受殃。」〔註270〕第25回，林武作夢，要纖玉爲之占卜吉凶，纖玉說：

> 秋水眞人功行滿，超凡入聖悟眞詮，在塵何啻登仙界，千里之間可
> 往還，若是大人思與會，至誠祈請可能來。……夢由心造幻無端，

〔註267〕見馮宇著，〈論太虛幻境與警幻仙姑——管窺《紅樓夢》第五回〉，《紅樓夢研究集刊》第六輯，1981 年，頁 167。

〔註268〕見明·葉紹袁原編，冀勤輯校，〈續窈聞〉，《午夢堂集》（北京：中華書局，1998 年 11 月，北京第 1 版第 1 刷），冊上，頁 519～521。

〔註269〕見明·鄭敷教著，《鄭桐庵筆記》，收錄在嚴一萍選輯，《四部分類叢書集成三編》（台北：藝文印書館，1971 年，影印本），輯8，乙亥叢編，頁 6b～7a。

〔註270〕見清·爨下生著，《夢影緣》，卷3，第 30 回，頁 52。

真人純孝天爲感，行止神明保護全，祿注長生無可慮，居家永作地
行仙，若還不信兒之語，明日容兒繪彼顏，朝夕焚香親拜禱，扶鸞
定可請他來。〔註271〕

林武認爲扶鸞不妥，纖玉說：

地仙原可比天仙，能通變化元功妙，運出眞神了不難，豈若凡人沉
重體，離魂便爾病懨懨，大人請把心寬放，^{待天明}兒即圖容供此仙，
七日之間應可至，乩壇可以對面談。〔註272〕

林武想追隨莊淵，纖玉說：

秋水眞人歸碧落，轉能與父永相歡，緣何當喜翻成戚，最是飛升世
所難。自是眞人純孝念，上通帝座帝垂憐，^他尋親獨向羅浮去，天
降雲駢接上山，因莊、葛二仙功行淺，未應位列九重天，玉皇獨召
眞人去，封作眞君攝萬仙，言待羅浮功業建，許卿父母共升天。眞
人辭卻千鍾祿，願向山中侍二仙，上帝欣然來允許，班衣永遂老萊
懷。大人欲會原來易，但設乩壇請可來，慈母不容兒畫像，^只虔誠
叩禱亦應堪。〔註273〕

林纖玉扶鸞，使莊淵和林武對談，第二十六回記載：

梅嶼懷疑來走上，見如飛仙筆疾書云，林君見召因何事，應是思余
欲訴心。帝入仙山心克遂，世間萬事盡忘情，君休念我頻傷感，我
更難於再顧君，相隔仙凡何可會，先師遺訓貴乎誠，吾儒怎作虛無
事，豈肯令人駭聽聞，以此勸君無妄想，可容余歸去萱椿。〔註274〕

將軍林武一看乩壇上所現之字，分明是莊淵妙筆，於是叫喚莊君之名：

含悲便把莊君喚，敢請雲車爲我停。仙問林君何見教，將軍悲甚話
難成。仙壇又寫君休戚，^{莫道是}杳杳茫茫失我形，眞體仍然無恙在，
^但與君相會尚難能，他年終有重逢日，君又何須感念深，君所欲言
余已曉，我甘軏薄倖不慈名，內人雖抱分驚恨，轉幸余身可久存；
縱負燕兒無所憾，慈烏反哺亦常情；玉兒付與吾兄手，高誼何煩囑
託殷。我盡我心行我志，本來身外盡浮雲，願君努力勤王事，勿更

〔註271〕見清・饟下生著，《夢影緣》，卷2，第25回，頁207。
〔註272〕見清・饟下生著，《夢影緣》，卷2，第25回，頁208。
〔註273〕見清・饟下生著，《夢影緣》，卷2，第26回，頁214。
〔註274〕見清・饟下生著，《夢影緣》，卷2，第26回，頁231～232。

思量世外人，但訴於君無別語，告辭就此入深岑。〔註275〕

再次扶鸞時，兩人聯吟。〔註276〕林武認為莊淵是「至誠至切達天庭，既成正果登仙境。合訓凡人以孝親，君入仙山無足怪。」而莊夢玉在父親莊淵離家之際，卻棄母不顧而圖科第是不孝之舉，要莊淵三思，莊淵說：

誠似君言理最明，^{但是我}事在兩難非得已，從權聊且反經行，先期告以母回顧，定欲驅之上殿庭。^{任教他}萬口呼為不孝子，也堪借此警於人，水清石出終無憾，君勿因其抱歉深。〔註277〕

素君（纖玉）、素友假裝扶鸞，寫出：「林君何必尚懷疑，女貞常願依椿蔭，余亦欣然一任渠，代心小喬何不可。」寫至此卻被林武識破，但其魂已蕩，不易收回，夫人罵：

^{總恨你}作浪興風任意為，雖則扶鸞非左道，閨人作此豈應宜。無端爾父神魂失，不揣而知有所迷，那見神仙輕降世。^{明是你}妖言惑眾肆胡為，咳，孽障阿！若教父有長和短，^我仗劍親誅^你忤逆兒。〔註278〕

夫人一怒之下，便將乩壇之物搗毀。後莊淵領父母之命，乘鶴來救林武。〔註279〕林武、莊淵兩人於夢中相見，莊淵告訴林武說：

君勿生疑請放懷，明以告君余未死，羅浮山上每盤桓。與君相會原來易，^但不欲他人見我顏，全受全歸為正理，^本何嘗修煉想成仙，竟蒙上帝殊恩遇，使列閒曹第一班，勅賜采蘭宮一所，許迎父母上青天。在宮日作斑衣戲，閒侍親遊到此山，豈不知君深念我，也難無故下塵凡。願君從此休相憶，各盡其心秉志誠，先聖訓言當謹守，人除忠孝不堪談，求仙莫效前朝帝，入海登山總枉然，遠即天涯近咫尺，君來尋我會應難，因君愁我歸泉下，特把情由細訴來。〔註280〕

林武聽了之後，想要追隨他，莊淵說：「你塵緣未了何堪去，怎負皇恩海樣寬。」並言兩人從此一別便是「了卻今生香火緣」，〔註281〕要林武不要再扶鸞，思念他時只要看著圖像即可，並相約次日中午與林武再會，叮嚀林武要攜魁芳仙

〔註275〕見清・囊下生著，《夢影緣》，卷2，第26回，頁232。
〔註276〕見清・囊下生著，《夢影緣》，卷2，第26回，頁234。
〔註277〕見清・囊下生著，《夢影緣》，卷2，第26回，頁232。
〔註278〕見清・囊下生著，《夢影緣》，卷2，第27回，頁235。
〔註279〕見清・囊下生著，《夢影緣》，卷2，第27回，頁237。
〔註280〕見清・囊下生著，《夢影緣》，卷2，第27回，頁238。
〔註281〕見清・囊下生著，《夢影緣》，卷2，第27回，頁239。

子同來。〔註282〕

2. 算命

纖玉占卜靈卦，得知林武具有仙緣。纖玉告訴父親，若秉精誠，夢中定可再會莊淵。林武欲辭官訪莊淵，〔註283〕但夫人湘月不准，勸他「君盡其忠友盡孝」〔註284〕，要纖玉占卜，湘月要林武參透莊淵之意，好好照顧夢玉，「莊公棄子飄然去，君合將斯重任尣，視作己兒收膝下，他年婚娶兩成全，斯為友誼方無愧，莫但執癡情一味偏。」〔註285〕

林武做夢請纖玉代為占卜吉凶，纖玉說：「大人此兆非常吉，可是宵來見古人。僧護昔曾尋母氏，歷年三十見方能，斯為幻境非真境，所夢因心結想成。」林武因此明白莊淵「竟欲登仙棄世塵」。〔註286〕

林武又要纖玉替他占卜，被夫人反對。她說：

^{總勸你}不必求仙與禮佛，明明今已降真仙。^{但辭取}至心一點將君奉，何必崎嶇上九天，^{卻不道}佛在心頭心即佛，^更人人堂上有神仙，君如捨本徒求末，^恐貴友逢君亦棄損。〔註287〕

君王欲下旨，令林武前往南楚探問莊淵平安與否，御手調羹遣內官送與林武，但王欽若在羹湯下了毒，林纖玉內心有感應，遂卜卦，於是告訴趙翁，趙翁對內官說：「有一術士算舍甥今日酉刻當有大難，不許外人入室，始可消災。」〔註288〕內官心想或許趙翁已知下毒之事，害怕趙翁要他親自嘗羹，遂打翻羹湯。〔註289〕以上多為占卜之事，除此之外，小說中也有以年庚論命之情節，例如：第二十四回有莊淵替眾女子以年庚來論命之預示，其中寫得最為詳盡的是文秋蕙和史瑤瑛。對文秋蕙的論命之詞為：

冰炭遭逢應自斂，^本無才有德女之應，壻非翰墨場中客，舉案終當秉敬誠。莫效他人悲怨偶，天緣早定在前生，但須隨遇還安分，^{既不能}倡和閨房硯可焚。慎勿恃才多自傲，應知坤道貴和平，^{所願爾}無違敬戒終身誦，博取賢命後世尊。

〔註282〕見清・囊下生著，《夢影緣》，卷2，第27回，頁240。
〔註283〕見清・囊下生著，《夢影緣》，卷2，第26回，頁215。
〔註284〕見清・囊下生著，《夢影緣》，卷2，第26回，頁217。
〔註285〕見清・囊下生著，《夢影緣》，卷2，第26回，頁217。
〔註286〕見清・囊下生著，《夢影緣》，卷2，第21回，頁134。
〔註287〕見清・囊下生著，《夢影緣》，卷2，第27回，頁242。
〔註288〕見清・囊下生著，《夢影緣》，卷2，第26回，頁219。
〔註289〕見清・囊下生著，《夢影緣》，卷2，第26回，頁220。

對於史瑤瑛算命的內容，規勸她要漸改性情，並且小心侍奉堂前姑，否則將因「孝思未爲純」而失愛於姑，叮嚀她「禍福俱於一念生，榮辱窮通非預定，終期行止格天心。」〔註290〕由以上兩則論命之說，不僅呈現社會中存在的現象，亦即人們心中存有對未來之事的惶恐與未知，希望透過某種預知方式提早預見未來，同時，也可以看到作者本人的思想，鄭澹若對於姻緣前定的隨遇而安，對於婦女謹守婦道與婦職的恪守本分，認爲唯有發自內心，真誠地盡一己之本份，才能獲得上天的垂愛，上天的德澤方能廣被。

3. 收驚召魂

書中第十二回，林纖玉因莊夢玉繪其圖像以致於失魂，於是陶慧雲替林纖玉收魂，陶慧雲要湘月夫人找出弄瓦之時所著之服，披於林纖玉之身體，其儀式爲：

> 將衣緊裹玉人身，大聲猛喚林纖玉。卻也希奇果效靈，但聽微微嬌作歎。……詳視佳人竟返魂，漸漸淡紅生兩頰，眉痕翠色陡然新，溫和氣轉凝脂體，緩緩開睛細認親。〔註291〕

這個儀式與今日民間收驚儀式相似，李豐楙以台中大雅正一道壇收驚儀式作爲研究主題，其中有述及張智雄道長進行收驚服務時，民眾必須自行攜帶褲、裙以外的衣物一件，及米、香、紙、燭等物品，將衣物披於受驚者之左手臂上，其後誦以口訣。〔註292〕他認爲「在天人關係中重新感應使之定位，收驚法既是一種道教與民俗信仰的表現，也是經由氣的感應、訊息的傳遞，期使受驚者的神經系統能夠盡快回復有序化。」〔註293〕而收驚活動中所準備的衣物，李豐楙說：「收驚時一定運用的『魂衣』即象其本人，靈魂的狀態則經由『魂米』而象徵地呈現出來。」〔註294〕對於收驚活動，李豐楙總結說：「從社會文化結構性的『常與非常』原理，可以理解受驚即爲一種身心『異常』的非常狀態，其內在外在行爲的失序、失常，也就象徵其生活世界喪失均衡、

〔註290〕以上見清・蠥下生著，《夢影緣》，卷2，第24回，頁183。

〔註291〕見清・蠥下生著，《夢影緣》，卷1，第12回，頁191。

〔註292〕參見李豐楙著，〈收驚——一個從「異常」返「常」的法術醫療現象〉，《醫療與文化學術研討會論文集（一）》（台北：中央研究院民族學研究所、中央研究院台灣史研究所籌備處，2002年10月），頁183～186。

〔註293〕見李豐楙著，〈收驚——一個從「異常」返「常」的法術醫療現象〉，《醫療與文化學術研討會論文集（一）》，頁198。

〔註294〕見李豐楙著，〈收驚——一個從「異常」返「常」的法術醫療現象〉，《醫療與文化學術研討會論文集（一）》，頁200。

秩序。」〔註295〕此處陶慧雲替林纖玉進行之召魂儀式，僅提及運用林纖玉個人之衣物，並未提及米，不過，作者鄭澹若對於此種民間儀式，顯然是有所涉獵的。

4. 相經、曆書

《夢影緣》一書中，除了以年庚論命之外，還出現了相書、〔註296〕面相術，例如：第八回，莊翁要莊淵月旦品評一番，莊淵於是以面相進行評論，僅有克從容貌端秀，可為青雲路上之人；協郎頭角崢嶸，但於十九之年或許會剋父。〔註297〕又第十二回，湘月夫人知道林纖玉曾讀相書，於是要她根據相書，選出丫鬟中有宜男之相者。〔註298〕但第二十四回，透過莊淵之口，說出對相經的評論，莊淵說：

　　麻衣遺術又何論，九流俱是平庸業，何可輕談以決人？^{須知道}一念之間移禍福，命猶難據相何憑？^且塞翁失馬非為禍，得馬還愁禍轉生。
　　〔註299〕

莊淵之言，可視為作者鄭澹若之意，人之禍福掌握在一念之間，對於相經、面相術，她仍然極度肯定心念之重要，對於流行於民間之術數，並未完全認同。除了對相經、面相術的懷疑之外，書中對於依照曆書來行事，同樣抱持懷疑態度，第十回寫宋曦翻閱曆書，依照曆書上之記載選擇適合移徙及出行之日；〔註300〕第十一回，莊翁翻閱曆書擇出吉辰，「五六日間俱不利，定須十九始堪行。」但莊淵不信此陰陽之說。〔註301〕由以上兩例，顯見莊淵對於相書、曆書的不肯定。

筆者以為，藉由莊淵之口所表達的態度，其實也可以視為作者鄭澹若表達自己對於民間傳統的否定，她肯定善書勸善的價值，肯定功過格中勸人以積極為善之行動，將心中之善念發揚為具體善行，即使帶有某種目的，但都不失為一種正向的力量。但對於沒有根據的相書、曆書，她的立場非常明確，是抱持著懷疑的態度。

〔註295〕見李豐楙著，〈收驚──一個從「異常」返「常」的法術醫療現象〉，《醫療與文化學術研討會論文集（一）》，頁203。
〔註296〕見清・罌下生著，《夢影緣》，卷1，第12回，頁176；第14回，頁14。
〔註297〕見清・罌下生著，《夢影緣》，卷1，第8回，頁118。
〔註298〕見清・罌下生著，《夢影緣》，卷1，第12回，頁176。
〔註299〕見清・罌下生著，《夢影緣》，卷2，第24回，頁175～176。
〔註300〕見清・罌下生著，《夢影緣》，卷1，第10回，頁154。
〔註301〕見清・罌下生著，《夢影緣》，卷1，第11回，頁168。

二、因果輪迴觀

因果輪迴的情節安排，在小說中屢見不鮮，彈詞小說的內容若提及悍婦、妒婦，通常都會將她們的前世或來世安排成動物，以表達其生性之低劣，或來世果報。若是提及英雄佳人，其前世必定是上界仙人仙女，因某種因緣而轉世爲人，來這塵世歷經一番考驗，方能結束這一世，返回仙界。這樣的情節安排，雷同性極大，或許可視爲集體無意識的展現。

關於因果報應說，可以佛教傳入中國作爲一分界點。佛教傳入前，中國本土的因果思想，可上溯至《尚書》，《尚書正義・伊訓第四・商書》：「惟上帝不常，作善降之百祥，作不善降之百殃。」〔註302〕《國語・周語中》：「天道賞善而罰淫。」〔註303〕《道德經》第七十九章：「天道無親，常與善人。」〔註304〕《周易正義・坤・文言》：「積善之家，必有餘慶，積不善之家，必有餘殃。」〔註305〕《左傳・宣公十五年》記載老人結草以報答魏顆救女之恩，〔註306〕此外，《墨子・明鬼下》有杜伯報怨故事、〔註307〕《左傳・昭公七年》伯有復仇故事、〔註308〕《左傳・莊公八年》公子彭生現形報冤故事。〔註309〕陳國學總結以上故事說：「這些其實是歷史上最早的報應故事。它們顯示了當時普遍存在的一種社會心理：相信魂靈實有，人的施恩或作惡行爲，會得到不同的報復。」〔註310〕佛教傳入後，因果報應說來源於佛家十二緣起論，《雜

〔註302〕見漢・孔安國傳，唐・孔穎達等疏，《尚書正義》（台北：台灣中華書局，1972年3月，台2版），頁9b。

〔註303〕見春秋・左丘明著，三國吳・韋昭注，《國語》（台北：台灣中華書局，1966年3月，台1版），頁10b。

〔註304〕見周・李耳著，晉・王弼注，《老子》（台北：台灣中華書局，1967年5月，台2版），頁23b。

〔註305〕見魏・王弼、晉・韓康伯注，唐・孔穎達疏，《周易正義・上經乾傳卷第一》，頁15b。

〔註306〕見周・左丘明傳，晉・杜預注，唐・孔穎達疏，《春秋左傳正義》（台北：台灣中華書局，1966年3月，台1版），冊2，卷24，頁6b～7a。

〔註307〕見戰國・墨翟著，《墨子》（台北：台灣中華書局，1966年3月，台1版），卷8，頁2a～2b。

〔註308〕見周・左丘明傳，晉・杜預注，唐・孔穎達疏，《春秋左傳正義》，冊3，卷44，頁6b。

〔註309〕見周・左丘明傳，晉・杜預注，唐・孔穎達疏，《春秋左傳正義》，冊1，卷8，頁10a。

〔註310〕見陳國學著，《《紅樓夢》的多重意蘊與佛道教關係探析》（北京：中國社會科學出版社，2011年12月，第1版第1刷），頁55。

阿含經》卷二：「有因有緣集世間，有因有緣世間集，有因有緣滅世間，有因有緣世間滅。」〔註311〕

　　因果報應說在文學上的運用，南北朝志怪小說的繁榮，產生大量「三生」、報應題材的小說，例如：《搜神記》、《異苑》、《宣驗記》、《冥祥記》、《幽冥錄》、《冤魂志》等，核心結構是「作惡──惡報」或「行善──善報」的敘事模式。〔註312〕明代白話短篇小說擬話本中也頗多因果報應之說，如《三言》之一《喻世明言》第一卷〈蔣興哥重會珍珠衫〉中結尾所云：「有詩爲證：『恩愛夫妻雖到頭，妻還作妾亦堪羞。殃祥果報無虛謬，咫尺青天莫遠求。』」，〔註313〕形成文本的敘事因果鏈。凌濛初《初刻拍案驚奇》第四卷「程元玉店肆代償錢，十一娘雲岡縱譚俠」，〔註314〕巧遇情節成爲命定，爲善在冥冥之中自有定數。《聊齋志異》則直接以「三生」命爲篇名，如卷一〈三生〉，〔註315〕同時以因果報應說來宣揚儒家孝悌的倫理道德思想，發揮了小說的教化功能。

　　白話長篇小說中，亦有利用因果報應說來架構全篇者，如《全相平話三國志》、《新編五代史平話》。而《說岳全傳》一書，更將歷史上岳飛和秦檜的忠奸對立歸因於前世的因果報應，陳國學認爲「隨著《太上感應篇》之類善書的流行，更多的小說家將結合著儒家忠孝節義思想的因果報應情節編織進小說中去，以致出現了教化至上的小說，如丁耀亢所作《續金瓶梅》。」〔註316〕對於《太上感應篇》影響了《續金瓶梅》的說法，胡曉眞雖然同意，但更進一步提出：「雖然作者一再強調天命、因果等與善書相關的觀念，藉以證明自己導人於善的企圖，從而批駁並防堵一般人閱讀《金瓶梅》時因『誤讀』而產生的淫邪愉悅；但是另一方面，他卻如何也躲不開繼承於《金瓶梅》的『宣淫導欲』之毀，更無法抽離定義人性內在的欲望。」〔註317〕《紅樓夢》

〔註311〕見南朝宋・天竺三藏求那跋陀羅譯，《雜阿含經》，卷2，第53經，收錄在日本大正一切經刊行會輯，《大藏經》（台北：新文豐出版公司，影印本），冊2，頁12。
〔註312〕以上見陳國學著，《《紅樓夢》的多重意蘊與佛道教關係探析》，頁58。
〔註313〕見明・馮夢龍編撰，《喻世明言》（台北：河洛出版社，1980年2月，台排印初版），冊1，頁32。
〔註314〕見明・凌濛初著，魏亦珀校點，《初刻拍案驚奇》，收錄在魏同賢、安平秋主編，《凌濛初全集》，冊2，頁55～66。
〔註315〕見清・蒲松齡著，江九思注，《聊齋誌異會校會注會評本》，冊1，頁72～74。
〔註316〕見陳國學著，《《紅樓夢》的多重意蘊與佛道教關係探析》，頁61。
〔註317〕見胡曉眞著，〈凝滯與分裂──女性的仙山世界〉，收錄於《才女徹夜未眠──近代中國女性敘事文學的興起》，頁323。

一書更在第五回藉由賈寶玉進入太虛幻境，警幻仙子示以金陵十二金釵之名冊，當中記錄十二金釵之前因果報，「暗示了生命的虛幻無常，與命運前定的因果觀念。」〔註318〕陳國學還認為：《紅樓夢》一書雖然也寫因果報應，卻呈現出新穎性，「只是為描寫性靈人生及其悲劇結局服務，而不是為了宣揚忠孝節義的儒家倫常道德服務。」〔註319〕闞積軍則指出有一類「前世今生」架構的情節，並非為了說教，而是對於小說敘事學，具有正面積極的隱喻作用，〔註320〕用來暗示人物的性格或命運，此點看法和陳國學略有相同。

因果報應說在《夢影緣》中的描寫，可見於第二回善惡有報、〔註321〕第十一回、〔註322〕和第二十四回要人戒口過，以及第二十四回，此回提及劉令娟之兄劉方（秉正）之前生：

> 秉正前生口孽深，下筆還傷於雅道，因之今世永深沈。^{我待他}稚心消盡將他勉，挽救前愆善力行，勿再思量登仕路，以斯因果警於人，^或能邀身後榮名福。〔註323〕

將劉秉正今世不順遂，歸因於前生口孽太深，以致於因果循環，唯有改過並力行善行，才能享有身後榮耀。第二十八回，貞儀公主要婢女石青瓊有過則知過、改過，操持定力，毋墮孽海。〔註324〕對於人物前世之因，鄭澹若安排由人物自行交代，藉由人物之口道出前世之因，而不是透過作者以全知角度說出，例如：《夢影緣》一書中的主角莊夢玉和林纖玉在第十一回回憶起前世，藉此交代兩人之前因，〔註325〕此種手法亦見於林纖玉和陶慧雲兩人，第十二回中，兩人感覺似曾相識，〔註326〕後來在第十六回，就出現兩人在花園中回憶起前生的情節。〔註327〕夫人湘月要纖玉畫王昭君像，纖玉畫出之像卻似陶慧雲，當林武問其於何處見此媛，纖玉一時忘情，回答：「蟠桃會上識其顏」，

〔註318〕見闞積軍著，《論明清小說中的緣意識》，濟南：山東大學碩士論文，2007年9月，頁25。

〔註319〕見陳國學著，《〈紅樓夢〉的多重意蘊與佛道教關係探析》，頁61～62。

〔註320〕參見闞積軍著，《論明清小說中的緣意識》，濟南：山東大學碩士論文，2007年9月，頁32。

〔註321〕見清‧饟下生著，《夢影緣》，卷1，第2回，頁36。

〔註322〕見清‧饟下生著，《夢影緣》，卷1，第11回，頁165。

〔註323〕見清‧饟下生著，《夢影緣》，卷2，第24回，頁187。

〔註324〕見清‧饟下生著，《夢影緣》，卷3，第28回，頁17。

〔註325〕見清‧饟下生著，《夢影緣》，卷1，第11回，頁171～172。

〔註326〕見清‧饟下生著，《夢影緣》，卷1，第12回，頁186。

〔註327〕見清‧饟下生著，《夢影緣》，卷1，第16回，頁47。

此言一出，湘月夫人感到懷疑，更使倩兒陡然想起了前生之緣。〔註 328〕同樣地，貞儀公主之婢女石青瓊，也是因爲林纖玉之畫，而想起前生仙號爲錦華之事。〔註 329〕闞積軍認爲「佛教緣意識中的『前世因──後世果』，敘述的都是兩世以上的生命歷程，這就使小說家在採用連貫敘述的敘事時間上獲得了相當的自由度。而時間的變化必然會帶來空間的變化，……明清小說在時空架構方面獲得了更大的張力和自由度。」〔註 330〕

　　《夢影緣》一書相當重視對於心念的掌握，對於本性的維持，〔註 331〕以免落入墮落之淵，進而造成惡果。可以說本書是以因果輪迴的方式敦促世人修養自身，配合前所述之善書內容，《夢影緣》一書蘊含著濃厚的宗教氛圍，而此宗教融合儒釋道三教，正與鄭澹若本人身處杭州的生活環境有關連。或許她喪夫孀居的遭遇，在宗教信仰中獲得了慰藉，也或許身處三教合一的杭州，地域上濃厚的宗教氣息，遂融入作品的寫作之中。高彥頤在其書中以「家內宗教」一詞，〔註 332〕說明了明末清初上層婦女在家庭生活中對於宗教所展現的虔誠，包含禮拜觀音像、誦說佛號，並且在日常生活中實踐三教合一的活動，例如：放生、茹素等。這些都與鄭澹若在《夢影緣》一書中強調的護生意識、罹病時祝禱儀式相同，均爲「家內宗教」的內容。可知《夢影緣》一書不能僅視爲一本求道小說，筆者認爲它除了展現作者內心企欲求道之念，更是她對於女性面對婚姻的再思考，遂以一個十二花神降世的故事講述女子回歸原生家庭、永伴娘家父母的心願。以一個孝子追尋父親的故事，講述出嫁的女子對於父親的思念，是一本融合了儒釋道三教思想的彈詞小說。

〔註 328〕以上參見清・餐下生著，《夢影緣》，卷 2，第 21 回，頁 135。
〔註 329〕見清・餐下生著，《夢影緣》，卷 3，第 28 回，頁 15～16。
〔註 330〕見闞積軍著，《論明清小說中的緣意識》，濟南：山東大學碩士論文，2007 年 9 月，頁 28。
〔註 331〕見清・餐下生著，《夢影緣》，卷 1，第 1 回，頁 4。
〔註 332〕〔美〕高彥頤（Dorothy Ko）著，李志生譯，《閨塾師──明末清初江南的才女文化》，頁 210～212。